W0201259

PROMETS-MOI, ÉMILE

BÉNÉDICTE ROUSSET

PROMETS-MOI, ÉMILE

Roman

ÉDITIONS
LA TRACE

ÉDITIONS

LA TRACE

www.editionslatrace.com
www.facebook.com/ editionslatrace
FRANCE 2024
Reproduction et traduction même partielles,
interdites Tous droits réservés pour tous les pays.
ISBN 9782487261068

À mes élèves.

« Les regards qui nous font vivre
sont ceux qui nous espèrent. »
Antoine de SAINT-EXUPÉRY

« Et ceux qui dansaient furent considérés comme fous
par ceux qui ne pouvaient entendre la musique. »
Friedrich NIETZSCHE

« Le nombre des fous est infini.
C'est une nation d'une telle étendue,
Que de quelque côté que l'on tourne la vue,
Il s'en présente aux yeux, et qui n'en veut point voir
Doit les tenir fermés et casser son miroir. »
Claude LE PETIT, Discours satiriques, 1686

Excepté en ce qui concerne Marie Curie, toute ressemblance avec des personnes ayant existé ne serait qu'une coïncidence. Toutefois, ce qu'ont vécu les personnages est inspiré de faits réels. Les événements historiques respectent la réalité, malgré quelques libertés de l'auteur pour les besoins du récit.

N.D.L.A

1

Mai 1912

Clémence Panas de Prinveaux était abîmée.

Un ciel bleu se déployait au-dessus du cloître et la fenêtre entrouverte accueillait une brise légère. Le chant aigu des oiseaux perturbait gaiment un silence monacal. Le regard tourné vers l'immensité, la jeune fille mordillait son crayon. Après l'algèbre et le latin… le grec. Et le soir, il fallait recommencer : argumenter, rédiger, traduire.
À seize ans, quel plaisir dans une vie d'étude ?
L'après-midi avançait au ralenti. Ses pensées s'envolèrent, loin de l'école des religieuses. Si seulement elle pouvait renverser son pupitre, traverser la grande bâtisse, empoigner le bras de sa cousine, quitter Paris et courir à travers champs, baignée de soleil et de liberté ! Mais Pauline suivait les cours à l'école de la République, « l'école du Diable », comme la surnommaient ses parents. Encore quelques heures avant de la revoir et peu importait, si leur complicité déplaisait aux Panas de Prinveaux. Ils ne toléraient pas Pauline chez eux, les familles ne se fréquentaient plus depuis longtemps. Le bois du crayon craqua sous ses dents. Quel endroit lui paraissait le plus rétréci ? Le couvent ? La demeure familiale, pourtant vaste et riche ? Jeudi dernier, en l'absence de ses parents et avec la complicité de la domestique, sa cousine et elle

avaient dérobé des caramels à la cuisine et les avaient savourés sous l'escalier en se montrant, bouche grand ouverte, la dégoulinante plâtrée de bonbon fondu.
Clémence gloussa. Un coup de baguette sur son bureau la fit sursauter.
– Mademoiselle ?
La jeune fille se figea et leva un œil gris acier. Sœur Saint-Sulpice se pencha, le front plissé ; Clémence retint son souffle sous l'haleine fétide qui lui léchait le nez. Quel cours suivions-nous déjà ? De quoi parlait-on ?
– Alors ? Que nous apprend cette tragédie grecque sur l'âme humaine ?
– Je...
La baguette s'enfonça sous le menton, le releva sec vers la droite. Dieu... ce visage... Vu sa tête, même la religieuse ne s'y faisait pas.
– Cette tragédie, reprit Clémence, montre que... nous ne devons pas nous abîmer dans la douleur.
– Mmmm.
La baguette se planta plus profond dans la chair.
– La... tragédie grecque... représentation sublime de la souffrance humaine, est sublime en ce sens qu'elle n'est pas pessimiste mais en fin de compte profondément optimiste. Je... Je ne sais plus qui a dit cela.
La figure de sœur Saint-Sulpice se défroissa. Clémence essuya une goutte sur son front.

Enfin ! Son cartable sous le bras, elle allongea le pas jusqu'à la Grand-Place où Pauline et elle se retrouvaient après la classe. Cette perspective chassa le souvenir de la religieuse et de ses camarades, hautaines et mijaurées. Haut dans le ciel, un aigle tournoyait. Elle s'arrêta, suivit sa descente et sa remontée. Quel oiseau fabuleux ! Alors qu'elle... Elle griffa sa joue. Depuis qu'un chien lui avait arraché un œil et mangé la moitié du visage, Clémence avait le sentiment que tout le perçant de sa vue s'était déplacé vers le côté valide. Plusieurs années après, l'ophtalmologue ne comprenait pas pourquoi, au lieu d'évoluer, sa myopie disparaissait. Les enfants sont des gens sérieux, ils s'habituent vite. Le traumatisme ne lui laissait que le souvenir flou des hurlements de son entourage, plus que la douleur. Le retrait des bandages avait mis à nu un trou béant sous une paupière tombante. Dès lors, le regard des gens avait changé. Une somme de petites choses, qu'elle pouvait à peine nommer, s'était installée. Une somme de petites choses différentes de sa vie d'avant. Ses parents ne l'embrassaient plus, ne lui demandaient plus si elle avait bien dormi ou si elle avait passé une bonne journée. Quelques mois après la morsure, son père, Louis-Henri, avait dit en se frottant le menton :

– Comment va-t-on la marier ?

Il avait toujours marqué une distance entre eux mais, désormais, il ne la voyait plus. Quant à sa mère Eugénie et son frère, Honoré, ils ne la regardaient plus en face. Il était trop tard maintenant. Ce nouveau temps, en la repliant sur elle-même, avait fait de son cocon, au lieu d'une piste d'envol, un terrain gluant duquel elle ne pouvait plus s'échapper. Elle s'était perdue dans les confins de la culpabilité. Personne pourtant n'avait dit que c'était de sa faute. On avait juste fait des remarques, l'air de rien. *On ne s'approche pas d'un chien que l'on ne connaît pas.* Ils avaient raison, elle l'avait intégré en silence. Clémence avait pris son parti de cette indifférence générale : elle se sentait plus libre, plus dure. Quand elle se blessait, elle ne criait plus. Quand elle avait peur elle serrait les dents et quand elle était triste elle attendait que ça passe. Cette blessure ne lui gâchait pas que les traits mais l'être tout entier. Depuis, Clémence souffrait d'une haine d'elle-même quasi pathologique. Qu'elle avait été bête, d'aller au-devant de ce chien, juste pour impressionner son frère !

Tout le reste, chez elle, relevait de la perfection. Sa chevelure, d'un roux flamboyant, presque trop piquant, rehaussait des pommettes saillantes et sublimait sa singularité. On ne voyait que cela avant, ses cheveux bouclés et son visage moucheté de taches de rousseur. On aurait dit que Dieu, en lui infligeant cette blessure, avait voulu rectifier un tir trop bien aligné, retirant un peu de beauté là où il en avait trop mis.

Seul le regard de Pauline était resté le même :

– Tu es un cyclope ! Tu as donc une force phénoménale !

– Mmh… Le cyclope n'est pas malin.

– Les autres le craignent.

Clémence avait souri. Si la pudeur ne l'avait pas retenue, elle aurait serré sa cousine dans ses bras. À chaque moquerie, Pauline s'insurgeait. Elle avait même envoyé un coup de poing phénoménal à Élizabeth, la fille du notaire, s'attirant un très mauvais quart d'heure. Mais on ne démolissait pas Louis-Henri ou Eugénie d'un coup de poing. On ne

les démolissait pas, parce qu'ils ne disaient rien de mal. Ils montraient du doigt ou parlaient à voix basse et leur regard accusateur fourrageait bien plus profondément dans la plaie que les franches moqueries d'Élizabeth et des autres.
Le jour de ses treize ans, ils avaient oublié son anniversaire.
– Vous ne m'aimez plus.
Eugénie avait pris un air méprisant.
– Comment oses-tu ? Tu as un toit, des domestiques, tu ne manques de rien et tu te plains ? Quelle ingratitude !
La honte avait ravagé Clémence.
– Vous ne l'aimez plus parce qu'elle est laide, s'était moqué Honoré avant de courir au salon. Ah ah, qu'elle est laide !
On n'avait pas grondé son frère, on avait un peu soupiré, soufflé qu'il avait tort, puis montré qu'il avait raison.
Avec cette partie de son visage, s'était envolée l'indifférence des passants, l'inexistence dans le monde, qui fait de nous quelqu'un.
On me verrait tellement mieux si on ne me regardait pas.
Parfois elle avait envie d'en parler, de raconter. Mais à quoi bon ?

L'agitation de la rue la sortit de ses pensées. La jeune fille aimait Paris, seulement parce qu'elle pouvait s'en échapper le dimanche. Les Panas de Prinveaux, en plus de leur hôtel particulier au cœur de la Capitale, possédaient un Domaine de chasse aux portes de la ville, près de Chantilly. Un havre de paix où elle appréciait la simplicité d'une vie

pourtant luxueuse. Les prairies, les bois, les écuries, les soirées d'hiver au coin du feu…
De l'autre côté de la place, le rire cristallin de Pauline se déversait sur Gustave Collin, qui la dévorait des yeux. Clémence les observa. Issu d'un milieu bourgeois, Gustave était né à New York et s'était passionné pour la littérature romantique pendant ses études à Harvard, où il avait rédigé des articles remarqués pour le « Harvard Monthly ». Épris de la culture française du « siècle des lumières », il avait décidé l'an dernier, à vingt-deux ans, de s'inscrire comme étudiant à la Sorbonne, pour découvrir Paris et ses poètes. Clémence se demandait s'il était aussi amoureux de Pauline qu'il l'était de la France. Dès qu'il le pouvait, il flânait là où elle se trouvait et il y avait, rien que dans ses yeux, un geste possessif. Leur différence de rang n'avait pas l'air de le déranger. Certains Américains étaient au-dessus de ces convenances, qui perdaient les gens dans des mariages de raison. Elles avaient rencontré Gustave pour la première fois huit mois plus tôt à Montmartre, à l'occasion d'un mariage où, événement unique, les familles des cousines étaient conviées ensemble. Gustave avait eu un mouvement de recul devant la beauté pétillante de Pauline. Alors que Clémence évoluait dans un corps aussi frêle qu'une feuille morte, les robes de sa cousine cachaient une silhouette aux formes sensuelles et généreuses.
La jeune fille ralentit le pas, sa gorge se noua. Ce mariage… Un souvenir fou, plus cuisant que la morsure. Ce mariage… où elle avait senti son propre cœur s'emballer aux côtés de l'américain.

Un coup de chaud l'avait envahie, le rouge lui était monté aux joues. Un premier désir, dans une existence bouillante à l'intérieur d'un corps gelé de gêne. Alors que Pauline, détendue, échangeait déjà avec lui, Clémence avait déplié les mains, avec l'envie de caresser le torse qu'elle imaginait lisse et dur, d'embrasser la bouche charnue, d'enfouir le visage dans son cou. Mais Gustave ne la voyait pas, Pauline lui faisait tourner la tête et c'était bien ainsi, parce qu'étant la plus belle, la plus désirable, la plus gentille, sa cousine méritait le plus bel homme, le plus désirable, le plus gentil.

À la vue de Clémence, Pauline délaissa Gustave et courut à sa rencontre.

– Alors, ta journée chez les nonnes ?

– Merveilleux.

– Mon œil. Enfin, ton œil.

Clémence pouffa. Pauline l'attira loin du groupe.

– Tu seras à Longchamp demain ?

Clémence eut une moue d'incompréhension.

– Oui, pourquoi ?

– Eh bien… J'y serai aussi !

– Comment ça ?

Ce genre de sortie était réservé à l'élite. Jamais Pauline n'y avait mis les pieds et ce n'était pas le genre de ses parents, Paul et Gabrielle.

– Tu verras bien ! lança-t-elle en s'éloignant.

– Attends !

– Je crois même qu'on en parlera dans le journal de maman !

– Et… On ne rentre pas ensemble ?

D'ordinaire, quand elles se rejoignaient, elles empruntaient la même route et s'accordaient une halte à l'atelier du père de Pauline. Ensuite elles se

séparaient, Clémence regagnait son hôtel particulier et sa cousine son minuscule deux-pièces mansardé.
Pauline fit quelques pas en arrière et attrapa la main de Clémence.
– Bien sûr que si !
Elles disparurent en trottinant, Pauline jeta un regard coquin à Gustave. Il tendit les mains vers elle mais la jeune femme accéléra en riant. Pauline était un tourbillon. Quelle âme pleine et généreuse… Quelle beauté ! Clémence s'adapta à son rythme, poings serrés. Pourquoi avait-il fallu que le malheur la frappe en plein visage ? Elle prit une grande inspiration. Allons, elle trouverait quelqu'un d'autre, un jeune homme qui lui ferait le même effet et surtout, qui voudrait d'elle. Sa vie n'en était qu'à ses débuts.
Encore un peu de temps et elle finirait bien par se sortir l'américain de la tête.

Paul Ansart
Cordonnier

La tête penchée, Paul frôlait de son nez le vernis d'une bottine refaite à neuf. Le soleil, encore haut dans le ciel, éblouissait les filles, les contraignant à coller leur visage à la devanture.
« *Ce n'est pas parce qu'on vit à Paris qu'on est parisien* », avait dit un jour Louis-Henri, le père de Clémence, fustigeant son beau-frère. Un cordonnier ! Dans sa noble famille !
Et cela était pourtant vrai : en plein Paris, on était ici dans un pays lointain. La porte grinça sous l'élan de Pauline, qui laissa passer sa cousine.

Paul les salua, se dégageant du milieu des chaussures trouées. Dans ce petit coin hors du temps, ça sentait le cuir mélangé à la chaussette sale, ça sentait la graisse, la vie et, parce que c'était tout petit, les filles s'y sentaient comme dans une cabane. Clémence admirait son oncle. Au-delà d'un charme naturel, le travail lui lissait les doigts et elle n'avait de cesse de les contempler. De chez lui, les gens ressortaient heureux, moins voûtés, comme libérés d'un poids. Orphelin, Paul avait commencé très jeune, en cirant les souliers dans la rue et, comme le métier le démangeait déjà, il réajustait des lacets ou ajoutait quelques clous. Quand on le questionnait, il disait : « je travaille dans la chaussure » ou « dans le cuir ». À l'inverse, Clémence ne savait nommer le métier de son père. Il parlait peu de ses « affaires » mais s'en plaignait tant !
Gabrielle embrassa les filles avec cette façon bien à elle d'entourer l'épaule et de la ramener à soi. En plus de son engagement au journal *l'Humanité* auprès de Jean Jaurès, Gabrielle faisait partie du Comité des Dames infirmières de la Croix-Rouge. Selon ses horaires, elle aidait Paul. Rien à voir avec sa mère, dédaigneuse, qui ne faisait rien de ses journées, sinon boire du thé et dépenser de l'argent en toilettes coûteuses. Alors que sa tante considérait Clémence comme sa propre fille, sa mère la négligeait, reportant tout son amour sur son frère, aussi désinvolte qu'elle.
– Alors ! Avez-vous passé une bonne journée ?
– Oui !
Gabrielle disparut derrière un rideau et revint, chargée de petits pains à la fleur d'oranger.

Les cousines les engloutirent. Chez Clémence, on ne goûtait pas. Il fallait entretenir une maigreur forcée dont la jeune fille se désolait.
Paul, l'œil aussi brillant que ses chaussures, releva la tête.
– Venez voir le travail !
Gabrielle, Clémence et Pauline se penchèrent sur le soulier. Comme Clémence le touchait, Paul le lui tendit. Il était neuf ! Entre l'avant et l'après, devait intervenir quelque magie.
Enfin, il fallut rentrer. Le cordonnier, occupé à dessemeler une chaussure, interrompit son geste.
– Ma Pauline, va donc m'acheter de la graisse.
Gabrielle lui confia une pièce et l'embrassa encore. Clémence sourit. Tout le monde s'aimait tant ici ! Le tableau, familier, réchauffa son cœur.
Sur le trottoir, au moment de se séparer, Pauline chantonna à son oreille.
– À demain cousine !
– Tu… Avec Gustave ?
– Tu verras bien !
Elle disparut, la bottine souple, la démarche sensuelle.

2

L'hippodrome de Longchamp s'étirait à perte de vue. Clémence marchait devant ses parents et son frère Honoré, pressée de voir où elle allait trouver Pauline. Le petit monde arriva là où s'amassait la foule. Les voix, les rires fusaient. Le champ de courses était un lieu privilégié de rencontres entre les gens du monde, aristocratie et grande bourgeoisie.
On salua la famille, les connaissances, on s'installa dans une ambiance détendue. Clémence, entourée d'amies, occupait une table face aux tribunes. Leurs robes et chapeaux blancs témoignaient de leur état de jeune fille. Assise parmi elles, Eugénie, vêtue de sombre, les chaperonnait. Elle s'était autorisé un chapeau et une ombrelle claire, comme le faisaient la plupart des mères respectables qui accompagnaient et surveillaient ici de beaux partis.
Clémence tendit l'oreille. Juste derrière elle, le docteur Gircourt, qu'elle avait déjà vu lors de parties de chasse, évoquait l'actualité avec un autre homme. Que se passait-il dans les Balkans ? Elle en entendait parler mais ne comprenait pas bien la situation. Son père aussi s'y intéressait au salon, le soir avec ses amis. Fallait-il s'en inquiéter ? Le médecin, aliéniste de renom, prenait toujours un air penché derrière ses gros yeux à fleur de tête qui répugnaient Clémence. Son front luisait sous son haut de forme et ses joues tombaient en poches.

Ses deux mentons se mirent à bouger :
– Je vous dis, mon cher, que la France saura maintenir la paix.
L'autre réajusta son chapeau dans une moue inquiète.
– Je crains, au contraire, que le contentieux la dépasse et que le monde s'embrase.
– Allons, allons. Tenez ! Allons-y.
Le petit docteur au ventre énorme s'appuya sur sa canne et se leva. Un pantalon bouffant déguisait des pieds presque carrés. Clémence se retint de rire. Un bouton de sa redingote était entré dans une boutonnière du gilet.
Dès les premiers signaux de la course, elle suivit le mouvement, se posta à la barrière et chaussa ses jumelles. Les hommes se pressaient au plus près des chevaux. On louait leur splendeur, leur coût, leurs innombrables capacités. On parlait acquisitions. Certains pur-sang avaient tenu leurs promesses, d'autres non. La vitesse, l'élan fougueux des bêtes lancées au galop... Tout la faisait frémir. Dès qu'elle quittait Paris pour le Domaine, elle montait son étalon, parcourait des lieues et se sentait revivre. Aujourd'hui, c'était le pur-sang du riche industriel Alfred Warrender de Sales qui se couvrait de gloire. Celui-ci applaudit, tapa dans le dos du père de Clémence, lui chuchota des mots enjoués à l'oreille. Émile, un jeune homme gringalet d'une vingtaine d'années, les rejoignit, la tignasse en bataille.
– Alors fils, lança Alfred. Tu as vu ça ?
Émile leva un regard d'illuminé vers son père. Il sautillait, agitait les mains dans des mouvements désordonnés et manifestait sa joie en gémissant.

Le père Warrender de Sales regarda tout autour et se rembrunit.
– Oui, eh bien… chut. Calme-toi.
Clémence fixa le garçon dans un sourire attendri. Quel gentil benêt ! À chaque fois qu'il venait au Domaine avec ses parents, il ne la lâchait pas. Heureusement, grâce à lui, elle pouvait chevaucher des heures. Comme elle devait être accompagnée pour s'éloigner et que personne ne se dévouait jamais -les domestiques étant inaptes-, la compagnie d'Émile l'arrangeait, d'autant qu'il ne parlait pas. Sur sa monture, son allure toute dégingandée disparaissait. Ne subsistait du simplet qu'il était qu'un air niais et joyeux. Il n'avait peur de rien et suivait le rythme effréné de Clémence. Émile était aussi affectueux qu'un petit chien et surtout, bien pratique.
La jeune fille jeta des regards alentour. Le temps de la course, elle avait oublié Pauline. Où était-elle ? Elle retourna s'attabler tandis que son père s'éloignait avec Alfred, vêtu de sombre et coiffé d'un chapeau de paille, attestant que la journée était bel et bien consacrée aux loisirs. Appuyé sur une canne, signe de distinction plus que d'une difficulté à marcher, l'homme chuchota à l'oreille de Louis-Henri, et ce dernier ricana, prenant un air outré. Tels deux gamins préparant un mauvais coup, ils se tournèrent en même temps vers Clémence mais, comme surpris de croiser son regard, Louis-Henri reprit un air sérieux tandis qu'Alfred lui adressait un salut discret mais soutenu. Elle y répondit et baissa la tête aussitôt. Qu'y avait-il dans ce bonjour ? Quelque chose de gênant, d'orgueilleux, de presque vantard. Alfred avait l'air d'avoir raconté

une blague à son père et tout de suite après, tous deux l'avaient regardée en riant. À moins qu'elle ne se fasse des idées ? Depuis son accident, Clémence avait tant de mal à interpréter les regards. Sa perception du monde avait changé, elle voyait le mal et les moqueries partout. Sa cousine sortait du lot mais cette dernière était bien trop pauvre pour évoluer à ses côtés, dans le même cercle. Elle était si drôle pourtant, si gentille ! Les après-midis ici seraient bien plus amusants en sa compagnie. Alfred regarda une nouvelle fois dans sa direction, l'air plus grave qu'auparavant. Comme prise en faute, Clémence se détourna à nouveau. Le couple Warrender de Sales, flanqué de son lourdaud d'Émile, faisait partie des amis proches de ses parents, avec lesquels elle se sentait en confiance, mais depuis quelques temps, flottait un changement chez son père. Un air ravi, teinté de certitude l'habitait. Les craintes secrètes qui ridaient son front et le laissaient songeur, avant, s'étaient envolées. Ce matin, il parlait bas avec sa mère, sur un ton qu'elle ne lui connaissait pas. Clémence avait perçu des bribes de leur conversation. « *Usine... Bénéfices... Coup du siècle... Alfred se porte garant...* » Et Eugénie avait répondu : « *Vraiment aucun risque ?* »
Il lui avait même dit bonjour en descendant !
En milieu de journée, on se pressa autour de l'événement du moment. Aujourd'hui avait lieu à l'hippodrome le défilé d'un grand couturier. Plusieurs photographes couvraient l'événement. L'un d'eux fit pivoter son objectif en direction de Clémence mais quand son profil s'aligna sur son côté labouré, il dévia. S'y ferait-elle un jour ? Elle joua des coudes pour obtenir une place au premier

rang. Les belles toilettes et la haute couture la fascinaient. Soudain, ses lèvres s'arrondirent de stupéfaction. Pauline, là ! Elle défilait ! Quelle audace… Quelle folie ! Une bouffée d'admiration la remplit. C'était un spectacle vivant, fait de plumes et de tissus d'un soyeux lumineux ou sombre. Chaque tenue était une œuvre d'art, les modèles les sublimaient. La démarche chaloupée de sa cousine attirait tous les regards. Le tombé de sa robe soulignait sa taille et sa poitrine pigeonnait dans un décolleté. Son port de tête, son assurance l'impressionnaient. Alors que le regard de Pauline déviait vers la droite, Clémence le suivit et tomba net sur Gustave. Une main dans la poche, il fumait et même quand il tirait sur sa cigarette, c'était avec une élégance folle. Sa haute taille lui donnait une supériorité certaine sur tous les autres jeunes gens. Dieu… Les battements de son cœur s'accélérèrent. Il répondit à Pauline par un signe de tête et cette dernière entama son demi-tour mais Clémence gardait les yeux rivés sur l'américain. Comme s'il sentait qu'on l'observait, il accrocha son regard et la salua en levant la main. Elle répondit par une grimace figée.

Quelle sotte…

Le jeune homme leva le menton et la fumée partit vers le ciel. Sa bouche… ses épaules carrées. L'envie furieuse de s'y blottir vrilla son ventre. La voix grave de sa mère l'interrompit.

– A-t-on idée de se pavaner ainsi ?

– Qu'elle est belle !

– Cette robe est d'un vulgaire !

L'œil de Clémence roulait au rythme du défilé.

– Tout est beau sur Pauline.

— Finira comme sa mère.
Elle en eut le souffle coupé. Qu'y avait-il de blâmable chez Gabrielle, sinon qu'elle avait épousé un cordonnier, la déshéritant et la précipitant plus bas dans la société ? Pouvait-on renier sa sœur pour autant ? Clémence se jura que rien ne les séparerait, Pauline et elle. Elle était la sœur qu'elle n'avait jamais eue. Non, ça ne finirait pas comme Gabrielle et Eugénie, cela était bien trop triste.
À la fin du défilé, Clémence retrouva Pauline qui se changeait.
— Toi alors ! Mais… comment es-tu arrivée là ?
— Un journaliste, qui travaille avec maman.
— Et… tes parents étaient d'accord ?
— Papa dit qu'il faut vivre avec son temps et maman… Pfff !
— Quoi ?
— On lui a proposé aussi mais elle n'a pas voulu.
— Ah ? Oh ! Tu étais merveilleuse !
— Clémence, viens ici tout de suite ! s'époumona Eugénie.
— Bonjour ma tante ! la salua Pauline.
Eugénie tourna les talons. Clémence serra la main de sa cousine dans les siennes et rejoignit sa mère en soupirant. Comment pouvait-on se soucier autant de l'éducation et traiter ainsi sa propre famille ? Un sentiment de honte l'envahit. Bien sûr, elle ne désobéirait jamais à ses parents mais bien souvent, un besoin d'évasion la tenaillait. Fallait-il être pauvre pour vivre avec son temps, comme disait Oncle Paul ?
L'après-midi touchait à sa fin. Honoré réapparut, accompagné de jeunes gens aussi bien apprêtés que lui. Alfred et Louis-Henri ne s'étaient pas

quittés ; Clémence les observa à la dérobée. Ils avaient dû s'entendre sur un important accord financier, pour que son père montre un tel engouement dès qu'Alfred pointait le bout de son nez. Seule sa mère semblait inquiète. À l'inverse de Louis-Henri, elle affichait une mine fermée. Au salon, quelques jours auparavant, elle lui avait demandé si son investissement n'était pas trop risqué, ce à quoi il avait répondu dans un rire sec : « C'est l'investisseur qui présente des risques, non l'investissement ».

Au moment de partir, la famille aperçut Hélène Warrender de Sales qui trottinait dans un sens, dans l'autre, en soulevant sa robe sur les chevilles. Elle avait perdu de vue son fils. L'affolement colorait ses joues, son embonpoint limitait sa course, elle était en nage. Son mari vint à sa rencontre.

— C'est encore Émile ?

— Oui, il était sur le chemin et… plus personne !

Hélène avait désigné le Bois de Boulogne.

Alfred leva les yeux au ciel et émit un petit rire crispé.

— Je crois savoir.

Il montra du doigt les écuries. Un petit groupe s'était formé autour d'eux. Un homme s'avança, c'était le docteur Gircourt.

— Je vous accompagne. Vous pourriez avoir besoin de moi.

Tout le monde se mit à chercher Émile au petit trot, les mains en porte-voix. Certains ne cachaient pas leur exaspération. D'autres voyaient en la situation une occasion de montrer leur dévouement à cet homme fortuné.

– Émile, Émiiile !
Hélène courait au-devant d'eux, l'essoufflement freinait ses pas et entrecoupait sa voix.
– É-mile !
Clémence et d'autres jeunes filles appelaient aussi, certaines se moquaient. Toutes suivaient le groupe, quand elle pila et changea de direction. Alors que les autres atteignaient les écuries, elle fila jusqu'aux automobiles.
– Il est là !
On se précipita. Émile était assis au volant de la limousine des Panas de Prinveaux et tournait le volant en bondissant sur le siège.
– Dieu soit loué ! cria Hélène.
Alfred et Louis-Henri interrogèrent Clémence du regard.
– Il a fait pareil la dernière fois, au Domaine.
Alors qu'elle sellait les étalons, Clémence l'avait vu monter dans la voiture de son père et l'avait laissé s'extasier un instant dans l'habitacle luxueux, avant de venir lui tirer le bras en le houspillant :
– C'est interdit Émile ! Papa serait furieux !
Elle s'était gardée de le rapporter à son père. Le jeune homme savait-il qu'il ne conduirait jamais ? Le lui avait-on dit ? Si oui, le comprenait-il ? Clémence se demandait souvent ce qu'il y avait dans sa tête. Ce n'était pas de sa faute mais... Il était si bête !
À l'hippodrome, on ne savait pas s'il fallait rire ou s'indigner. Émile tournait le volant, touchait à tout. Louis-Henri tentait de masquer sa fureur mais ses poings serrés le trahissaient. Il bouillait, attendait qu'on déloge le criminel.
– Je vois que mon fils a du goût ! s'amusa Alfred

en riant, les bras croisés devant la portière.
Le docteur Gircourt considérait la scène, en retrait. Clémence se pinça les lèvres. Décidément, sa mise négligée dépassait tout ce qu'elle avait vu chez les gens fortunés. Se sentait-il observé ? Il tourna vers elle sa figure boursouflée, puis se rapprocha.
– C'est à l'asile qu'est la place de cet aliéné.
– Sa mère refuse. On peut comprendre, dit Clémence. Il est mieux auprès d'elle que...
– Certains traitements expérimentaux montrent leur efficacité, la coupa-t-il.
– Son intelligence n'est pas « normale » mais il est doué d'une certaine sensibilité.
– Cet individu n'a pas de cervelle ma chère, seulement un cervelet, qui suffit à la vie bestiale.
Comment osait-il ? Clémence s'éloigna :
– Je vous laisse borné dans vos théories, puisque ce ne sont justement que des théories.
– Allons, allons.
– ...
Son rire gras résonna, il montra Émile de sa canne.
– Il y a, chez ces individus, des défaillances inouïes, de formidables perversions de caractère et de sentiments qui préparent les actes les plus extravagants. Ils cèdent sans résistance aux sollicitations de leurs instincts. Leurs déterminations ne sont pas précédées de réflexions.
Les petits yeux du docteur brillaient. Clémence n'avait pas tout retenu de ce qu'il venait de dire mais c'est en lui, qu'elle lisait de la perversion. Elle garda le silence, de peur de lui manquer davantage de respect puis avança vers la voiture. Il y avait plutôt, chez ces individus, une brillante activité d'esprit, qu'ils ne savaient exprimer ou qu'ils exprimaient mal, elle en était convaincue.

Quand Émile força pour dévisser un cadran, le père de Clémence se rua sur la portière.
– Il faut sortir maintenant !
Hélène vint à sa rescousse, le souffle court.
– Allez mon petit, viens là.
Alors qu'elle serrait son fils contre elle, le groupe se dispersa. Émile ferma les bras autour du cou de sa mère et la laissa lui psalmodier une sorte de litanie. Au Domaine, quand ils y restaient dormir pour les parties de chasse, Clémence avait déjà entendu Hélène égrener tous ces noms de saints, en rapport plus ou moins proche avec ses troubles mentaux. Le jeune homme, plus calme, se dégagea et partit en courant rejoindre le champ de courses. Alfred tonna en claquant des doigts :
– Ici, Émile !
Dans un nuage de poussière, le garçon fit demi-tour et s'assit au pied de son père. Enfin, quand Clémence et les siens rejoignirent leur voiture, Louis-Henri ne put s'empêcher d'épousseter les sièges étincelants.
La soirée allait se poursuivre chez eux, autour d'un bal.
Aujourd'hui, Clémence avait dix-sept ans. Elle repensa à Pauline, à son audace, au cercle dans lequel elle évoluait.
Un domestique attendait les Panas de Prinveaux devant la porte. Le thé était servi dans le petit salon. Louis-Henri alluma un cigare, Honoré blâma les agissements de Pauline, puis il prit ses aises dans un fauteuil et déplia la revue L'Œuvre. Mère et fille montèrent se changer.

À l'heure du dîner, Clémence descendit, parée

d'une robe claire en mousseline de soie. Légère, aérienne, elle scintillait. Une ceinture argentée marquait sa taille. Sa mère souligna son élégance. Avant, elle aurait évoqué sa beauté.
La vaste salle de l'hôtel particulier, richement éclairée, était décorée dans le style viennois. D'immenses tableaux représentaient les prouesses équestres d'une grande École d'équitation. Sur une commode, trônait la photo de mariage de ses parents. Clémence l'effleura. Sa mère, une belle brune aux yeux clairs, levait les yeux vers son époux, avec l'air d'être son obligée. Bien droit, côte à côte, le couple ne se tenait pas la main. Pour la première fois, l'absence de tendresse la frappa, davantage que l'écart d'âge, qui laissait deviner un mariage de raison, si fréquent dans la bourgeoisie. L'Alliance avait uni leurs positions sociales. Au moins, se dit Clémence, Pauline était bien partie pour faire un mariage d'amour. Gustave… Sa gorge se serra. Quel regard il posait sur elle !
L'assemblée était nombreuse et comptait, outre quelques membres de la famille, le docteur Gircourt, des notables de Paris, de grandes fortunes industrielles et son parrain, général de l'Armée de terre. Émile, vêtu de noir, ne put dissimuler son émerveillement devant Clémence et applaudit à sa vue. La jeune fille s'en amusa en exagérant une révérence.
Même si elle appréciait l'aisance matérielle dans laquelle elle évoluait, elle soupira. Le dîner n'en finissait pas, elle voulait danser. À partir de seize ans, les jeunes filles inauguraient leur quête matrimoniale, mais Clémence n'y pensait pas. Ce soir, elle avait envie de s'amuser, d'oublier. Elle

griffa sa joue, laissant courir ses ongles dans les sillons. D'un côté, elle était si belle ! De l'autre…
L'orchestre jouait des valses entraînantes de Strauss. En l'honneur de ses dix-sept ans, elle ouvrit le bal avec un cousin. Les autres convives se joignirent à eux. Clémence virevoltait sur le parquet. Comme Émile essuyait des refus de toutes parts, elle lui accorda une danse. L'aurait-elle fait si sa beauté était demeurée intacte ? Ce garçon inoffensif lui inspirait une terrible pitié et ses maladresses l'amusaient. Par moments, il remplaçait son frère Honoré qui ne passait son temps qu'à lui chercher querelle. Émile, ignorant les codes, fou de joie, aligna des pas désorganisés. Les pans de sa redingote s'agitaient dans tous les sens. Il tint Clémence beaucoup trop près, ce qui la fit rire. Des câlins, plus il en donnait, plus il en voulait et la jeune fille, à voir comment elle pouvait être la source de tant de joie, le serrait contre elle sans retenue.
Hélène accourut, gênée, et reprit son fils. Comme il continuait, Alfred intervint.
– Ce n'est pas ainsi qu'on fait la cour aux jeunes filles. Ressaisissez-vous !
Il lui donna une tape dans le dos. Émile rentra la tête dans les épaules et disparut. Le docteur Gircourt, les joues pleines de petits feuilletés, n'en perdait pas une miette. Clémence le vit sortir un carnet et prendre des notes en observant Émile d'un air posé.
Pour rien au monde je ne voudrais me retrouver dans son cabinet, se dit-elle en frissonnant de dégoût.
Alfred prit deux coupes de champagne sur un plateau, en tendit une à Hélène et la tira par le bras :

– Il va vraiment falloir songer à… le placer.
Sa femme agita la main, le regardant droit dans les yeux.
– J'en mourrais.
– Voyons, voyons… Il serait mieux…
– N'en parlons plus je vous prie.
Alfred allongea un soupir. L'industriel effrayait Émile mais craignait sa femme. C'est d'elle que venait la plus grande partie de sa fortune, il avait les pieds et poings liés quant aux décisions relatives à leur fils unique. Quand Louis-Henri s'avança vers lui, Hélène en profita pour s'éloigner.
Toute la soirée, le père de Clémence rechercha la compagnie d'Alfred. Il le suivit partout, accompagnant ses mots de grands gestes. Elle n'avait jamais vu son père, d'ordinaire plein d'assurance, pendu à quelqu'un de la sorte. Décidément, l'affaire qui les liait devait revêtir une importance certaine.
Tard dans la soirée, elle regagna sa chambre, se déshabilla, enfila un négligé et se regarda dans le miroir. Elle rejeta ses boucles en arrière et redressa les épaules. Allez, un peu de courage, combien de gens vivaient des malheurs bien plus grands, dans une misère totale alors qu'elle ne manquait de rien ? Tout de même… Son dos se voûta. Le seul qui l'avait invitée à danser, en dehors de sa famille, c'était Émile… Si on pouvait appeler cela danser. Elle se jeta sur son lit et enfouit sa tête dans l'oreiller.
Émile, le débile.

3

À l'aube, un cri réveilla Clémence en sursaut. Elle sauta dans une robe et dévala les escaliers. Face à la fenêtre, son père se tenait la tête, tandis que sa mère arpentait la salle à manger.
– Qu'allons-nous devenir, qu'allons-nous devenir ?
Honoré, dans un coin, observait la scène, le visage fermé. La jeune fille dévisagea sa mère.
– Que se passe-t-il ?
– Qu'allons-nous devenir...
– Qui a crié ?
– C'est... Un incendie.
– Le Domaine ?
– Mais non enfin !
Eugénie sortit son mouchoir et s'épongea le front.
– Où donc ?
– Ce sont les affaires de ton père. Mêle-toi des tiennes.
– Mais...
Eugénie fit un geste tremblant en direction de ses enfants.
– Cela ne vous regarde pas. Sortez !
Clémence talonna Honoré jusqu'au petit salon de bridge.
– Qu'est-ce qu'il se passe ?
– L'usine dans laquelle notre père a investi toute sa fortune vient de partir en fumée.
– C'est-à-dire ?
– C'est-à-dire qu'il est ruiné. Et nous avec.
Clémence s'affaissa dans le fauteuil. Honoré n'en

savait pas plus, sinon que Louis-Henri avait tout misé sur ce placement, avec l'aide massive des Warrender. Avec quelles garanties, quels intérêts ? Comment pouvait-on se retrouver ruiné ? Il ne sut répondre.
— Il va trouver une solution, dit Clémence.
— Je l'espère, parce que ce n'est pas avec toi qu'il récupèrera un bon parti.
Honoré quitta la pièce d'un pas vif. Traînait dans son sillage un parfum boisé, agressif. Clémence resta là, à gratter le bois de l'accoudoir. Il avait raison. Au moins, on ne la forcerait pas à épouser un riche vieillard, puisque même un riche vieillard ne voudrait pas d'elle.

Dans les jours qui suivirent, Louis-Henri rentra de plus en plus tard, pestant, jurant, dénonçant des noms que sa fille ne connaissait pas. Alfred Warrender ne venait plus boire et fumer le cigare, le soir au salon. Le dimanche suivant, on n'alla pas au Domaine. Clémence se surprit à regretter la compagnie d'Émile et leurs longues chevauchées en pleine nature. Devant la fenêtre, le regard vide, Eugénie rongeait ses ongles et malmenait les domestiques, menaçant de les renvoyer à la moindre incartade. Clémence et Honoré n'avaient rien appris de plus sur la situation, on refusait de la leur détailler. Leur mère se contentait de soupirer des « ça va aller, ça va aller » devant leurs regards interrogateurs et inquiets. Un vent d'incertitude soufflait, une ambiance oppressante pesait sur la demeure.
Le jour des épreuves du Brevet élémentaire, Clémence fut prise d'inquiétude.

À l'inverse des filles de son âge, qui ne comptaient que sur le mariage pour vivre une vie identique à celle de leur mère, elle voulait devenir institutrice. Il lui fallait pour cela passer son Brevet supérieur, réservé aux gens de sa caste, puis partir à l'École. Une fois nommée, les jeunes enfants s'habitueraient à elle. Au début sa blessure les effraierait mais très vite, avec tout l'amour et les connaissances qu'elle leur donnerait, ils l'aimeraient comme une petite maman. Même si elle était prête à se plier à une formation difficile, loin de sa famille, elle ne ressemblerait en rien à ces enseignants austères et acariâtres. Avant de partir, elle interrogea sa mère.
– Je pourrai poursuivre mes études, n'est-ce pas ?
Pour la première fois depuis longtemps, sa mère la regarda en face.
– Je ne suis sûre de rien.
Son air grave affola Clémence.
– Je ne comprends pas…
– Il n'y a rien à comprendre, aboya Eugénie. Tu verras bien !
Clémence pressa le pas. Paris lui semblait triste ce matin, avec son ciel gris et ses nuages bas alors que le printemps s'épanouissait. À une intersection, la jeune fille manqua de se faire renverser. Il y avait quelques jours encore, son avenir professionnel était tracé et voilà qu'un sentiment terrible d'insécurité l'enveloppait, serrant son ventre dans des spasmes douloureux. Sur ce point, elle n'enviait pas sa cousine. Pauline s'arrêtait là, au Brevet élémentaire puis intégrait à la rentrée l'École d'infirmière de la Salpêtrière. Clémence en frémissait d'avance pour elle, depuis qu'elle avait entendu sa mère en parler autour d'un thé avec

madame de la Bonardière, parce qu'une de ses lingères y était entrée. Elles disaient qu'après un examen ridicule, -une formalité-, on prenait tout le monde, *là-bas*. Lingères, buandières... et on les parquait dans d'infâmes dortoirs, véritables nids à contagion. Honteux ! Madame de la Bonardière avait même raconté que sa lingère était sortie de *là-bas* avec la tuberculose. Déjà que sa vie n'était pas « folichonne » avait-elle ricané en singeant sa domestique, voilà qu'elle était fichue ! Eugénie avait renchéri : inutile de tergiverser, la sainte et délicate mission du soin, quand on était une femme, revenait aux religieuses. Madame de la Bonardière avait acquiescé dans de grands mouvements de tête.
Clémence s'arrêta sur le trottoir et tâta son ventre douloureux. Pauvre Pauline, qui allait vivre avec ces... filles de service. Heureusement, son père allait redresser ses finances et lui paierait ses études, au lieu de la fourrer par dépit dans une école gratuite.

En fin d'après-midi, au lieu de rejoindre Pauline sur la place, Clémence rentra. Au milieu de la cour, elle détailla, stupéfaite, la luxueuse voiture stationnée. C'était celle des Warrender ! Se pouvait-il que tout soit rentré dans l'ordre ? Louis-Henri et Alfred se serraient la main. Quand il aperçut Clémence, ce dernier la salua et s'engouffra dans son automobile. Pourquoi ce départ précipité ? Depuis le perron, son père invita Clémence à le suivre. Eugénie les rejoignit au salon. Alors que ses parents restaient debout, son père désigna un fauteuil.

– Assieds-toi.
La jeune fille prit place au bout de l'assise. Dans cette situation inhabituelle, elle se sentait traquée.
– Tes épreuves se sont bien déroulées ? demanda Louis-Henri.
Clémence déglutit. Son regard allait de l'un à l'autre.
– Oui. C'était… assez facile.
– Tant mieux, dit Eugénie.
Louis-Henri déboucha une bouteille. Un silence s'installa et au milieu, une absence, qu'avait remarquée Clémence depuis son retour de l'école.
– Maria n'est pas là ?
La domestique, préposée à la cuisine et au service, travaillait pour la famille depuis plus de dix ans.
– Nous l'avons remerciée, dit Eugénie. Provisoirement.
Clémence se redressa. Maria était une bonne personne.
– Aurait-elle mal agi ?
– Les finances sont... au plus mal.
– Je ne pourrai pas étudier ?
– Étudier ? Oh… Nous avons de plus grandes ambitions pour toi.
– Vous étiez d'accord pour que je devienne institutrice.
Eugénie pâlit, il fallut qu'elle s'évente. Le ton de Louis-Henri se durcit.
– Tu n'auras pas besoin de t'asservir dans le travail.
– C'est que… cela me plairait !
Eugénie s'assit à l'opposé de sa fille et lissa sa robe, les yeux rivés sur le tissu. Louis-Henri se servit, posa la bouteille sur le guéridon et leur tourna le dos. Son visage tendu se reflétait dans la vitrine du vaisselier.

– Que s'est-il passé ?
Louis-Henri but une longue rasade.
– J'ai investi bien plus que je ne possédais. Sans entrer dans les détails, il y a eu… cet incendie. Je n'avais pris aucune garantie, sauf une.
– Ah oui ?
Clémence retint sa respiration. On ne savait toujours pas de quoi était fait ce stock mais elle n'en avait rien à faire. Quelque chose la concernait et, venant de son père, ça ne pouvait pas être heureux.
– Je ne pensais pas devoir m'acquitter d'une telle dette, mais nous n'avons pas le choix.
Comme pour un verdict, Clémence se leva. Il se tramait un événement qui ne lui plaisait pas. Pour la première fois, son père lui tendit un verre. Elle l'accepta en tremblant.
– Tu vas épouser Émile.
Son regard alla d'un endroit à un autre et plongea dans son vin. Émile ? Comment ça ? Il ne pouvait s'agir d'Émile Warrender ! Alors, lequel ? Combien en connaissait-elle ? Trois, peut-être. Le postier, le fils du boucher, trop pauvres et… un étudiant de la bande à Gustave, déjà fiancé.
Comme s'il avait deviné lequel elle éludait, son père mit fin au doute.
– Émile Warrender de Sales, voyons.
Clémence lâcha le verre. Eugénie poussa un cri et courut chercher de quoi nettoyer. Sa fille resta debout, le souffle coupé. Tout tournoyait autour d'elle.
– Émile ? Mais… c'est un garçon très limité !
– Limité… Bon. Il suit un programme de soins à l'hôpital, assura Louis-Henri. Sa condition mentale

pourrait s'améliorer.
C'était insensé. On la considérait plus mal qu'elle ne l'aurait cru, son cœur se serra de tristesse. Pourquoi l'obligeait-on ? Les mariages d'amour existaient de nos jours !
– Cela ne me convient pas !
Son père se retourna. Une rage profonde sourdait en lui. Sa voix se fit plus grave. Sa mère blanchissait à vue d'œil. Louis-Henri débita :
– Alfred Warrender de Sales m'a prêté une grosse somme pour l'investissement. Je devais la lui rendre après la vente du... stock. Tu connais la suite. Votre mariage renflouera nos comptes et permettra une association fructueuse avec ce riche industriel que je compte parmi mes amis. C'est un arrangement entre adultes, et dans ton intérêt.
– Dans mon intérêt ?
– Quel homme de ton rang voudra de toi, sinon ?
Clémence se jeta sur la bergère. Ses jambes ne la tenaient plus. Un rouge écarlate colorait ses joues.
– Mais... Tous ne s'arrêtent pas aux apparences !
– Tu causerais notre ruine en t'entêtant. Émile est un gentil garçon. Ce ne sera qu'un petit effort au regard des enjeux financiers.
– Vous me vendez ?
Louis-Henri leva son doigt.
– Ne sois pas insolente.
Eugénie frottait toujours le tapis au même endroit.
– Et vous, maman, qu'en pensez-vous ? Vous m'aviez dit que cette histoire ne me concernait pas.
Elle regarda enfin sa fille, d'un air détaché. Comme une erreur de la nature. Comme une erreur, tout court.
– Pour l'amour du Ciel ! Nous n'avons pas le choix.

Clémence se redressa. Elle dévisagea sa mère puis son père.
Alors c'était ça, les regards en coin au champ de courses, l'attitude étrange d'Alfred. Ils la mettaient dans la balance, ils la négociaient. Louis-Henri la vendait à ce fichu débile pour renflouer ses comptes ! Au début, se rassura-t-elle, ils avaient dû plaisanter : « Si tout part en fumée, Louis-Henri, vous donnerez votre fille à Émile et votre dette sera effacée ! » Ils avaient sûrement ri en se tapant l'épaule. « Ça alors, ça ne serait pas de chance mais… entendu ! » Et l'usine avait pris feu.
— Vous aussi, maman, vous pensez que je suis si laide que seul un simple d'esprit voudrait de moi ?
— C'est aussi pour ton aisance financière que nous avons pris cette décision.
Cette décision ? Le cœur de Clémence battait la chamade. Le père Warrender avait trouvé en elle la femme parfaite pour sa descendance. Une fille de bonne famille mais repoussante et son fils, riche mais débile. L'un valait bien l'autre ! Combien, pour cet accord ?
La jeune femme se servit un autre verre, sous le regard médusé de son père, et le but d'un trait. Une idée venait de la bousculer mais elle avait appris qu'agir dans la précipitation ne menait à rien. Elle inspira, son ventre noué lui faisait mal. Sa tête tournait. Que faire ? Que se passerait-il si elle leur tenait tête ? Ils la chasseraient ! C'était tout bonnement impensable. Elle était acculée.
Clémence se tourna vers eux, les mains en prière.
— Laissez-moi quelques jours pour réfléchir.
Eugénie et Louis-Henri lui donnèrent du « *mais bien sûr, réfléchis ! Mais c'est tout réfléchi. Tu auras une belle*

vie tu verras, une vie de luxe où tu n'auras pas besoin de travailler ! Et tu sauveras ta famille, Clémence chérie ».

— Tu y trouveras ton compte, conclut Louis-Henri.

Et, dans ce petit salon aux allures de prison, la voix de son père résonna. Clémence tourna les talons, sortit et s'adossa au seul arbre qui habillait la cour. Le vent rafraîchit son visage. L'échange l'avait mise en nage. On ne pouvait pas lui infliger cela. À dix-sept ans, sa vie n'en était qu'à ses balbutiements et, en elle, bouillait une force qu'elle se fatiguait à retenir. Elle abandonna la tête en arrière. Émile... Émile ! Un haut-le-cœur souleva sa poitrine. « *Tu y trouveras ton compte* ».

Elle voulait étudier ! Même s'il ne lui rapporterait pas autant que la fortune des Warrender, son métier lui plairait ! Son logement serait mal chauffé, elle regarderait chaque dépense au centime près mais la reconnaissance dans les yeux des écoliers après une parole douce ou un encouragement valait tant cet engagement ! Tante Gabrielle disait que travailler, c'était gagner son indépendance. Et elle, elle ne voulait dépendre de personne. Émile ! Son dos s'affaissa encore contre l'arbre. Son métier donnerait un sens à sa vie, un sens qui ne se monnayait pas et ce n'était pas un benêt avec tout l'or du monde qui allait lui arracher sa liberté. Elle jeta un œil vers la maison et aperçut la silhouette de sa mère derrière un voilage. L'ombre disparut aussitôt. Qu'est-ce qui clochait dans cette famille ? « *Tu y trouveras ton compte* ». Les mots revinrent mordre son cœur.

Et si c'était vrai ? Si aucun homme *normal* ne voulait d'elle, jamais ? Et Pauline ? Et sa tante ? Qu'en penseraient-elles ? Il fallait qu'elle les voie.

Mais… l'heure du dîner approchait ! Tant pis. Ils la laisseraient bien tranquille quelques jours.
Elle se leva et quitta l'Hôtel.

4

— Mais il est débile… débile ?
Pauline mimait ses mots. Elle travaillait une pâte et la farine sur son nez lui donnait un air malicieux. Gabrielle la houspilla en riant. Clémence, malgré son visage défait, éclata de rire.
— Pire.
Pauline plaqua la main sur son front et feignit le malaise.
— Oh mon Dieu…
Sous les toits, chez les Ansart, il faisait bon vivre. Ils ne se plaignaient jamais. Pourtant, l'été, une chaleur accablante les torturait et, l'hiver, le froid s'insinuait par l'unique fenêtre et les murs mal isolés. C'était si sommaire à côté de l'Hôtel ou du Domaine ! Ce soir, une bonne odeur de ragoût flottait dans l'air. Dès l'arrivée de Clémence Paul avait refermé son journal. Il s'insurgea d'une voix forte :
— Nous ne sommes plus au dix-neuvième siècle Bon Dieu !
Il rejoignit les trois femmes attablées.
— As-tu essayé de discuter ? demanda Gabrielle.
— Oui. Ils disent que si je refuse ils seront ruinés. Que c'est… mon devoir.
— Tu rencontreras un homme qui te mérite, dit Pauline en levant le doigt. Et il ne sera pas débile. Tiens bon !
— Et s'ils me chassent ou… me renient ?

Gabrielle se leva et remua la viande.
– Tu dois préparer un métier.
– Je veux devenir institutrice mais sans l'aide de mes parents…
– Notre porte t'est grand ouverte, dit Paul.
– Nous ne pouvons pas t'aider financièrement, ajouta Gabrielle, mais, oui, tu es ici chez toi.
Le regard de Clémence brilla de reconnaissance. Ils manquaient de tout mais étaient prêts à l'accueillir, à veiller sur elle comme sur leur propre fille. La jeune femme se leva avec tant d'énergie que sa chaise se renversa. Elle courut dans les bras de sa tante. Les larmes trop longtemps retenues sortirent dans un sanglot.
– Merci, tante Gabrielle !
Les yeux de Pauline s'agrandirent.
– Et si tu partais avec moi à la Salpêtrière ? C'est une école gratuite !
Sa cousine se figea.
– C'est… C'est une idée.
Ciel… Elle, Clémence Panas de Prinveaux, dans une école de l'Assistance publique ! Lui revinrent à l'esprit les mots de madame de la Bonardière. Elle se vit parquée dans un infâme dortoir, nid à tuberculose, recouverte de poux avec, à ses côtés, de vulgaires lingères aux accents patois. Non. Son père allait la laisser étudier. Il n'y avait pas d'autre solution !
– Tout cela est un bouleversement pour elle, reprit Gabrielle. Le salaire ne serait pas le même que celui d'institutrice… et la vie non plus. Laisse-la discuter encore avec son père. Ensuite, elle avisera. De toute façon, il lui faut son autorisation pour entrer à l'École.

Une autorisation ? Jamais il ne la lui donnerait ! Clémence ne sut s'il fallait se réjouir ou se lamenter. Oui, on aviserait…

Comme la nuit tombait, on lui proposa de rester.
–Oh non non, il faut que je rentre !
Paul décrocha sa veste du porte-manteau.
– Je te raccompagne.
– Oh non… Vous alliez dîner.
– Je te raccompagne et ce n'est pas négociable.
Au-dessus des réverbères, une lune pleine les éclairait. Clémence prit le bras de son oncle. À cette heure tardive, le grouillement parisien avait laissé place à une accalmie mais il fallait rester prudent. Depuis que les automobiles côtoyaient les voitures à chevaux, on risquait de se faire renverser à toute heure. Le caoutchouc des pneus lissait la ligne centrale des routes, formant une vaste et humide litière de crottin sur les bas-côtés, où les cyclistes devaient se résoudre pourtant à circuler depuis que le préfet avait pris des mesures. Il fallait bien réduire la pollution mais tout de même… Clémence se pinça le nez et se serra un peu plus contre lui. L'odeur empoisonnait l'atmosphère. Celle de la chaussette sale que dégageait Paul après sa journée de travail était presque réconfortante à côté. D'un geste paternel, il referma son bras et pressa le pas.
Devant la grille de l'Hôtel, il déposa une bise sur sa joue et lui tapota l'épaule en répétant d'un ton affirmé :
– Nous ne sommes plus au dix-neuvième siècle Bon Dieu.
– Grand merci, mon oncle.

Clémence disparut dans la cour puis resta un instant sur le banc. La voiture de son parrain, le général de Villemont, stationnait juste là, de l'autre côté. Il avait dû venir pour la soirée. Clémence eut un sourire satisfait. Au moins, même si cet homme condescendant parlait fort, elle n'aurait pas à se retrouver seule avec Honoré et ses parents. Un frisson la parcourut. Soit elle épousait Émile et sa famille retrouvait sa fortune, soit elle leur tenait tête et, ruinée, elle ne pourrait pas étudier. L'École d'infirmière ? Hors de question… Comment Pauline pouvait-elle se montrer aussi enthousiaste à l'idée d'y entrer ? Et ensuite ? En sortirait-elle vivante ? Qu'allait-elle devenir ?

La porte s'ouvrit sur son père. Elle sursauta et se leva d'un coup. La dureté de son visage la saisit d'effroi. Il ne négocierait pas. À cet instant, le moindre petit ailleurs, pauvre et étriqué, lui apparut plus chaleureux que cette immense maison qui gelait son cœur.

— Enfin ! Nous t'attendions pour dîner ! claironna-t-il. Où étais-tu ? Tout va bien ?

Tout va bien ? Elle réprima un ricanement.

— Je suis allée marcher un peu.

Sa mère arriva, un verre à la main, et l'invita à s'attabler. Le général théâtralisa sa joie de revoir sa filleule. Sa tirade sonnait faux, il faisait tout pour la mettre à l'aise. Comme on prenait soin d'elle, Clémence se détendit. C'était presque grisant, de voir ce petit monde pendu à elle.

— En fait, j'étais chez tante Gabrielle et oncle Paul. J'aime bien voir Pauline.

Eugénie suspendit sa fourchette au-dessus de son assiette. Louis-Henri toussa et but une lampée de rouge.

– J'espère qu'on ne te met pas de mauvaises idées dans la tête.
Sa femme raconta au général l'accoutrement de Pauline à l'hippodrome. Quel scandale !
– Moi, je l'ai trouvée très belle.
Son parrain recouvrit la main de sa filleule de la sienne, dodue et froide.
– Toi aussi tu aimes porter de belles toilettes, raffinées et… chères ! Tu serais malheureuse sans cela.
Elle retira sa main. C'était officiel. Cet homme, toujours prêt à la gratifier d'un cadeau ou d'une parole polie, comme le voulait son titre de parrain, se dressait contre elle à son tour. Le regard qu'ils venaient d'échanger, ses parents et lui, ne laissait aucun doute. Elle repoussa son assiette. L'idée de ce mariage, ou de cette mascarade, lui donnait la nausée. Le rire du général partit, clair, forcé.
– Allons, allons, ne te ferme pas, ma petite. Parlons d'autre chose.
Clémence puisa dans ses ressources pour paraître polie, mais participa sans envie au débat qui s'ouvrait autour de la récente séparation de l'Église et de l'État.
Au dessert, tout guilleret sous les effets du vin, le général recula sa chaise.
– Passons au salon, proposa Louis-Henri.
– Je vais dormir, dit Clémence. Bonne nuit.
Devant la porte de sa chambre, sa mère prit un air dévasté.
– Je t'en supplie. Réfléchis !
– Bonne nuit.
– Ton parrain a promis de vous… de t'offrir un de ses appartements parisiens pour votre mariage.

Tu te rends compte ? Je doute que Pauline reçoive un tel cadeau. Essaie de mesurer ta chance.
Clémence serra les poings.
— Bonne nuit.

5

La nuit était tombée depuis longtemps. Clémence referma son livre et éteignit mais le sommeil ne vint pas. La tête d'Émile se dessinait partout, une innommable rage montait du fond de son cœur. Elle la chassa en allumant son chevet. Le visage de Gustave apparut sur le rideau de velours. Celui de Pauline s'y superposa et Clémence sourit, la gorge nouée. Gustave avait l'air bien plus amoureux que Pauline, même si cette dernière affichait un visage radieux à chaque fois qu'il arrivait. Sa cousine aimait papillonner et vivre. Il y avait toujours du monde autour d'elle. Les garçons la regardaient comme une vraie femme, alors qu'elle-même grandissait dans un corps presque enfantin. Clémence laissa courir ses doigts sur le drap, reproduisant les caresses qu'il pourrait donner à Pauline. Elle les vit, ils étaient là, marionnettes de bois entre ses mains. Le désir projetait dans les yeux de Gustave des éclats de lumière. Jamais on ne la regarderait comme ça. Jamais on n'aurait envie de l'embrasser sur la bouche. Celle de Gustave était si belle… Ses fossettes se creusaient quand il l'étirait. Son accent américain lui donnait du chien, accentuait la douceur de sa voix. Son corps frémit.
Elle se leva d'un coup et tira les rideaux. Le vent s'était levé et s'insinuait sous les fenêtres. Sans bruit, elle ouvrit les volets. L'agitation de la nuit

montait depuis le mur d'enceinte. Une lumière vive éclairait un carré de cour : ses parents ne dormaient pas. De quoi pouvaient-ils bien parler, sinon d'elle ? Quelques jours plus tôt ils ne la regardaient plus et voilà qu'à présent, sans elle, ils étaient perdus. Même Honoré montrait quelque gentillesse. Quel goujat... Clémence eut un rire amer en refermant les battants. Elle enfila ses chaussons et descendit l'escalier. Un instant, elle hésita, puis avança à pas feutrés jusqu'à la chambre de ses parents et plaqua son oreille à la porte. Malgré leurs efforts pour parler bas, le ton montait entre Eugénie et Louis-Henri. Que se disaient-ils ? Clémence pivota et colla son œil devant le trou de la serrure. Sa mère, de profil, brossait ses cheveux devant le miroir de la coiffeuse. À quarante ans, sa beauté ne se fanait pas et la masse qui cascadait sur son épaule n'avait rien perdu de son éclat. Son déshabillé laissait deviner une silhouette alerte et élancée, entretenue par des exercices de gymnastique quotidiens.

La voix grave de son père plomba les jambes de Clémence.

– C'est une jeune fille docile, vous dis-je. A-t-elle déjà désobéi ?

Il y avait dans l'attitude de sa mère comme une hésitation.

– Non... mais entre accepter de finir son assiette et... épouser Émile...

Clémence entendit un bruit sec. Son père avait dû frapper sur le bois du lit.

– Elle n'a pas le choix. Il lui faut la richesse sinon, elle n'a rien.

La jeune fille reçut un coup au cœur, mais son père

avait raison. Sa blessure servait leurs intérêts et… sans fortune, que deviendrait-elle ?
– Elle est intelligente ajouta Louis-Henri, elle sait cela.
Eugénie tressait ses cheveux.
– Elle aurait fait une bonne institutrice, même médecin ou… avocate ! Elle a de l'esprit.
– L'esprit ne suffit pas. Quel élève apprendra l'algèbre devant cette figure ? Quel patient poussera la porte de son cabinet ? Quel juge convaincra-t-elle ?
Sa mère émit un petit rire.
– Louis-Henri, vous êtes dur.
Si Clémence expirait, un cri sortait. Elle plaqua la main devant sa bouche.
– Quand même, souffla Eugénie. Quel gâchis ! Elle était si jolie.
– Le Ciel lui a envoyé cette épreuve pour nous sauver.
– En tout cas Hélène Warrender a trouvé le bon compromis, voilà son fils entre de bonnes mains jusqu'à la fin de ses jours. Ils ont tout gagné.
Jusqu'à la fin de ses jours…
Clémence aéra sa chemise de nuit. Elle avait de plus en plus de mal à retenir son souffle. Louis-Henri passa les doigts dans les cheveux de sa femme. Leurs visages collés, ils se regardaient dans le miroir. Il parla plus bas.
– Votre déshabillé me donne le tournis…
Clémence perçut du dégoût chez sa mère. Pourtant, Eugénie laissa courir les mains de son mari sur la soie, l'invitant à presser ses seins. Alors c'était cela, le mariage ? Pliée en deux devant la serrure, elle avait de plus en plus de mal à maîtriser

sa respiration. *Sinon, elle n'a rien.* C'était tout son corps maintenant qui s'alourdissait de chagrin.
Quand la bretelle d'Eugénie glissa, Clémence écrasa son œil au plus près. Ils parlaient si bas maintenant qu'elle n'entendait plus. Sa mère se tourna vers la porte. La jeune fille se décala et buta dans la colonne de pierre, retenant le vase de justesse. Pourvu que le bruit sourd ne les ait pas inquiétés… Fallait-il s'enfuir ? Elle ne bougea pas. Enfin, elle se posta à nouveau devant la petite ouverture mais, aussitôt, son père ouvrit grand et, les sourcils froncés, la tira par les cheveux.
– Eh bien, tu écoutes aux portes maintenant ?
Eugénie remonta son vêtement.
– Depuis quand es-tu là ?
– Je… là, j'arrivais juste et…
Louis-Henri tira sa queue de cheval d'un coup sec et relâcha.
– Quelle mauvaise fille ! Ah ! tu seras à ta place dans ce mariage !
Le regard qu'Eugénie lui lança déchira son cœur. Clémence s'excusa, fila dans sa chambre et disparut sous les draps. Les larmes montèrent, inondèrent le coussin. *Sinon, elle n'a rien.* Il fallait quitter cette famille de malheur. Par n'importe quel moyen, le mariage ou le nid à contagion, tout quitter.

***

– J'espère que tu as réfléchi, bien que tu me doives obéissance, jeta Louis-Henri au petit-déjeuner.
– Je… Oui, père.
– Nous irons au Domaine dimanche. Les Warrender

nous rejoindront pour le thé. Je te prie de leur réserver un accueil de choix. Nous officialiserons vos fiançailles.

Clémence baissa les yeux. La honte cuisait ses joues. Elle n'avait pas fermé l'œil de la nuit et le manque de sommeil tirait ses traits. Un instant elle entendait « *Sinon, elle n'a rien* » comme une fatalité à laquelle se plier et dans la minute suivante elle doutait. Et si, au contraire, elle avait *presque* tout ? Louis-Henri venait de quitter la pièce mais le ton de sa voix l'effrayait encore. Elle était incapable de lui tenir tête et puis… ça ne se faisait pas. Si elle s'y hasardait, jusqu'où irait sa colère ? Leur avenir dépendait d'elle, elle était née pour en arriver là. C'est ce que Dieu voulait. Il fallait qu'elle y trouve une consolation. Après tout, mariée, elle serait dans la destinée des femmes de son temps. Clémence sentit monter la crainte à l'idée de se retrouver vieille fille. Cet état, celui de laissée-pour-compte, relèverait de l'anormalité. Sa différence était un vice dans cette époque où l'on rejetait les vieilles filles, perçues comme dangereuses pour l'ordre social. Inenvisageable ! Elle n'ignorait pas que, sans études sérieuses, et faute d'un salaire décent réservé aux hommes, l'avenir des femmes était fait de précarité, d'opprobre et d'exclusion, par les soupçons d'immoralité qui pesaient sur elles. Elle avait vu, dans un journal chez sa tante, le soulèvement de femmes dans une usine, elles se plaignaient des agissements immoraux de leurs contremaîtres mais n'avaient d'autre solution que de… continuer. La police les avait sévèrement réprimées. Certaines même, par manque d'argent, acceptaient, à la sortie de l'usine, de…

Le cœur de Clémence s'emballa. Vieille fille… Le terme « fille » ne désignait-t-il pas pareillement les femmes esseulées et les prostituées, filles de solitude et filles de joie ? Quelle vie ? Une vie de bohème, où il faudrait faire face au déni de son talent car il n'est de talent que masculin.
Alors que… par ce mariage, elle serait riche, pourrait enseigner et chevaucher quand elle le voudrait ! Mener sa vie comme elle l'entendrait ! Mais… se coucher avec lui… Se coucher avec lui ! Et puis il faudrait avoir des enfants ! Elle avait déjà vu comment faisaient les chevaux au pré… Clémence réprima un haut-le cœur. Pourquoi ce terrible accident ? Pourquoi elle ?
Alors que ses parents tricotaient son avenir à mailles serrées, elle cherchait le bout sur lequel tirer et ne le trouvait pas. Un bout pourtant… Il devait bien y en avoir un !
Celui par lequel tout se défait.

6

– *Dominus vobiscum.*
– *Et cum spiritu tuo.*
Au premier rang, Eugénie répondait d'une voix forte. Radieuse, ses lèvres rose foncé rappelaient sa tenue, éclatante. La semaine s'était écoulée, lente, morose. Après la messe dominicale, les Panas de Prinveaux rejoindraient le Domaine. Clémence, au deuxième rang avec son frère, n'accueillait les sourires de ses parents qu'en regardant ses pieds. Lui avaient-ils déjà témoigné une telle attention ? Au fur et à mesure de la célébration, un sentiment de solitude l'envahit. Quand son père se retourna, elle eut un mouvement de recul.
Quel bout ? Sur quel bout tirer ?
Le prêtre bénit l'assemblée et entonna le chant final. Enfin, tout le monde se dirigea vers l'allée centrale et se retrouva sur le parvis où les enfants riaient et jouaient déjà.

Dès leur arrivée à la campagne, Clémence aida la bonne à dresser la table. Le renvoi des domestiques n'était plus à l'ordre du jour. Sa mère la rejoignit devant le vaisselier. Les assiettes s'entrechoquaient dans leurs mains, l'une d'entre elles s'ébrécha. On allait trop vite, on ne savait plus comment s'y prendre, on ne se connaissait plus.
Là, devant, s'étalait l'immensité du Domaine. Quelle belle nature, sauvage et préservée ! Le cadre,

bucolique, offrait un mélange de verdure qui se reflétait dans l'eau des étangs environnants. Clémence s'était toujours sentie à l'abri ici mais ce qui se tramait aujourd'hui sonnait la fin de l'insouciance et de l'enfance.
Malgré un temps incertain, le fond de l'air restait doux. On s'installa dehors. Attablé, un cigare à la main, Louis-Henri refaisait le monde avec Honoré. Sa mère tira une chaise et Clémence prit place à son tour. L'envie lui prit de déguerpir. On l'avait serrée dans une cage et on la visitait, lui jetant à travers les barreaux un pain amer, trempé de paroles douces et prévoyantes. La vie n'était décidément ni raisonnable, ni arrangeante.
Pendant le déjeuner, elle ne pipa mot et se força à manger. La cuisinière avait préparé un plat délicieux, mais rien ne passait. Honoré monopolisa la discussion et pour une fois, elle lui en était reconnaissante. De toute façon, que dire ? C'était fichu et… cet air que prenait sa mère… lointain, absent. Louis-Henri ne cessait de regarder sa montre. Elle l'observa comme un étranger. Était-ce vraiment cela, un père ?
Juste avant le dessert, elle rassembla son courage. Peut-être qu'à force d'arguments pesés, ses parents comprendraient que, non, vraiment, elle ne pouvait pas. Honoré s'affala sur sa chaise, lui adressant un sourire en coin. Quelle arrogance ! Son avenir dépendait d'elle ! Ou peut-être était-il persuadé que, par ce mariage, on la sauvait elle aussi ? Elle, qui n'avait jamais dit un mot plus haut que l'autre, qui avait essuyé chaque fraternelle moquerie en serrant les dents et qui demandait si peu d'affection qu'on ne lui en donnait pas.

Il fallait essayer, les convaincre.
Je ne l'épouserai pas ! se retint-elle de hurler. Mais le regard de son père enraya son assurance. Il souffla la fumée vers le ciel sans la quitter des yeux. Sous sa robe, la sueur dégoulinait, son cœur bondissait. Elle se leva et resta plantée devant le guéridon. Son œil allait de l'un à l'autre des trois visages figés sur elle. Elle croisa les bras.
– J'épouserai Émile, à deux conditions.
Eugénie reposa lentement ses couverts. Le sourire d'Honoré disparut.
– Sinon, je préfère me tuer ou que vous m'enfermiez, là-bas, chez les folles.
Louis-Henri écrasa son cigare et frappa dans les mains.
– Eh bien ?
Clémence s'imposa un temps de silence en comptant jusqu'à cinq. Cela rendrait l'instant plus solennel. Sous sa menace, la Terre avait cessé de tourner et pourtant, c'est elle qui manquait de s'écrouler. Elle puisa loin pour y arriver, se récitant *Antigone,* qu'elle avait relu tant de fois et qui lui donnait, en songe, des ailes infinies : « Je n'allais, pas moi, céder à la crainte qu'inspire un homme, quel qu'il soit, et avoir à en répondre devant les Dieux »*
– Un, vous ordonnez à mon frère de s'agenouiller devant moi et de me demander pardon pour toute sa méchanceté.
Honoré poussa un cri d'effroi.
– Et… Deux ? s'enquit Eugénie.
– Deux vient après un.
Louis-Henri agita la main en direction de son fils.
– Bien, Honoré.

**Antigone*, Sophocle, traduction de René Biberfeld

— Mais… il n'en est pas question !
— Ne fais pas d'histoires.
— Mais… Qu'est-ce qu'il lui prend ?
— Honoré ! je t'en conjure ! s'étrangla sa mère.
Comme il s'obstinait, son père haussa le ton, menaça. Le jeune homme ouvrit grand les yeux puis s'avança et posa un genou à terre devant sa sœur.
— Les deux, et les mains en prière.
Honoré hésita puis s'exécuta, les poings serrés.
— Voilà, je t'écoute.
Il y avait dans le regard de son frère une telle rage que Clémence regretta aussitôt. Enfin, il était trop tard, mieux valait s'en délecter.
— Je te demande pardon.
— Pour toutes les méchancetés que je t'ai dites. Tu as oublié ça.
— Pour toutes les méchancetés que j'ai dites.
— Que JE T'AI dites. Redis toute la phrase et commence par « Ma Clémence chérie ».
— Ma… Hum. Ma Clémence chérie, je te demande pardon pour toutes les méchancetés que je t'ai dites.
Honoré se releva d'un bond et envoya un coup de pied dans le banc, puis il brandit son poing en direction de sa sœur, l'air de dire « *tu me le paieras* ».
Clémence se mordit la lèvre au sang.
— Et… Deux ? demanda Eugénie d'une voix d'outre-tombe.
Tous les regards se refermèrent comme un sac sur Clémence. Elle suffoquait. Lui revint en mémoire la ruse de sa nourrice pour lui faire reconnaître une bêtise. Elle ne demandait pas : « C'est vous, qui avez volé les confiseries ? » mais : « Combien en

avez-vous volé ? » L'enfant reconnaissait alors son forfait en ne répondant « qu'une seule », alors qu'on n'était pas sûr que ce fût elle. La jeune fille se tourna vers Louis-Henri.
– Combien de temps m'accordez-vous, avant de l'épouser ?
Il blanchit.
– Pourquoi cette question ?
Malgré un bouillonnement, Clémence s'obligeait à le regarder en face.
– Je demande deux ans.
Il se leva d'un coup et enfonça les mains dans les poches.
– C'est insensé !
– Le temps d'étudier.
Les époux échangèrent un regard furtif. Louis-Henri se gratta la tête.
– Alfred n'acceptera jamais.
– J'en fais mon affaire.
Clémence sentit un poids dans son cœur. Dans quoi s'était-elle fichue ? Mais quelque chose venait de rompre en elle. Seul un dégoût des siens la guidait, elle n'avait plus rien à perdre. Eugénie s'avança et aplatit les mains sur le guéridon. L'étranglement dans sa gorge affolait son timbre.
– Il faut conclure cette noce au plus tôt.
– Deux ans.
– Peut-être pourrait-elle étudier une fois mariée ?
Louis-Henri adressa un signe à peine visible à son épouse. Il disait sans le dire : « taisez-vous », puis il pointa le doigt vers sa fille.
– Cesse tes négociations hors de propos.
Eugénie joignit les mains sous le menton.
– Je t'en prie Clémence, que cherches-tu en nous

offensant ?
Louis-Henri leur tourna le dos. Sa voix apparaissait plus lointaine.
— Les Warrender ne vont plus tarder.
Honoré, enraciné sur sa chaise, gardait un silence éberlué. Fallait-il que Clémence en reste là ? On l'avait élevée ainsi, obéissante et docile. Pourtant, la situation d'urgence la débridait. Il fallait gagner du temps.
— Deux ans. Parlons-en avec Hélène et Alfred. Sinon…
— Sinon quoi ? tonna son père.
— Sinon je m'enfuirai !
Eugénie leva les bras et les laissa retomber.
— Je t'en prie…
Clémence s'approcha d'elle. Sa gorge se serra d'infliger tant de douleur à sa mère. À voir son visage anéanti, sa fille la renvoyait à son propre mariage. Elle avait vu, devant sa coiffeuse, que son mari la répugnait. Deux ans, ou rien… quelle différence à la fin ? Alors que Clémence ouvrait la bouche, s'apprêtant à rendre les armes, son père la devança.
— Tu feras ton devoir, que cela te plaise ou non.
Elle tressaillit, Honoré esquissa un sourire mesquin. Si elle pouvait lui tordre le cou ! Tout cela lui donnait le tournis et sa mère, défaite, lui faisait pitié. Pourtant, elle ne pouvait pas. L'air lui manquait, elle se raidit. Tout ce temps à nager contre elle-même, c'était fou, c'était trop. Non, elle ne pouvait pas. Les bras haut sur la poitrine, elle laissa les mots sortir.
— Non, je n'épouserai pas Émile. Je n'ai pas à me sacrifier parce qu'un chien m'a labouré le visage.

– Pardon ? dit Louis-Henri.
– Clémence ! cria Eugénie.
– Je suis une mauvaise fille. Vous me l'avez bien montré !
Son père l'attrapa par le col.
– Je t'interdis !
Honoré rentra dans la maison et claqua la porte, Eugénie sortit son mouchoir.
– Tu vas obéir, sur-le-champ ! reprit-il, les yeux injectés de sang.
– Depuis quand les sottes promettent ? Car je suis sotte, n'est-ce pas ? puisque vous me donnez à un sot !
La gifle de son père lui tordit le visage. Eugénie tapa sur le guéridon.
– Arrête Clémence ! Tu es trop injuste !
La colère lui donnait une force toute spéciale, dont la jeune fille sentit les lianes s'enrouler dans son ventre, et jusque dans sa cage thoracique. Elle était vivante, aussi vigoureuse qu'une plante après l'hiver. Elle pouvait vouloir alors elle voulait. Ses parents ne tiendraient pas sa vie dans leurs fers. Ni eux, ni personne. Elle les montra du doigt en reculant.
– Et vous ? Êtes-vous justes ? Allez au Diable, les Warrender et vous. Je ne veux plus jamais vous voir !
Sa mère lui courut un instant après, puis s'arrêta.
– Tu es folle !
– « S'il te semble que je commets une folie, il se peut que je sois traitée de folle par un fou » ![*]
Mais les mots sortirent mal. Le soir, dans le silence de sa lecture, ils sonnaient autrement. La blessure gauchissait sa bouche, et sa voix, entrecoupée de hoquets paniqués, partit dans les aigus. Honoré eut

[*] *Antigone*, Sophocle, traduction de René Biberfeld

un rire infernal.
– C'est vrai elle est complètement folle !
Clémence détala, trébucha sur une pierre, tomba et se releva aussitôt. Derrière elle, au-delà de la sidération, tous les trois devaient se dire « bien fait ». Qu'elle était bête et laide !
Un trop plein d'émotion la poussa à l'écurie. Émile... ce débile. Comment avaient-ils pu penser qu'elle allait s'y plier ? Elle scella son cheval et partit au galop. Lancée à vive allure, le sentiment de toute puissance estompait tout. Une demi-heure fila. Alors qu'elle reconduisait l'étalon au pré, Émile lui apparut par surprise. Quelle frousse ! Les Warrender, ils étaient là ! Quand il lui sauta au cou, elle le repoussa si fort qu'il en tomba à la renverse.
– Débile ! Je te déteste ! cria-t-elle en le rouant de coups. C'est à cause de toi tout ça ! Débile !
Le jeune homme prit ses jambes à son cou et courut se réfugier dans la voiture de son père. Ses yeux de chien battu... Clémence le rejoignit, elle ne l'avait jamais vu pleurer. C'était trop grave. Elle craqua, le tira hors de l'automobile en pleurant à son tour et le serra dans ses bras.
– Là, viens là...
Émile ne parlait pas.
– Je ne vais pas t'épouser hein ? Tu comprends ça ? Étais-tu seulement au courant ?
Rien, dans ses yeux, n'infirmait ou ne confirmait.
– Ce n'est pas toi qui es débile. Ce sont nos parents. Je regrette de t'avoir dit ça.
Elle le serra un peu plus fort et il s'abandonna dans ses bras. Mais son regard triste ne s'effaçait pas. Les doigts crispés, il ne bougeait plus. Clémence se mordit les lèvres. Ce pauvre garçon, ce n'était pas

de sa faute. Un petit enfant. Il n'y était pour rien. Elle lui caressa la tête, lui ébouriffa les cheveux. Ce n'était pas d'une épouse dont il avait besoin, mais… Soudain, le bout ! Le bout sur lequel tirer, elle le tenait entre ses doigts ! Voilà ce qu'elle dirait à Alfred ! Elle se recoiffa, sécha ses larmes et courut au Domaine. Il y avait mieux, comme bout, mais celui-ci pourrait interrompre l'avancée de l'ouvrage. Le temps de trouver plus solide. Pourvu qu'il ne soit pas trop tard, que ses parents n'aient pas encore fait part aux Warrender de son insolence. Elle arriva, essoufflée. On la cherchait. Émile était resté assis contre la voiture. Louis-Henri serrait les dents sur son cigare, prêt à assommer sa fille. Les mains d'Eugénie serraient sa tasse. Clémence haussa les sourcils. Tout, autour d'elle, partait à vau-l'eau, mais il fallait y croire.
Étant donné les visages sereins des époux Warrender, ils ne savaient pas. Elle les salua et garda les mains d'Alfred dans les siennes.
– Cher ami, cher monsieur Alfred, mes parents m'ont informée de votre… proposition. J'ai simplement une requête à vous présenter, surtout pour le bien d'Émile.
– Faites donc, ma petite.
Tous les regards étaient sur elle.
– Voilà. Bien sûr, j'épouserai votre fils, il est si gentil, mais étant donné mon jeune âge et… ses problèmes, j'aimerais, avant, partir pour l'École d'infirmière de la Salpêtrière. J'en aurai pour deux ans et reviendrai diplômée. Au moins, je saurai comment faire avec lui. Il a besoin de tant de soins et d'attention. Cela ne coûtera rien, c'est une école gratuite. Vous pouvez effacer la dette de mon père.

Dans deux ans, Émile et moi nous marierons. Je serai alors la personne la plus à même de veiller sur lui et... de vous donner des petits-enfants.
Hélène s'anima en joignant les mains devant son visage.
– Oh oui ! Oh oui ! Émile a tant besoin d'attention...
– Eh bien cela me paraît intelligent, dit Alfred. Qu'en pensez-vous ?
Louis-Henri, médusé, avait du mal à reprendre ses esprits.
– C'est... C'est une idée.
Clémence se jeta à ses genoux.
– M'y autorisez-vous, mon père ?
– C'est à Alfred de décider, je me plie à son choix.
Alfred bomba le torse, son ventre proéminent menaçait d'exploser sous les boutons de son veston.
– C'est une bonne décision.
– Alors je pourrai garder un peu plus avec moi mon petit Émile ! s'émoustilla Hélène.
Alfred leva les yeux au ciel, Eugénie reprenait des couleurs.
– Allons prendre un thé !
– Bien volontiers.
Émile les rejoignit et s'adressa à sa mère dans des gestes singuliers. Hélène sortit d'un sac de petites automobiles et le jeune homme les fit rouler, accompagnant ses mouvements de vroum vroum silencieux. Tout à coup, il ramassa les jouets et alla les disposer tout près des vraies voitures. Il toucha un pneu, ses yeux pétillaient. Clémence lui adressa des regards douloureux. Ses pleurs silencieux tout à l'heure... Elle avait toujours eu des gestes affectueux envers lui et jamais elle n'avait passé sa

colère sur un innocent. Et lui, s'en souvenait-il ? Pouvait-il seulement se souvenir ? À le voir diriger ses voitures dans le gravier, on pouvait penser que tout était oublié, mais Clémence n'y croyait pas : dans ses yeux brillait une lueur différente, indéfinissable.

– Alors, ma petite, s'intéressa Alfred en marchant aux côtés de Clémence. Parlez-moi de cette École. Nous n'aurons rien à débourser, dites-vous ?

– Non, monsieur Alfred, on y suit des cours municipaux, c'est une école laïque, une école où l'on ne prononce pas de vœux. J'apprendrai tant pour notre Émile !

Derrière la fenêtre du grand salon, le regard noir d'Honoré la transperça.

7

Enfin ! Paris, ses rues pleines, ses odeurs, ses couleurs... La veille, au Domaine, l'après-midi n'en finissait plus. On avait officialisé les fiançailles pour la fin de la première année d'École. Un peu plus d'un an... cela passerait si vite... Comment ferait-elle pour éviter ce fichu mariage ? Clémence fila le long de la Seine. Un problème après l'autre, disait sa tante. Pour l'heure, il fallait se féliciter d'avoir tiré sur ce bout-là, faute d'un autre. Il s'en était fallu de peu pour que Louis-Henri la mette à la rue, au milieu des filles de joie et des sans-abris. Elle courait presque maintenant le long du fleuve. L'espoir la gagnait, allongeant son pas déjà athlétique.

Clémence gravit les marches quatre à quatre et se retrouva tout essoufflée au dernier étage. Gabrielle lui ouvrit la porte et les bras. Pauline accourut.

– Alors, raconte !

– Je pars avec toi à la Salpêtrière !

– Oh !

Sous le flot de questions, elle raconta, revivant si fort la scène que sa voix trahit sa terreur quand elle évoqua l'École. Elle se tourna vers sa tante.

– J'ai peur d'y aller. J'ai peur de mourir de contagion.

Gabrielle lui prit les mains.

– Tout cela a changé.

Depuis l'ouverture de l'école, quelques années plus

tôt, les conditions n'étaient plus les mêmes. Au départ, sous l'élan de Bourneville, la République voulait donner à des filles du peuple, méritantes et dévouées, la possibilité d'accéder à un métier. Gabrielle trouvait cela honorable, même s'il avait fallu réorganiser certains points défaillants, tant dans les cours que dans la vie quotidienne à l'internat. Voulait-on des domestiques ou des professionnelles ?
– Une amie de maman a dit qu'on serait parquées dans d'infâmes dortoirs, des nids à tuberculose. La lingère de madame…
– Ce temps est révolu, Clémence. Le corps médical en a dénoncé l'insalubrité et aujourd'hui, tout est propre et évolué.
Une épreuve d'admission attendait les cousines puis, après deux mois de probation, les candidates retenues prendraient un engagement de cinq ans, études comprises, avec l'administration. Clémence écarquilla les yeux.
– Cinq ans ? Mais… J'ai promis qu'au bout de deux ans…
– Oui mais, après ces deux ans, vous serez en poste. Tu… Tu peux te marier après ton diplôme.
– Tu peux, mais tu ne le feras pas, trancha Pauline.
– Je ne sais pas…
Clémence se gratta le front. Elle se garderait bien de le dire à Alfred, feindrait celle qui ne savait pas et… hop ! Trois années de sursis ? À moins qu'il n'obtienne une dérogation… Il était si riche… Ou bien, elle tenterait de prendre Hélène Warrender par les sentiments.
– Si, tu sais très bien !
– Doucement, temporisa Gabrielle. Tu sous-estimes

le pouvoir des pères.
Les cousines se rembrunirent. Toutes deux avaient en tête des exemples de jeunes filles qu'on avait fait enfermer, pour d'injustes raisons. *Des pères…* se répéta Clémence. Ses pensées partaient dans tous les sens et au milieu d'elles, Émile dansait, désarticulé, tantôt dégoûtant, tantôt attendrissant. Gabrielle leur proposa des croquants aux amandes. Clémence en engloutit un, la politesse la retenant de se jeter sur les autres. Son œil partit en direction de la lucarne. Elle n'en revenait pas. Elle s'était affirmée, obtenant ce qu'elle voulait et… ce sursis. Peu importe ce qu'elle étudierait. Même à l'internat, fermement encadrées, avec un emploi du temps « minuté », selon Gabrielle, la vie avec Pauline serait si drôle ! Et sa tante avait raison, de nos jours, les filles devaient avoir une situation. Il y avait situation et… situation, mais l'idée d'étudier avec ces filles du peuple attisait sa curiosité. Intégrer une École d'infirmière où l'on admettait tout le monde, une riche Panas de Prinveaux comme une pauvre fille de cordonnier… Quelle aventure !

Quand Gabrielle réajusta une épingle dans son chignon, la ressemblance avec sa mère frappa Clémence. Seul le rang social avait éloigné les deux sœurs. Originaires de Province, les mères de Pauline et Clémence avaient pris des chemins opposés, la première s'attirant les foudres paternelles en épousant Paul, tandis qu'Eugénie avait fait un mariage princier, devenant madame Louis-Henri Panas de Prinveaux. Le hasard avait voulu que les familles s'établissent dans le même

quartier de la Capitale. Quand les sœurs se croisaient, Eugénie changeait de trottoir. Comment pouvait-on avoir grandi ensemble et s'éviter, telles deux étrangères ?
Alors que Clémence ne connaissait pas ses grands-parents maternels, Pauline, elle, passait ses vacances à Creil, où ils vivaient. Clémence n'avait jamais posé de questions sur leur différend. Flottait autour de cela un chagrin palpable chez Gabrielle. Au mur, au-dessus de l'unique commode, trônait leur portrait. Pauline et sa grand-mère avaient le même visage, ovale et plein, la même bouche, épaisse et gracieuse.
Clémence se leva et embrassa longuement sa cousine et sa tante.
– Je dois rentrer.
Avec le tonnerre qu'elle avait fait gronder sur la famille, elle ne voulait pas se faire remarquer, même si on la laisserait de nouveau tranquille.
Seule l'attitude d'Honoré l'effrayait. Jamais il ne l'avait regardée ainsi.

8

Automne 1912

On y était. Clémence avait du mal à réaliser. Pourtant, bien que par dépit, c'était son choix.
Collées l'une à l'autre devant la façade lumineuse de la Salpêtrière, les cousines échangeaient des regards entendus. L'École d'Infirmière avait ouvert en 1907 mais le bâtiment, tout neuf, avait été inauguré en 1908.
– C'est très accueillant ! dit Clémence.
Elles n'étaient jamais venues avant leur admission. En cette matinée d'automne, le lieu, à la fois sobre et aéré, leur inspirait confiance. Clémence se serra un peu plus contre Pauline. Sa compagnie égayait tout, adoucissait chaque moment. Un sentiment nouveau l'animait. Encouragée, rassurée par sa tante, elle allait préparer un métier qui, à vrai dire, l'intéressait. Un vrai métier, n'en déplaise à sa mère qui mourait d''inquiétude, depuis l'accord auquel elle avait dû se soumettre.
« Ne nous ramène pas de maladies », avait-elle prévenu en époussetant l'épaule de sa fille en guise d'au revoir.
Clémence détailla chaque nouvelle arrivée. Aucune ne portait de toilette aussi onéreuse que la sienne. Elle se tourna vers la plus élégante : les doigts de fée de Gabrielle avaient cousu à Pauline une robe simple, tombant parfaitement sur ses courbes marquées. La prestance ne connaissait pas

de barrière sociale. Un port de tête, une taille souple, des hanches généreuses… Personne n'y pouvait rien, elle franchissait les portes des chaumières comme les pont-levis, sublimant la coiffe d'une paysanne ou le chapeau d'une comtesse.
À force d'observer les jeunes filles, Clémence se crispa. On pouvait, mal née mais très belle, passer de ce monde-là au sien. Elle, elle empruntait le chemin inverse. Quel paradoxe ! Les mots de Pauline lui chatouillèrent l'oreille.
– Penses-tu qu'une tortue sente les caresses sous sa carapace ?
Clémence pouffa si fort qu'on la rappela à l'ordre. Quand une autre demoiselle, mal vêtue, presque en guenilles, se fit gronder à son tour parce qu'elle ne se tenait pas bien droite, une gêne l'envahit. On ne s'adressait pas à elle sur le même ton. La surveillante se montrait mielleuse avec l'aristocrate, humiliante et sèche avec l'autre.

On commença, en rang et en silence, par une visite des lieux. Les demoiselles, attentives, découvrirent au rez-de-chaussée les locaux d'enseignement, le salon, la bibliothèque et le réfectoire. Les trois étages étaient aménagés en chambres. Au sous-sol, on trouvait les installations utilitaires comme les salles de douche et de massage, la lingerie et une cuisine où les élèves confectionneraient des « plats légers et mets sucrés », selon la responsable. Il fallait, par la même occasion, devenir une vraie ménagère.
La surveillante générale réunit les arrivantes dans un amphithéâtre, puis leur détailla les règles et

l'organisation des temps à venir. Chacune des deux années d'étude était sanctionnée par un examen théorique et pratique, et couronnée par un Brevet. On leur présenta un enseignement ambitieux, on insista sur l'humilité de l'infirmière, éternelle mais précieuse auxiliaire. À la fin de la seconde année, elles commenceraient le service de veille et seraient opérationnelles pour leur affectation. Des professeurs, médecins pour la plupart, relayés par des monitrices, étaient chargés de l'enseignement. La formation comportait des stages pratiques, la finalité étant de former un personnel féminin, laïc et compétent, capable de remplacer un jour les religieuses. Même si le montant demeurait infime, les infirmières étaient rémunérées dès la première année. La nouvelle souleva un vent de murmures dans l'assemblée.

Par chance, le temps des dortoirs étant bel et bien révolu, les cousines bénéficiaient d'une chambre individuelle. Clémence installa ses affaires et bibelots personnels dans son armoire en pitchpin et rejoignit Pauline qui, au lieu de ranger, s'était affalée sur son lit.

– Avec tous ces cours, tous ces stages… quand trouverons-nous le temps de nous amuser ?

Clémence se jeta à ses côtés.

– On ne le trouvera pas, on le prendra.

Comme Pauline ne bougeait plus et fixait le plafond d'un air grave, sa cousine lui donna un coup de coude.

– À quoi penses-tu ?

– Est-ce que le *dehors*, c'est le *dedans* de quelque chose ?

– Tu n'es vraiment pas comme tout le monde !

Clémence étouffa un rire qui partit en saccades bruyantes quand Pauline la chatouilla.

***

Au bout de deux mois de cours intensifs et de longues journées d'apprentissage, les cousines eurent la permission de rentrer chez elles pour le week-end. À son arrivée, Eugénie n'approcha pas sa fille et ordonna qu'on mette tous ses effets à laver. Maria s'exécuta. Comme Louis-Henri passait son temps au salon avec des collaborateurs, ils n'échangèrent que quelques banalités au déjeuner ou au dîner. Honoré ne lui adressa pas la parole mais des regards noirs et effrayants, qu'elle ne put soutenir. Le samedi soir, malgré le quotidien harassant qui l'attendait à l'École, elle tournait déjà en rond... Si seulement ils avaient séjourné au Domaine, elle aurait pu chevaucher et se ressourcer ! Mais son père était trop occupé.
Le dimanche après-midi, on l'emmena au théâtre. Clémence en ressortit remplie d'émotions nouvelles, indéfinissables. La beauté du moment avait trempé sa robe de sueur. L'histoire, les comédiens…
La pièce l'avait comme transformée.

À leur retour à la Salpêtrière, un ciel nuageux recouvrait la ville. Les températures chutaient, laissant novembre s'installer avec un avant-goût d'hiver.
Le mardi matin, Pauline accourut à la rencontre de Clémence, une lettre à la main. Le vêtement blanc et la coiffe accentuaient le rosé de son teint. Devant le réfectoire, le souffle court, elle lui colla le pli devant la figure.

– C'est Gustave, il m'a demandée en mariage et… il m'a écrit cette lettre !
– Comment ça ?
– Maman a dit que je devais attendre la fin de l'École mais… ils sont d'accord ! Et… je crois que j'ai dit oui.
– Tu *crois* que tu as dit oui ?
– On se fiance au mois de juin !
– Comme moi, dit Clémence.
– Mais il y a un problème.
Son cœur battait fort.
– Lequel ?
– Cette lettre est… si bien écrite, si… poétique.
– Et alors ?
– Et alors, je suis incapable d'y répondre !
– Pourquoi ?
– Je ne comprends même pas certains mots !
– Ah oui ?
Clémence arracha la lettre des mains de sa cousine. Les mots enflammés lui tordirent le cœur.
– Oui ! « Onirique », « latent » … Pfff !
Les cousines reprirent leur marche vers le réfectoire mais au milieu du couloir, Clémence tira le bras de Pauline.
– Tu veux que je t'aide ?
– Tu ferais ça ?
– Je te rédige un brouillon et toi, tu le recopies.
– Ce serait merveilleux !
– …
– Tu me sauves ! Tu es si intelligente.
– Je ne sais pas, mais je m'en charge.
Elle fourra la lettre dans sa poche. Pauline lui sauta au cou.
– Merci, merci !

– En rang mesdemoiselles !
Les filles se raidirent. Il fallut attendre d'être à table pour échanger à nouveau.
– Et toi, reprit Pauline devant sa plâtrée de semoule, tu ne m'as pas raconté, chez toi.
L'œil de Clémence s'illumina.
– Je suis allée voir Cyrano de Bergerac au théâtre de la Porte-Saint-Martin.
– Cyrano de Bergequoi ?
Le regard de Clémence partit dans le vague.
– Cette histoire me parle tant… Elle m'a touchée au cœur !
– Raconte.
Clémence baissa la voix.
– C'est l'histoire de Roxane, qui révèle à Cyrano qu'elle aime Christian, dont elle ne connaît que le nom et à qui elle n'a jamais parlé. Un seul regard échangé a suffi pour que le charme s'établisse. Comme Christian vient d'intégrer la compagnie de Cyrano comme cadet de Gascogne, Roxane demande à ce dernier de le protéger. Cyrano accepte. Lorsqu'il le rencontre, il se prend de sympathie pour Christian, qui lui avoue son manque cruel : il ne sait pas parler d'amour. En réalité… Cyrano est laid, affligé d'un énorme nez, mais a bel esprit et fine lame. Christian est beau mais sot. Cyrano lui offre alors son aide pour séduire Roxane : écrire à sa place des lettres d'amour.
– Comme tu vas faire ! dit Pauline en tapant des mains.
– Oui, bon… Christian accepte mais…
– Mais quoi ?
– Mais il se rend compte que Cyrano est amoureux

de Roxane, lui aussi.
— Ah !
— En fait… Roxane aime le poète caché derrière ses lettres.
Comme la surveillante ordonnait aux filles de débarrasser, Pauline pressa le bras de Clémence.
— Et alors ?
— Christian meurt dans une bataille.
— Oh !
— Les années passent et… Cyrano, avant de mourir, demande à Roxane s'il peut lui lire la dernière lettre de Christian. Son élocution et son émotion sont telles, que Roxane s'interroge : n'est-ce pas là la voix qu'elle entendait sur son balcon ? Et, tandis que la nuit tombe et qu'il devient impossible de lire, Cyrano continue ses mots, qu'il connaît par cœur. Roxane réalise alors que le véritable objet de son amour n'était pas Christian, mais Cyrano.
— Mais… tout le monde meurt !
— Oui, mais il meurt avec la certitude de l'amour réciproque !
— Qui ça ?
— Cyrano !
— Ça ne sert plus à rien.
— Si ! Roxane comprend que son sentiment provenait de la grandeur d'âme plutôt que de la beauté extérieure. Et, à la faveur de cet amour révélé, Cyrano peut mourir heureux.
— Heureux, heureux…
— Heureux.
— Et… Émile, il était là ?
— Oui. À côté de moi.
— Et tu as réussi à suivre ?

– Il n'a pas bougé.
En empilant les assiettes, Clémence se remémora chaque instant. C'était vrai. Émile n'avait pas bougé. Après l'avoir plusieurs fois repoussé, elle l'avait laissé poser la tête sur son épaule et il était resté ainsi, tout le long, comme happé lui aussi.
– Mon frère en revanche…
– Quoi ?
– Il me fait peur… On ne s'est pas parlé mais dans ses yeux, j'ai lu des menaces. J'ai lu : « tu paieras cher ton humiliation ».
Pauline recula, la main plaquée sur la bouche.
– Mesdemoiselles, allons !

9

Anatomie, physiologie, fonctionnement de l'administration hospitalière, nomenclature exhaustive d'instruments de chirurgie ou de médicaments… Pauline somnolait et Clémence, deux rangs devant, décrochait. L'idée d'écrire à Gustave l'excitait et l'attristait tout à fois. Elle croisait et décroisait les jambes devant son *Manuel de la Garde-Malade*, où la leçon sur la laïcisation s'étendait à longueur de page. C'était un ouvrage très théorique et si anticlérical que sa mère en aurait été choquée. Le couvent et les cours de Sœur Saint-Sulpice lui paraissaient si loin… Ici, les apprentissages lui laissaient une telle impression de flottement que son esprit partait toujours à la dérive au bout de quelques lignes. Elle tâta sa poche, caressa la lettre. Qu'allait-elle lui écrire, qui ne trahisse son trouble ? Les doigts lui brûlaient de commencer à rédiger mais il fallait attendre le soir. La voix du professeur se fit de plus en plus lointaine. Les mots de Cyrano couraient dans sa mémoire. Quelle éloquence… Jamais un personnage ne l'avait bouleversée à ce point. Ils partageaient la langue de ceux qui ont toujours plus à taire qu'à dire et une telle connivence l'étonnait.

En deuxième partie d'après-midi, les exercices pratiques la recentrèrent. Pauline ne cessait d'exagérer les gestes à reproduire d'après les croquis, jusqu'à se faire gronder alors qu'elle approchait et reculait un instrument devant son nez. Un sourire étirait sa bouche, dessinait ses fossettes et ces petits traits particuliers sous ses yeux qui louchaient communiquaient l'envie d'exploser.

– Chhhhhhut ! Mademoiselle Ansart !

Quand le silence et le sérieux revinrent, l'angoisse monta. Pourquoi… Pourquoi elle ? Son destin lui apparaissait tour à tour écrit à l'encre noire ou à l'encre invisible. Fallait-il se battre ? Tirer un peu plus fort sur ce bout-là ? Sur un autre ? Fallait-il accepter l'inacceptable ?

Enfin seule dans sa chambre, Clémence détacha une page de son carnet et s'assit sur son lit. La nuit était tombée et hormis les allers-retours de la surveillante dans le couloir, le calme régnait à l'hôpital. C'était une ambiance si différente de chez elle. Les odeurs, les gens… cet autre monde, où elle ne pensait pas entrer un jour. La jeune femme resserra son chignon et griffonna tout d'abord, passant la langue sur ses lèvres, barrant, réécrivant, prenant un ton moqueur, dégagé, impérial. Puis elle chiffonna le feuillet et en arracha un autre. Il fallait que la réponse soit à la hauteur. Il fallait faire de son mieux pour qu'en lisant, Gustave perçoive l'ombre fugace de sa bien-aimée ; qu'il l'aime davantage, pour ses mots, pour le feu nouveau qu'elle allumerait en lui. Tant de couples autour d'elle ne vivaient que dans le malheur d'un mariage arrangé !

Comment Gustave aimait-il sa cousine ? Elle relut la lettre du jeune homme et, sous la beauté des

mots, un coup de chaud l'envahit. L'aimait-il pour son apparence ? Lui trouvait-il de l'esprit ? Devant ses amis de la Sorbonne, Gustave était fier de l'attention que lui portait Pauline. On l'enviait. Se pouvait-il qu'il ne l'aimât que pour sa beauté ?
Nouvel essai. La concentration grandit et, avec elle, le soin des pleins et des déliés.
Je suis Pauline, je suis Pauline.
Nouveau feuillet. Poubelle. Que c'était agaçant à la fin ! Elle relut. Non, il ne fallait pas se mettre à sa place mais écrire avec sa sincérité à elle sinon, elle n'y arriverait pas.
Je ne suis pas Pauline, je ne suis pas Pauline.
Comme délestée d'un poids, elle se mordit la lèvre et écrivit, d'une traite. Une heure passa, sans qu'elle ne lève la tête. Dans son écriture, il y avait, au-delà des mouvements d'exaspération, une sobriété au service tantôt de la joie, tantôt du désespoir. Une écriture de l'instant. Clémence n'avait d'yeux que pour l'exactitude, elle fixa les mots avec assurance, comme on fixerait un cadre, avec dextérité et précision. Parfois, dans cet entrelacs de mots vrais, elle se laissait emporter par l'émotion et les larmes montaient. Alors elle pensait à Pauline, à son panache insolent, à celle qui l'avait toujours défendue et qui de fait, méritait tout pour toutes les deux, puisqu'elle-même n'avait plus rien à attendre de personne.
Enfin, elle relut. Ce n'était plus un brouillon. L'ombre de Gustave apparut. Il était là, fragile et fort comme le désir qui l'assaillait. Elle douta de certains mots, lut encore et afficha une mine satisfaite. Le bonheur d'avoir tout dit sans parler l'avait vidée. Elle s'allongea dans un grand

bâillement et ne se réveilla que le lendemain.
La voix de Pauline tonitrua dans la bibliothèque.
– Mais… c'est de la poésie !
Ses yeux allaient de la lettre à Clémence, de Clémence à la lettre. Elle lisait des passages à voix haute, tandis que sa cousine entortillait ses doigts sous la table. Pauline leva la feuille d'un air théâtral et hacha les syllabes.
– Quand la vieillesse nous tordra, nous déviderons la pelote des souvenirs dans ce monde trop étroit pour la grandeur de notre amour !
Clémence s'enfonçait les ongles dans la chair et jetait des regards alentour.
– Heureuse… que cela te plaise.
Qu'est-ce qui lui avait pris de se laisser aller à ce point ? Quelle impudeur ! Elle voulait disparaître. L'enseignante mit fin au supplice en appelant les étudiantes. Il fallait se rassembler au réfectoire, pour les dernières consignes avant une sortie en uniforme. Pauline murmura à l'oreille de sa cousine.
– Merci, tu me sauves la vie !

Chaque jour de la semaine, Clémence interrogeait sa cousine.
– Alors, il a répondu ?
– Non, et tant mieux pour toi, cela te donnerait du travail !
Pauline riait et le cœur de Clémence manquait de se décrocher.
Le lundi suivant, la lettre arriva. Les cousines la lurent ensemble. Gustave commençait en louant ses études, reconnaissant la profession d'infirmière comme « nouvelle et féminine par excellence ».

Puis, transporté, il disait avec des mots sublimes (Pauline demanda qui était « Prométhée au Caucase enchaîné ») combien sa promise l'avait ému. Il comparait ses lignes à celles des plus grands poètes, certifiant qu'elle n'avait rien à leur envier, et faisait son *Mea culpa* de n'avoir pas soupçonné autant de profondeur derrière ce coquin minois.
— Mince, tu me l'as tout retourné, dit Pauline, amusée.
— Heureuse qu'il ait aimé !
Pauline lui prit les mains.
— Dis, tu m'aides encore n'est-ce pas ?
Clémence fourra la lettre dans sa poche et haussa les épaules.
— Évidemment.
Sa cousine virevoltait sur elle-même.
— Merci ! Ah ! Je vais épouser mon bel américain !

Au rythme d'une lettre par semaine environ, Clémence ne vit pas l'année passer et à chaque fois, tant d'audace soulevait Pauline d'enthousiasme. La rédaction des réponses l'occupait jusqu'à l'ultime regret : celui de devoir se coucher. Ce rendez-vous, elle l'attendait et il arrivait, dévoilant un Gustave à sa merci, toujours plus vibrant, passionné, enflammé, gourmand, drôle, si… authentique et tellement romantique. Il l'inspirait, Clémence vivait. On avait besoin d'elle comme Christian de Cyrano. Ce n'était plus pour sa cousine que Gustave écrivait, c'était pour elle mais il ne le savait pas et cette réalité folle la remplissait. Sans elle, Pauline n'avait plus de correspondant, plus d'amoureux, car si on ne s'écrit pas avant de

se marier, comment s'aimer sans se voir ?
Quand les lettres tardaient, elle lui écrivait quand même en secret et ajoutait le feuillet à la pile, où les mots de Gustave s'inséraient entre les brouillons. Tout était religieusement recopié, même ses lettres à lui, car Pauline finirait bien par lui réclamer les originaux. Ainsi ficelée, la correspondance, *sa* correspondance était complète.
Par correction, Clémence écrivit à sa mère. Elle raconta la soirée de mi-carême et tout ce qui rythmait sa vie. Ses lettres restèrent sans réponse jusqu'à ce mardi matin, où Eugénie informait sa fille de la date exacte de ses fiançailles, puisqu'on avait parlé du printemps sans fixer le jour.
Quatorze juin. Avant, il y avait la perspective seule de l'événement, avec l'espoir de trouver un bout sur lequel tirer d'ici là. Désormais, c'était un jour, acté dans le calendrier. Un vrai jour pour de vraies fiançailles avec un faux jeune homme. Clémence joignit les mains devant son visage. Émile, fichu Émile, tout juste bon à être enfermé à l'asile !
Quatorze juin. Le même jour que les fiançailles de Pauline et Gustave. Clémence chiffonna la lettre et n'écrivit plus à sa mère.

Juin approchant, elle était prise de moments de panique où des bouffées de chaleur la laissaient moite sous son uniforme. Même Pauline n'arrivait plus à la faire rire et ses moments d'écriture pour Gustave prenaient un goût amer. Une colère se mêlait au sentiment, entêtant, de ne penser qu'à lui.
Au matin du treize, devant la Salpêtrière, leur baluchon sur l'épaule, les cousines ne desserraient plus leur étreinte. Pauline affichait une mine plus

anxieuse que celle de Clémence.
— Pardon, ce n'est pas moi qui devrais avoir du chagrin.
— Ça va aller. À lundi. On… on se racontera.
Pauline traversa la route et envoya un dernier signe de la main avant de disparaître. Clémence guetta l'automobile de son père, droite, seule. Vite, demain… La brûlure de l'attente la mordait. Vite ! Qu'on en finisse. Passer l'épreuve des fiançailles, pour mieux aviser. Un problème après l'autre.

10

14 juin 1913

– *Dominus vobiscum.*
– *Et cum spiritu tuo.*
Dehors, le soleil brillait. Ici, le froid de la pierre gelait ses os. Clémence se leva en même temps que l'assemblée. Un pli de colère ridait son front. Émile, imperméable à ses fiançailles, suivait des yeux un petit insecte volant. Comme elle aurait aimé, à cet instant, être aussi niaise et insouciante ! Derrière elle, Honoré chantait le Gloria à tue-tête. Elle tourna la tête. D'un côté, ses parents, de l'autre, Hélène et Alfred. Voilà qu'elle les liait, tous, comme une pâte collante rassemble d'insignifiants objets. Le prêtre, un très proche parent des Warrender, bénit les fiancés, sans jamais les regarder en face. Émile leva les yeux vers Clémence, se concentra sur la dentelle qui ornait son col et pencha la tête sur son épaule. La jeune fille retint un coup de coude de justesse.
Après un interminable déjeuner en famille, Clémence obtint l'autorisation d'aller se changer. Vite, les écuries, son étalon, le grand air !
Émile la rejoignit, elle le bouscula.
– Non, va-t'en.
Le jeune homme resta cloué sur place, les bras ballants. Elle scella son cheval et lui jeta un regard foudroyant. Cet idiot rejoindrait les autres et, partie seule, elle se ferait réprimander. Il fallait bien

l'emmener, et avec son regard d'enfant maltraité, elle ne pouvait pas se résoudre à le planter là.

— Bon, viens.

Clémence lui prépara un pur-sang et le jeune homme, aux anges, sauta dessus. Elle lui adressa un sourire triste, éperonna son cheval et partit au galop. Très vite, il la rattrapa. Le vent agitait ses cheveux, seul son épi restait en place. Souvent, quand ils s'amusaient, elle le lui ébouriffait et l'étrange hauteur reprenait sa place.

La vitesse l'entraînait au lâcher-prise, stimulait sa force intérieure. Après chaque chevauchée, elle se sentait prête à tout affronter… ou presque. Elle ralentit et le laissa la dépasser. Cette tête allongée, ce corps long et maigre… Quelle affreuse direction prenait sa vie ! Ses épaules s'affaissèrent.

Mon fiancé. Cette chose-là est mon fiancé.

Un nouveau coup d'éperon surprit la bête.

— On rentre !

Émile entama son demi-tour dans des grognements joyeux. Mon Dieu… Quel bout ? Quelle solution trouver ?

À leur retour, les familles proposèrent une promenade autour du lac. La douceur des derniers jours du printemps invitait à prolonger la journée. Les hommes parlaient et riaient fort, sous l'effet de vins de choix et du digestif. Hélène et Eugénie, bras dessus, bras dessous, s'émerveillaient devant les jumeaux d'une cousine, trottinant dans leur culotte courte. Que restait-il à supporter ? Le dîner, la tisane… et le quatorze juin toucherait à sa fin.

Aux alentours de vingt-deux heures, la jeune femme monta dans sa chambre, s'abandonna sur son lit et revint devant le miroir.

Ce Dieu, en lequel elle croyait encore un peu… Il ne pouvait pas l'avoir oubliée. Il y avait forcément une explication, une raison à cette épreuve.
– Quand se lèvera un nouveau jour ? demanda-t-elle à son reflet, en dénouant sa tresse.
– À minuit, chuchota-t-elle, le visage tourné du bon côté.
Soudain, on frappa à la porte.
– Félicitations ! dit Honoré en lui claquant la joue.
– Aïe !
– C'est amical.
Clémence le repoussa à l'extérieur mais il rouvrit, étira un sourire diabolique et son pouce glissa de part et d'autre de sa gorge, puis il lui claqua la porte au nez.
La jeune femme se jeta toute tremblante dans le coussin et le mouilla de larmes amères.

Après ce dimanche maussade, le retour à la Salpêtrière sonnait comme une délivrance. Devant l'entrée, Pauline embrassa sa cousine avec force et lui prit les mains.
– Alors ?
Clémence raconta. Émile, la messe, la promenade, Honoré.
– Tu penses qu'il a vraiment l'intention de se venger ?
– Je ne sais pas… Oui. Bon, et toi ? Raconte, avec Gustave. Je veux tout savoir !
Sa cousine raconta. L'élégance du jeune homme, son baiser volé près de Montmartre, son désir pressant, son air contrit devant le refus de Pauline, quand ses mains couraient sous le tissu.
– Il m'a touchée, là.

Pauline posa les mains sur sa poitrine.
– …
– Qu'est-ce qu'il y a ?
– Rien, dit Clémence.
– Rien avant le mariage ! Maman m'a tout expliqué.
– Elle a raison.
– Dans un an… Un an, et je serai sa femme.
– Sa femme…
– Il m'a parlé des lettres. Je suis… « incroyable » ! dit Pauline en mimant des guillemets, le nez retroussé.
– Mesdemoiselles ! Allons !
On se pressa dans l'amphithéâtre. Les filles sortirent leur *Manuel* et échangèrent un *berk* silencieux.

Moins de deux semaines après la cérémonie, Clémence reçut une lettre.
Sa mère… La jeune femme déchira l'enveloppe.
« *Ma chère fille,*
Il est arrivé quelque chose de terrible… »
Elle lut jusqu'au bout... Ses doigts griffaient sa joue abîmée. Ça alors… Était-ce une bonne ou une mauvaise nouvelle ?

Quatre nuits, que Clémence dormait mal, tramait mille histoires heureuses ou malheureuses autour de son avenir et ne se rendormait qu'à l'heure du réveil. Quel drame… Qu'allait-il advenir de… *lui* ? Si seulement c'était *lui*, qui était mort ! Mais il fallait toujours que le destin dérape du mauvais côté. Au début, elle s'était imaginée libérée du mariage et puis… Quelle sotte. Au fond, elle se doutait bien qu'Alfred ne changerait pas d'avis mais, dans ce flot de certitudes, l'espoir surnageait. À trois heures du matin, elle relut.

« *Ma chère fille (…)*

Rue Dauphine, sous une pluie battante, Hélène s'est déportée du fiacre derrière lequel elle marchait pour rejoindre le trottoir d'en face, et s'est heurtée au poitrail de deux chevaux qui traînaient une lourde charge. Sous le choc, elle a glissé et est tombée entre les sabots. Le conducteur n'a pas réussi à contenir ses bêtes et la roue arrière du véhicule l'a écrasée. Émile, muet malgré les cris des passants, a assisté à la scène. Il se rendait au bureau de Poste avec sa mère... »

Hélène, morte… et Émile, orphelin de la seule personne qui prenait soin de lui. Que déciderait Alfred pour son fils, pour elle… pour eux ? Elle s'était empressée de demander des précisions à sa mère mais il était trop tôt pour recevoir une réponse. Eugénie avait-elle seulement reçu sa lettre ? Ici, le courrier ne partait pas tous les jours.

Clémence n'y tenait plus. C'était trop dur. On ne pouvait pas la laisser dans cet état, les fils de sa marionnette ballotant au-dessus du vide. Elle repoussa les draps et s'essuya le front. Où trouver la force de se battre ? Sauter du toit de la Salpêtrière lui apparaissait bien comme la meilleure solution.

Trois jours plus tard, à la bibliothèque, alors qu'elle piquait du nez sur son *Manuel de la garde-Malade*, la missive arriva, détaillant sans affect l'organisation de son avenir. Elle les avait envisagés, pourtant, les mots la plombèrent.

Vu les « circonstances », Alfred avançait le mariage au mois de septembre. En attendant, les domestiques

des Warrender s'occupaient d'Émile, étant donné les nombreux déplacements de son père à l'étranger. Eugénie rapportait qu'Alfred ne doutait pas de la compréhension de Clémence et de sa confiance en elle pour « honorer le Seigneur dans le devoir », pour « le Salut de son âme ». La nausée la prit. Septembre… dans moins de trois mois ! Rien ne viendrait enrayer les rouages de sa destinée. Son cœur s'emballa, sa gorge se noua, elle courut à la fenêtre et son regard partit dans le vague. Pouvait-on appeler cela un mariage ? L'image de Gustave flouta sa vue. Elle aimait ses silences entre les mots, leurs conversations. Elle imaginait ses regards, la chaleur de ses mains. Il avait le pouvoir de l'emporter sans la retenir. C'était cela, le vrai mariage. Vivre aux côtés d'une personne qui vous emportait sans vous retenir. Avec Émile, ce n'était pas une union sacrée mais un troc. L'assemblage de deux vieilleries contre une dette effacée. Quelle solution de repli ? Quelle infime possibilité, cette fois, de gagner du temps ?
Pauline la rejoignit et tira la chaise d'à côté. Sa cousine lui tendit la lettre.
— Clémence, tu ne peux pas l'épouser !
— Mais comment faire ?
— Quand bien même tu serais d'accord, comment ce genre de… garçon a-t-il le *droit* de se… marier ? Comment en est-il *capable* ?
— Oh, son père a les moyens pour tout, même…
Un long moment, Clémence fronça les sourcils, puis se redressa d'un coup et cria :
— Mais… c'est vrai !
— Comment ça ?
— J'ai une idée !

Clémence bondit de sa chaise, son corps se raidit. Elle n'entendait pas sa cousine s'impatienter en lui tirant la blouse, ni la surveillante lui ordonner de se rassoir. Dans sa tête, tout s'emmêlait et tout s'éclaircissait à la fois. C'était une idée folle mais Émile était si imprévisible ! Il fallait essayer, tirer sur ce bout-là et voir ce que cela donnerait. Elle n'avait pas d'autre solution.
Pauline trépignait.
– Qu'est-ce qu'il te prend ?
– Il faut qu'Émile me rejette. S'il est *incapable* de m'épouser, je n'y serai pour rien, on ne pourra me faire aucun reproche !
– Mais comment tu vas faire ?
Clémence exposa son plan, l'œil futé, le geste vif.
– Que c'est intelligent !
– C'est grâce à toi que j'ai eu l'idée.
– Ah bon ? J'ai dit sans me rendre compte alors.
– De toute façon je n'en ai pas d'autre.
– Pas d'autre ?
– Pas d'autre idée.
– À propos d'idée…
– Tu as reçu une lettre ?
– Retirez la poésie française à mon Gustave et il *meeeurt,* dit Pauline en cognant son poing sur le cœur et s'effondrant contre un rayonnage. Clémence la retint en riant.
– Tu exagères ! Fais voir.

Il fut doux, ce soir-là, de lui écrire. Entre les lignes et sans jamais mentir, Clémence jetait son désarroi, son impatience du mariage et son fol amour pour l'avenir puisque, par lui, elle rêvait. Lui écrire, c'était le rencontrer vraiment, non pas comme la première fois, où il n'avait vu que son visage dévasté. Sur ses feuillets, le temps ne détruisait rien, il s'immobilisait. Là demeurait la magie de la correspondance : arrêter le temps pour mieux l'aimer, arrêter le temps pour mieux le voir passer.

11

« Chers parents,
J'ai envoyé une lettre de condoléances à Alfred.
Pour ma prochaine permission dans deux semaines, j'aimerais, si vous le voulez bien, que nous nous rendions au Domaine et que vous proposiez aux Warrender de nous y rejoindre, afin que je voie un peu mon fiancé ».
Le mot lui avait écorché le cœur mais elle l'avait écrit. La réponse d'Eugénie ne tarda pas : même si Hélène leur manquerait, Alfred viendrait avec son fils et se réjouissait par avance de la partie de chasse. La forêt de Chantilly regorgeait de petits gibiers mais aussi de sangliers et de chevreuils, pour le plus grand bonheur de Louis-Henri et son acolyte. Là-bas, la jeune femme pourrait s'éloigner avec Émile et lui parler en toute discrétion alors qu'à l'Hôtel, malgré la grandeur des pièces, on n'était pas à l'abri d'une oreille curieuse, domestique ou familiale.
Clémence comptait les jours.

La veille de sa permission, elle tourna et retourna dans son lit. Émile entendrait-il ce qu'elle lui dirait ? Quand bien même il comprendrait, agirait-il ? Elle serra la mâchoire. À y réfléchir, tout était si complexe… Fallait-il y croire ?
Dès le réveil, elle sauta de son lit, se débarbouilla, enfila ses vêtements et rejoignit Pauline au

réfectoire. Alors que Clémence affichait une mine confiante, sa cousine avait une tête d'enterrement.

– Qu'est-ce qu'il y a ?

– J'espère que ça va marcher.

– Moi aussi !

Sous l'excitation, son verre valsa. La surveillante accourut. Clémence laissa passer la remontrance, épongea et termina son maigre petit déjeuner. Pourquoi Pauline, d'ordinaire si positive, se mettait-elle dans cet état ?

– Tu es une si belle personne Clémence. Tu ne mérites pas ça.

– Ça va marcher je te dis !

Sa cousine esquissa un sourire triste, puis les filles se séparèrent. La voix claire de Pauline résonna.

– Bonne chance !

Clémence agita la main. La chance ne tombait sur personne. Il fallait la provoquer, aller la chercher, agir.

Pourvu que ça marche...

Dans la voiture, le doute la prit à nouveau. Quelle tête faisait Pauline ! Et si c'était tout bonnement impossible ?

On arriva au Domaine en milieu de matinée. Pendant le déjeuner, il fallut faire face aux regards glaçants d'Honoré et participer à la discussion autour des préparatifs de mariage. Septembre arriverait si vite ! Eugénie disparut et revint avec un petit carnet. Quelle robe ? Quelles fleurs ? Et la messe ! Peut-être pourrait-on lire le Cantique des Cantiques ?

– « La voix de mon bien-aimé ! » récita sa mère dans des gestes théâtraux. « C'est lui, il vient... Il bondit sur les montagnes, il court sur les collines, mon bien-aimé, pareil à la gazelle, au faon de la biche ». Ah ! Justement !

Une portière claqua, Émile sautilla vers eux.

Tandis que les adultes se donnaient des accolades, évoquant Hélène dans des soupirs, Clémence prit son fiancé par les épaules, lui parla fort et bien en face.

– J'espère que tu vas bien Émile. Que penses-tu d'une promenade à cheval ?

Il eut un regard absent. C'était toujours comme ça avec lui, elle avait l'habitude. D'ordinaire, à la vue de l'animal, il trépignait, tapait des mains, mais au mot « cheval », il ne percutait pas. Comme il ne réagissait qu'en *voyant,* Hélène soutenait que saint Thomas l'habitait, et Alfred levait les yeux au ciel. Hélène…

Clémence lui prit la main et l'entraîna vers les écuries.

– À tout à l'heure !

Quelques mètres plus bas, elle se retourna. Louis-Henri et Alfred les saluèrent du menton, leur cigare à la main, tandis qu'Eugénie agitait haut son carnet. Seul Honoré, les bras croisés sur la poitrine, gardait une figure impassible. Un frisson la parcourut. Pourvu que ça marche. Pourvu que le mariage ne *puisse pas* être. Pourvu qu'Honoré oublie ou s'apaise. Elle referma plus fort la main sur celle d'Émile, et l'entraîna. Ils se mirent à courir. La propriété s'étendait sur plusieurs dizaines d'hectares et ce territoire de plaines d'un seul tenant, percé d'allées et boisé de résineux, constituait un formidable espace de liberté. L'air revigorant la chargea de tout l'espoir dont elle avait

besoin, elle se surprit à rire. Émile, désarticulé dans la descente, manifestait un bien-être par des gémissements courts. Heureux ou triste, il était si bête ! Pourvu…
Devant la stalle de l'étalon, elle se lança, le cœur à cent à l'heure.
— Regarde-moi. Écoute bien ce que je vais te dire.
Mais le jeune homme, tout excité à la vue de l'animal, ne la voyait plus. Elle l'attira à l'extérieur, près du chenil et le prit à nouveau par les épaules.
— Tu sais qu'on est fiancés hein ? Tu sais ce que ça veut dire ?
Il arracha un brin d'herbe et se le passa sous le nez.
— Ça veut dire qu'on veut nous marier Émile, mais il ne faut pas, ce n'est pas bien.
Le brin d'herbe disparut dans sa narine. Clémence lui tapota la main et lui tourna le visage.
— Regarde-moi. Tu vas GÂ-CHER notre mariage. Tu feras le vilain, tu me taperas, tu taperas le curé !
Émile arracha un nouveau brin et le renifla.
— Tu entends ? Tu vas GÂ-CHER la messe ! Tu feras comme ça sur le curé, et sur moi aussi.
Elle attrapa un morceau de cuir et frappa le sol.
— Tu me tireras les cheveux. Tu GIFLERAS le curé.
Comme il ne comprenait rien, elle se laissa glisser contre le mur et se prit la tête entre les mains. Soudain, elle se releva.
— Si tu fais le méchant à la messe, je te promets que je m'occuperai de toi. On reviendra ici, chevaucher, s'amuser. Je ne laisserai personne te faire de mal. Je serai… ta maman.
Émile se raidit, ses yeux s'embuèrent. On aurait dit qu'il articulait « *ma-ma* » mais aucun son ne sortait. La gorge de Clémence se serra, de le voir si fragile, d'avoir

provoqué une telle émotion. Émile tapa des mains.
– *Ma-ma*, firent ses lèvres sans parler et il se jeta dans ses bras.
Une joie envahit Clémence. Le bout, le bout sur lequel tirer, elle le tenait ! Elle répéta, articulant bien et caressant son épi, puis toute sa tête.
– Tu feras le vilain ! Promets-moi ! Si tu frappes le curé, je serai ta maman ! Sinon…
Elle serra les mains autour de son cou. Il se dégagea, partit se tapir dans l'écurie et se cogna la tête contre les paumes. Elle s'accroupit devant lui.
– Tu n'as pas compris.
Elle expliqua encore et encore. Il fallait jouer avec ce mot-là, maman, puisqu'il réagissait ! Peu importait la suite, elle pouvait promettre n'importe quoi, on s'en fichait ! Seule sa liberté comptait !
– C'est cela dont tu as besoin, une MA-MAN. Tu ne peux pas avoir d'enfant puisque tu en es un, tu comprends ? En septembre, je serai ta MA-MAN.
Les yeux d'Émile brillaient.
– *Ma-ma.*
Ces deux syllabes provoquèrent en elle un nouveau pic de tendresse ou de pitié, elle ne savait plus. Le jeune homme vit passer un chat et se rua à sa poursuite. Clémence le rattrapa, accompagnant les mêmes mots de grands gestes.
– Tu as compris ?
Il la fixa, les yeux éteints cette fois, la bouche tordue. Le désespoir la prit, elle tourna les talons. Venait-elle de tirer sur un bout inutile ? Qu'y avait-il dans sa cervelle ? Rien, rien ! Après tout, elle l'avait déjà frappé et juste après, cajolé. Que pensait-il d'elle ? Pensait-il tout court ? Dieu que la nature pouvait être absurde ! Émile n'était pas un

enfant mais un petit animal. Tout de même… Si on battait un chien, ne revenait-il pas dans nos jambes ? Peut-être s'était-elle trompée, quand elle avait cru déceler cette lueur au fond de son regard… Non, Émile n'était ni un enfant ni un animal mais un végétal, comme ceux qui poussaient dans le jardin de l'hôpital. Ces plantes, inertes à première vue, nécessitaient de vrais besoins pour survivre. La plupart même, quand on les foulait du pied, se redressaient.

Attendre. Il fallait attendre maintenant.

Clémence scella les chevaux et Émile grimpa.

– *Ma-ma.*

Eh bien… On n'était pas au bout de nos surprises, ou de nos peines.

***

– Alors ?

Un soleil timide réchauffait les murs de la Salpêtrière. Les cousines arpentaient la cour au même rythme.

Clémence leva les bras et les laissa retomber.

– Alors…

– Il a compris ?

– Je n'en sais rien. Quel idiot !

Avec Pauline, elle n'était pas obligée de masquer ce qu'elle ressentait, ce qu'elle traversait, ce qu'elle était, ce qu'elle voulait devenir. Ensemble, au cœur d'une ambiance austère, elles riaient, évoluaient, grandissaient. Gustave demeurait son seul secret. On ne pouvait quand même pas prendre l'autre pour un deuxième soi.

Le sablier du temps se vidait en accéléré, ponctué de lettres passionnées et de cauchemars abominables, où Émile se substituait à Gustave dans leurs nuits affolées.
Après le dernier essayage de sa robe, fin août, Clémence eut des montées d'angoisse de plus en plus rapprochées. Les crises survenaient avant l'aube, la laissant trempée et haletante dans des draps froissés.

12

11 septembre 1913

On y était. Elle rassembla ses affaires et tâta sa poche. Hors de question de laisser sa correspondance à l'École, tout était fouillé. Comme Pauline ne les avait jamais réclamées, Clémence avait intercalé les lettres de Gustave après chaque brouillon, puis enrubanné le tout de soie bleue. Mais une fois rentrée, où cacher le paquet ? Elle se contracta. À l'hôtel ou au Domaine, Honoré épiait tous ses faits et gestes. Les rares fois où elle l'avait revu, il ne lui avait pas adressé la parole. Seuls des regards glaçants la menaçaient. Son doigt caressa le ruban. Aucun autre que lui, à sa connaissance, n'avait déjà fouillé dans sa chambre.

La voiture de son père l'attendait devant la Salpêtrière. Elle s'y engouffra comme dans un tombeau, et eut un mouvement de recul devant Émile installé à l'arrière.
— Ah ! Bonjour Père, bonjour Émile.
— Bonjour Clémence.
Le jeune homme se rua sur elle, articulant des « *mama* » silencieux. Elle ne sut s'ils devaient la rassurer ou confirmer à l'avance un plan voué à l'échec. Il sentait l'eau de Cologne. Son pantalon trop large accentuait sa maigreur et sa chemise blanche soulignait un teint blafard.
Louis-Henri agita la main.

– Il a fait une crise devant ton portrait.
Eugénie avait proposé de prendre en charge le choix de la tenue d'Émile. Alfred était bien occupé et les domestiques pouvaient faire de graves fautes de goût, c'était bien connu. En passant dans le salon, le jeune homme s'était jeté sur la photographie de sa fiancée et ne la lâchait plus. Eugénie, excédée, l'avait confié à Louis-Henri. Peut-être la compagnie de Clémence allait-elle lui faire retrouver ses esprits ?
– Nous le déposerons chez lui.
Elle ferma les yeux. Si seulement ça pouvait marcher…
Une connaissance de son père se pencha à la fenêtre et le salua. Louis-Henri sortit bavarder. Clémence empoigna Émile et colla les lèvres à son oreille.
– Tu te souviens ? À l'église, Tu me tapes, tu gifles le curé ! Après, je serai ta maman. Tu comprends ? Promets !
– *Ma-ma.*
Il l'écoutait ! Ou bien était-ce… Ses yeux étaient si enfoncés au milieu d'un visage si étroit ! Elle se retourna. Bon sang, où regardait-il ? Comment savoir à la fin ? Tout à coup, il pivota et sautilla sur son siège, comme s'il avait un ressort sous les fesses. Voilà qu'il lorgnait un pigeon ! Le feu monta aux joues de Clémence. L'oiseau s'envola, Émile tapa sur la vitre.
– Allons, allons ! s'agaça Louis-Henri.
La voiture démarra. Émile touchait à tout. Ses yeux s'illuminaient dans chaque rue, devant chaque enseigne. Dans quel état il était ! C'était bien un petit enfant, dans un jouet à taille réelle. Il riait, se

tortillait et par moments, serrait Clémence puis retournait écraser son nez sur la vitre. Louis-Henri soufflait. Allait-il un peu se calmer ? Sa fille pinçait les lèvres entre ses dents pour ne pas lui fracasser la tête ; elle le gronda mais il continua à bouger, à tâter le cuir de l'assise, à explorer les rangements. D'un ongle, il tentait même de décoller le revêtement. C'est alors qu'une scène étonnante détourna l'attention de Clémence. Elle s'avança sur son siège. Un peu plus loin, à demi couchée sur le trottoir, une voiture à chevaux s'était renversée et les animaux continuaient à tirer leur charge, libérant dans leur effort une fumée de transpiration. L'accident avait causé un embouteillage, ils restèrent à l'arrêt. Toute saisie, elle suivit la scène puis jeta un œil vers Émile. Il s'était calmé et regardait du même côté, par-dessus son épaule. Hélène… Dans quelle violence elle avait dû mourir ! Son fils se souvenait-il de l'accident ? On aurait dit que oui, mais la difficulté à le comprendre l'exaspérait et la peinait.
Enfin, on avança, son père bifurqua dans une avenue. Émile ne bougeait plus mais quand Clémence se retournait dans sa direction, il baissait la tête comme un gamin pris en faute.
On le déposa chez lui, où une bonne l'accueillit. Pendant le reste du trajet, Clémence et son père n'échangèrent pas un mot.

Sur la Grand-Place, devant leur hôtel particulier, une agitation régnait autour de la fête patronale de la Paroisse. Près du jeu de chamboule-tout, Clémence ralentit le pas. La balle cousue tapait contre la boîte de conserve, renversait tout.

Des éclats de rire enfantins accompagnaient une liesse générale. Un peu plus loin à la terrasse d'un café, un groupe entourait un jeune couple. On remplissait les verres, on plaisantait, un chant s'éleva.

« Buvons un coup, buvons-en deux
à la santé des amoureux
À la santé du roi de France
Et merde pour le roi d'Angleterre
qui nous a déclaré la guerre. »

Père et fille se fuyaient. Tandis qu'un riche commerçant entamait une discussion avec Louis-Henri, un garçonnet vint se blottir contre Clémence. C'était un de ses anciens petits élèves du catéchisme.

– Mademoiselle Clémence !

Elle lui ébouriffa les cheveux.

– Petit Léon ! Tu as bien grandi…

L'enfant la défia en désignant l'autre côté de la place.

– Le premier là-bas !

Elle jeta un œil vers son père, toujours en grande conversation, remonta sa robe sur les mollets et se lança. Le garçon, en véritable flèche, la doubla.

– Ah ! Mademoiselle Clémence, j'ai gagné !

– Tricheur ! Tu n'as pas de talons, toi !

Elle déposa un baiser sur son front et le regarda s'éloigner, se surprenant à regretter les années passées, sœur Saint-Sulpice et sa baguette résonnant dans le cloître.

Alors c'était bien vrai, l'enfance s'était envolée ?

***

– Maria !

La domestique attendait Clémence à l'entrée de l'hôtel. Sa mère l'avait fait revenir dès l'accord passé avec Alfred. Sans elle, la maison paraissait si vide ! Elles échangèrent quelques mots puis Clémence s'engouffra dans l'escalier de marbre. En plein milieu, elle s'arrêta net. La sidération la plia. Les lettres ! Elle enfonça la main dans sa poche, la retira, l'enfonça encore, la plaqua dessus.

Ce n'est pas vrai !

Elle passa en trombe devant Louis-Henri.

– Où vas-tu donc ?

– J'ai perdu quelque chose !

L'élan la propulsa sur la place, la fanfare accentuait son affolement. La musique l'agressait, on aurait dit qu'ils étaient des millions à s'amuser pendant qu'elle mourait d'angoisse. Où avait-elle couru ? De là à… là. Elle refit le trajet, une, deux, trois fois. Sa tête tournait, elle se boucha les oreilles. Si ce n'était pas pendant la course, où avait-elle pu les perdre ? Dans la voiture ?

Derrière la grille de la cour, luisait la limousine de Louis-Henri. Un regain d'espoir la poussa, mais la portière ne s'ouvrit pas. Où rangeait-on les clés ? Vite, son père.

Elle rentra en trombe mais ralentit devant Eugénie qui donnait des ordres à Maria. Tout devait être parfait pour le mariage. Toilettes, déjeuner, argenterie. Aucun des ragots parisiens ne leur échappait. La bonne savait tout et Eugénie frétillait à chaque fois qu'on nourrissait sa curiosité. Plus sa mère s'offusquait, plus Maria en rajoutait. L'incendie de l'usine avait fait le tour de quelque demeure mais fort heureusement, leur ruine n'était

qu'un bruit qui n'avait pas eu le temps de naître avant de courir.
Louis-Henri buvait un whisky au petit salon.
– Pardonnez-moi de vous déranger, père, j'ai dû égarer un document dans la voiture !
– La clef est dans mon veston.
Elle courut et se jeta dans l'habitacle. À l'avant, à l'arrière, rien. Clémence tâtonna sous les sièges, ouvrit les rangements. Rien. À quoi s'attendait-elle ? Si le paquet était tombé, elle l'aurait vu !
Eugénie ouvrit la fenêtre.
– Que se passe-t-il ?
– Rien !
Sa mère referma les battants et la portière de la voiture claqua. Honoré, encadré devant la porte, lui barra l'entrée. Il se tenait droit, les mains dans les poches, sourire aux lèvres. Que cachait sa figure froide et statique ? Et s'il avait trouvé le paquet ! Mais… comment ? C'était impossible ! Ses lettres… Clémence sentit cogner son cœur au souvenir de leur impudeur échangée. Puis elle se redressa.
Quand on a tout perdu on n'a plus rien à perdre.
Elle se planta devant lui et comme il ne s'écartait pas, elle donna du coude. C'était bien cela le plus effrayant, ceux qui ne disaient rien, ne bougeaient pas mais qui, dans leur cœur meurtri, fomentaient la haine.
– Madame Émile Warrender de Sales, pouffa son frère en allongeant une révérence.
Clémence se figea. Émile ! Et si c'était lui ? En se collant à elle sur le trajet, en remuant dans tous les sens… ou pendant l'accident… Il fallait l'interroger, c'était son dernier espoir.
Il habitait à une demi-heure d'ici et le jour déclinait.

Un nuage noir assombrit le ciel. Le soleil se couchait derrière l'Hôtel, lui donnant des allures de manoir hanté. Qu'importait, l'avenir de la famille reposait sur elle, on lui pardonnerait cette nouvelle échappée. Quinze minutes plus tard, les cheveux collés au front, elle sonna. La servante ouvrit.
– Monsieur Alfred est sorti.
Clémence entra sans qu'on ne l'y invite.
– C'est Émile que je viens voir.
Elle le trouva occupé à faire le cochon pendu à la rambarde du balcon, le força à se remettre à l'endroit et l'attrapa par les épaules.
– Où sont mes lettres ? Émile !
– *Ma-ma.*
Elle le questionna à nouveau, fouilla ses poches et, effarée, en retira le ruban.
– Oh mon Dieu ! Où as-tu mis les lettres ?
Il retourna se pendre à la rambarde. Les veines de Clémence pulsaient dans ses tempes, une bouffée de colère monta. Ce débile, son regard lointain, sa fichue absence alors qu'il était là ! Elle referma les mains autour de son cou et le secoua.
– Tu vas me dire où tu as mis mes lettres !
« *Ma-ma, ma-ma* », faisait-il, les yeux exorbités.
Clémence tomba à genoux, Émile détala. Adieu sa correspondance, adieu les chances de voir son mariage gâché. Émile ne lui obéirait pas, il ne ferait rien, ils se marieraient !
– Que se passe-t-il ici ?
La domestique la fit relever.
– Émile m'a volé des lettres… Il faut que je les retrouve !
– Eh bien ne vous mettez pas dans cet état.
– C'est… important pour moi.

– Je ne l'ai pas vu rentrer avec quoi que ce soit.
Clémence l'assomma de questions. Était-elle sûre ? Où était-il allé ? Ici ? Là-haut ? Où les avait-il cachées ? Elle monta, explora sa chambre et la maison, la domestique la suivit. Au bout d'une heure à tout retourner, Clémence baissa les bras.
– Nous sommes allés à la boulangerie tout à l'heure.
La boulangerie ? Clémence y descendit, revint bredouille. Alors elle fonça sur Émile et le secoua à nouveau, agitant le ruban sous son nez, mais il se prenait la tête entre les mains et attendait. La servante dut les séparer.
– Peut-êt' qu'il a pris que l'ruban et pas l'reste !
Peut-être oui, comment savoir ? Avant de quitter les lieux elle s'assura que la domestique n'entendait pas et releva le menton du jeune homme.
– Allez… tant pis. Mais tu te souviens ? À l'église, tu me tapes, tu tapes le curé. Tu gâches TOUT. Tu comprends ?
– *Ma-ma.*
Au retour, Clémence laissa couler ses larmes. La ville, son opulence et sa misère, sa puanteur, la superposition des bruits, cette tristesse infinie, Émile, ce débile ! Un mal de tête la fit ralentir, elle empoigna un réverbère et fit une halte. C'était bien fait pour elle, cela lui apprendrait à rêver, à écrire à la place des autres, à aimer. Quel gâchis ! Couchés sur le papier, leurs mots, son audace de jeune femme, le désir furieux de Gustave… Tout cela avait existé pourtant. Comme elle aimait tout relire ! Sa cousine récolterait tout et elle…
D'un revers de main, elle sécha ses larmes et reprit

sa marche. Elle n'allait pas se laisser démolir pour un paquet de lettres. D'ailleurs, à quoi bon lui écrire désormais ? La vie lui donnait une leçon. L'écriture n'était rien qu'un aveu de défaite contre le réel, contre sa dureté. Un aveu d'inaptitude à toute sorte de normalité. C'était fini, elle ne lui écrirait plus.

Cette-nuit-là, dans la moiteur de son lit, Clémence resta recroquevillée.
Quelles chances, désormais, que ça marche ?

13

13 septembre 1913

Un cri aigu l'arracha du sommeil. Elle chercha le décor de l'hôpital mais le plafond haut d'une pièce richement décorée lui renvoya son infortune en pleine figure. Ah oui, elle était rentrée et… Un nouveau cri la secoua.

– Ah ! Émile ! Le mariage !

Elle bondit hors du lit. Clémence n'avait pas fermé l'œil jusqu'à l'aube, et s'était endormie quelques minutes avant que la domestique ne vienne tirer les rideaux.

La messe était prévue pour dix heures trente, on se pressait dans la maison. Eugénie et Maria l'aidèrent à enfiler une robe ajustée, créée pour elle dans un tissu délicat. L'arrivée des ballets russes dictait la mode des drapés flous. Ses boucles, travaillées, se rassemblaient sous un chapeau en un lourd chignon. L'impatience étirait sa nuque, lui conférant une sensualité marquée et un air volontaire.

Qu'on en finisse, qu'on sache.

– Quelle élégance ! dit Maria.

– Merci… Tu n'es pas obligée.

La servante orna le cou de sa maîtresse d'un collier fin. Elle était prête.

D'un pas incertain, elle entra dans l'église au bras de son père. Durant toute la remontée de la nef, ses jambes tremblaient. Émile, envoûté par la flamme vacillante d'un cierge, ne la vit pas tout de suite. Quand elle prit place à ses côtés, il posa la tête sur son épaule et ses lèvres bougèrent mais dès qu'il croisa le regard d'Alfred, il retrouva une position droite, les mains aplaties sur les genoux.

— Tu te souviens ?

À voir l'expression du jeune homme, le désarroi la cloua sur la dalle. De quoi pouvait-il bien se souvenir ? Comment avait-elle osé y croire ? L'assemblée chuchotait. Quelles amusantes bêtes de foire ils formaient tous les deux !

— *Dominus vobiscum.*

— *Et cum spiritu tuo.*

La bouche fermée en cul de poule, les yeux rieurs, Émile se tint tranquille.

Le temps de la bénédiction arriva, tout le monde se leva. Clémence retint son souffle, accrocha son regard et allongea un « *ma-ma* » silencieux. Rien.

C'est perdu.

Le curé s'avança vers les fiancés. Alors, dans une soudaineté démente, Émile la poussa à terre, la fit rouler sur le dos et la chevaucha. Les rubans de son chapeau volèrent, il s'enfonça le couvre-chef sur la tête, lui tira les cheveux et battit ses épaules dans une brutalité sans retenue. C'était si bon ! Elle se défendait à peine et dans son cœur, elle jubilait. Un écho d'indignation monta dans l'assemblée. Du doigt, Clémence aiguillonna Émile, appuyant le regard vers l'autel. En un éclair, il se retrouva face au curé, sa main claqua une joue puis l'autre. Les bruits résonnèrent. Eugénie blanchit. Une vieille tante effrayée s'enfuit en poussant des hurlements. Alfred, encore occupé à aider Clémence à se relever, bondit et tira Émile par les poignets. Le jeune homme se dégagea, fit volte-face et courut vers sa fiancée. Il la serra et elle restait droite, les poings fermés, se retenant de toutes ses forces de lui rendre son étreinte, de hurler « merci », de lui ébouriffer l'épi.

– *Ma-ma.*

Tout le monde les regardait. Quel spectacle ! D'un coup sec, elle le repoussa et rassembla ses rubans.

– Lâche-moi !

Émile revint quémander une caresse mais elle le repoussa plus fort. Alors, en chien perdu, il erra entre les bancs, affolant tout le monde, puis trouva la sortie.

Hors de lui, le curé accourut et attrapa Alfred par le bras.

– Quelle honte ! C'est inadmissible !

Warrender baissa les yeux.

– Je suis désolé mon père.

– Je refuse de marier cet énergumène ! Votre fils vient de montrer avec force violence qu'il est inapte au sacrement de mariage !

Le curé haussa la voix et pointa son doigt vers Alfred puis vers les parents de Clémence.

– Dois-je vous rappeler que, sans le consentement de la femme ET de l'homme, il n'y a pas d'union possible devant Dieu ?

Alfred joignit les mains en prière et opina du chef. Eugénie, affaissée sur un banc, s'éventait le visage. Louis-Henri et Honoré observaient, la mine impassible. Clémence attendit que quelques personnes quittent l'église pour les suivre. Émile, adossé contre un mur, dessinait sur le parvis avec son index. Tournant le dos aux gens, elle

s'accroupit, ouvrit la main pour lui caresser la tête mais se retint.
– Tu as été parfait !
– *Ma-ma.*
– Relevez-vous Clémence, interrompit Alfred.
Il empoigna si fort son fils qu'il vola pour se retrouver debout.
– Maudite créature !
Il fit appeler un de ses domestiques.
– Emmenez-le ! Son compte est bon.
Clémence prit un air mielleux et dévasté.
– Je suis désolée monsieur Alfred. J'ai agi selon votre volonté.
Il la détailla. Ses cheveux libérés cachaient ses joues et la rendaient sauvage. Le regard de l'homme s'attarda sur ses boucles.
– Vous n'y êtes pour rien. Vous avez respecté votre engagement.
Il se tourna vers les Panas de Prinveaux.
– Votre dette est effacée. Vous pouvez dormir tranquilles.
Louis-Henri s'inclina, Alfred secoua la main.
– Vous pouvez disposer. Tout le monde peut disposer !
Comme certains ne bougeaient pas et ne savaient comment se comporter, Alfred donna une accolade à Louis-Henri.
– Bien mon cher, oublions ce mariage. Allons au Domaine boire un vin d'excellence !
Louis-Henri, transporté de joie, s'inclina.
– Voilà une belle idée mon ami.
– Retrouvons-nous là-bas !
Louis-Henri s'inclina plus bas.
– Je suis votre obligé.

– Plus maintenant. Nous parlerons affaires. Après tout, vous n'êtes pas responsable de cet... incendie et nous avons quelque fortune à investir, n'est-ce pas ?
Louis-Henri ouvrit les bras.
– Oui. Vous êtes tous cordialement invités !
– Vous aussi, monsieur le curé, balbutia Eugénie.
– Sans façon, merci.
De l'autre côté du parvis, une voiture démarra. Derrière la vitre, Clémence croisa le regard d'Émile et son cœur se gonfla de reconnaissance. Elle ne savait pas s'il lui avait volé ses lettres mais il venait de lui sauver la vie. Dans la balance, la gratitude pesait lourd. Oh, elle tiendrait un peu sa promesse, elle passerait le voir et quand elle le croiserait, elle lui porterait quelque affection et chevaucherait avec lui si son emploi du temps le lui permettait. Elle ne serait pas sa maman, au sens où il avait pu « l'entendre », mais elle penserait à lui.

La journée au Domaine fut festive, autour de non-noces plus joyeuses que ne l'auraient été les vraies. Dès leur arrivée, Maria aida Clémence à passer une autre robe et remit sa coiffure en ordre. Louis-Henri veillait à ce qu'on remplisse le verre d'Alfred, et Eugénie, malgré l'absence remarquée d'Hélène et de son fils, se surprit à rire au dessert. À quel gendre avait-elle échappé ! Sous la tonnelle, on parla politique. Soufflait tout près un vent violent de discorde dont certains s'inquiétaient. Alfred certifiait que cela s'arrangerait. On entonna même quelques chants, Honoré poussa la voix lui aussi, leva son verre et en vida plusieurs, sans quitter la compagnie d'une cousine. Depuis quand Clémence

ne l'avait-elle pas vu si détendu ? Se pouvait-il que sa rancœur s'apaise ?
Au moment du café, Eugénie fit assoir sa fille près d'elle.
– Tu n'es pas obligée de rester dans cette… École maintenant. Tu mérites mieux.
Clémence se figea, retenant une remarque acerbe. L'année écoulée défila dans sa mémoire.
– J'ai pris un engagement avec l'Administration. Si vous me permettez, j'irai au bout et ensuite…
Au mot « administration », Eugénie approuva.
– Ensuite ?
Clémence se leva et fit des allers-retours près de sa mère.
– Ensuite, j'aimerais passer mon Brevet supérieur et devenir institutrice.
– Ah oui, institutrice.

En milieu d'après-midi, Clémence se changea, descendit aux écuries et scella son cheval. Un soleil radieux l'accompagnait, l'air doux fouettait son visage. Le plaisir de galoper à vive allure se superposa à celui de la réussite. C'était fou, elle y avait cru puis plus du tout… Et voilà qu'elle était libre ! Elle n'en revenait pas. L'avenir s'annonçait lumineux. La famille conservait ses biens, l'espoir d'enseigner un jour renaissait, Louis-Henri et Alfred reparlaient affaires et il était peu probable qu'un nouvel incendie vienne déranger leurs plans. Même ses cicatrices lui semblaient bénignes au regard de ce à quoi elle venait d'échapper. Personne ne bouleverserait ce nouvel équilibre maintenant. Personne !
Au bout d'une heure, elle ralentit jusqu'à mettre

son pur-sang au pas et laissa s'assombrir ses pensées. Les promenades équestres apaisaient Émile. Il aimait se trouver là, avec elle. Où était-il à cet instant ? Enfermé dans sa chambre ? L'avait-on corrigé ? Clémence frissonna. Alfred pouvait se montrer si dur avec lui… Et elle, pour la troisième fois, elle l'avait malmené puis rassuré. Puisqu'il lui avait obéi, il comprenait bien certaines choses… Au souvenir de son insouciance, pendu à la rambarde, elle inspira et leva les bras en victoire vers le ciel. Fini, c'était fini ! À quoi bon se torturer pour lui ? La bride glissa entre ses doigts. Ce n'était pas une promesse à un niais qui allait freiner sa ruée vers une nouvelle vie.
Son éperon s'enfonça dans le flanc de la bête.
– Yaaah !
L'existence ressemblait à ces romans, où, après la menace du pire, tout finissait bien.

14

– Il a giflé le curé ?
Au fond de la bibliothèque, la bouche de Pauline s'arrondit d'indignation mais ses yeux rayonnaient. Clémence, la main sur le front, ne pouvait se retenir de rire. Elle se signa.
– Quel sacrilège !
– Dieu n'existe pas.
– Tu sais bien que si.
Pauline croisa les bras, l'air effronté.
– Papa et maman disent que non, et c'est en eux que je crois.

La reprise des lettres à Gustave adoucit octobre puis novembre. Au début, Clémence avait tenu bon : « Non, débrouille-toi ». Mais à la façon qu'avait eue Pauline de rouler ses yeux de biche, elle avait craqué et ces moments la comblaient. Lui écrire lui procurait une surprenante confiance en elle. Par de simples mots, elle le retournait d'amour, le tenait à sa merci, faisait valser son cœur, danser son corps et puis… il fallait reconstituer la correspondance égarée, et plus le tas grossissait, plus ses tourments s'apaisaient. Tout de même… Où avait-elle pu les perdre ? Pourquoi Émile n'avait-il que le ruban dans sa poche ? Le mystère la laissait encore interdite.
Une fois par mois, quand ses parents l'y invitaient, Clémence partait respirer l'air pur du Domaine.

Le samedi, elle se disait : « il faudrait que je passe voir Émile » et le dimanche soir elle se promettait : « la prochaine fois, je l'invite à randonner à cheval ». Depuis son mariage raté, elle n'avait revu ni Alfred ni son fils et la vie aurait filé paisiblement, sans les pointes de culpabilité que les « *ma-ma* » enfonçaient dans son cœur. Heureusement, elle les chassait aussi vite qu'elles arrivaient. On était trop occupé ici pour se faire des reproches.
Le premier jour de décembre arriva.
Ce matin-là, l'enseignante annonça pour l'après-midi une nouvelle activité. Sous la surveillance de la monitrice, les filles allaient, pour la première fois, réaliser l'exercice pratique de la douche, sur un garçon. Enfin un peu de distraction ! Au réfectoire, piquées de curiosité, les demoiselles ne parlèrent que de ça. Quel âge aurait-t-il ? Serait-t-il tout nu ? Qui allait s'entraîner la première ? Les rires fusaient. Pour une fois, l'instant promettait d'être drôle.
Il fallut parcourir plusieurs kilomètres pour monter à Bicêtre, dans le quartier des jeunes idiots. On s'y rendit à pied et en silence.
Dès leur arrivée à l'hospice, une odeur d'excréments prit les filles à la gorge. Clémence se pinça le nez et remonta sa cape. Le lieu était glacé. D'effroyables cris montaient de tous côtés. Y avait-il donc des humains ici ?
Quand on amena le jeune aliéné terrorisé, Clémence fronça les sourcils puis poussa un cri. Le choc fut tel qu'elle dut s'agripper à Pauline.
– Qu'est-ce qu'il y a ?
Son souffle retenu sortit dans un chuchotement.
– C'est Émile…

Pauline blanchit à son tour. Clémence se cacha derrière une fille plus grande, laissant dépasser sa tête sur le côté.
On lui avait rasé le crâne et son regard plein de misère lui serra la gorge. Sans rien lui expliquer, la monitrice entreprit de le dévêtir. Émile eut un gémissement monocorde et tenta de fuir devant le cauchemar qui l'attendait mais on le retint. Il se contorsionna dans une telle rage que tout le monde recula. Clémence plaqua la main devant sa bouche. Mon Dieu… Alors on l'avait placé ? Pourquoi n'y avait-elle pas pensé ? « *Son compte est bon* » avait aboyé Alfred sur le parvis de l'église. Jamais on ne lui avait donné de ses nouvelles depuis. Jamais elle n'en avait demandé.
Enfermée dans la raideur, Clémence regardait. Les yeux exorbités d'Émile trahissaient un insupportable effroi. Qu'avait-on fait de lui ? C'est ainsi qu'on s'occupait d'eux ici ? Ses cris de bête couvraient la voix de la monitrice, qui le tournait et le retournait comme une galette. Émile se tortillait mais les forces lui manquaient. Il était si maigre ! Tout à coup il tomba, ses os saillants émirent un bruit sec.
— Peut-on se montrer aussi têtu !
La responsable le redressa, hors d'haleine.
— Je vais avoir besoin d'aide.
Les cousines rentrèrent la tête dans les épaules et échangèrent des regards affolés, jusqu'à ce qu'on désigne deux autres étudiantes. Clémence resta figée. Comment pouvait-on jeter cet être nu, aux yeux de tous, sans aucune considération pour sa dignité ? Le supplicié hurla tant qu'on dut interrompre l'exercice et le renvoyer.

Deux employées amenèrent un autre garçon, plus jeune, le regard vide, tout aussi maigre. L'entraînement se passa sans encombre, tant l'aliéné semblait flotter au-dessus de son corps. La scène laissa Clémence sidérée, les mains serrées sur sa blouse. Pauvre malade… On aurait dit un pantin, une poupée de chiffon sans expression. Une sorte d'automate dont la mécanique des gestes devait bien cacher un cœur, une âme.

Pendant le dîner, le regard tout contrit, Pauline secoua la tête.
– Je ne pensais pas que… c'était à ce point.
– Il était hystérique... On ne peut souhaiter cela à son pire ennemi. C'est de ma faute s'il est là.
– Tu ne savais pas.
– C'est moi qui lui ai ordonné de mal agir.
– Tu ne savais pas !
– Maintenant, je sais.
Pauline prit la main de sa cousine.
Le soir même, Clémence rédigea une lettre à Alfred, en commençant par l'épisode de la douche. Quelle maigreur, quelle peine ! Elle voulait savoir. Après tout, ils avaient été fiancés. Depuis quand Émile était-il ici ? Pourquoi ? Jusqu'à quand ? L'avait-il visité ? Pouvait-il lui raconter, -sans vouloir importuner-, les circonstances de son entrée à Bicêtre ? C'est que son état l'inquiétait…

Une semaine plus tard, la réponse arriva.

15

« Chère Clémence,

Vous êtes gentille de vous préoccuper de ce malotru, après un tel accès de rage envers vous. Vous avez bon cœur, mais Émile ne mérite aucune compassion.
Vos parents ne vous ont-ils pas informée ?
Suite à l'épisode fâcheux de l'église, j'ai demandé à mon ami, le docteur Gircourt, éminent aliéniste de Bicêtre et personnalité de la médecine hospitalière parisienne, de le prendre en charge. Hélène en aurait douté mais vous, vous ne serez pas étonnée de ses conclusions.
Voici donc l'essentiel de son rapport d'admission.
En reconnaissant qu'il donnait des signes évidents d'aliénation mentale, le docteur a conclu à l'entière irresponsabilité d'Émile. En conséquence, il a délivré un certificat d'internement, le dirigeant vers l'asile de Bicêtre. L'aliéniste a été formel, le considérant comme un individu dangereux pour la société et pour lui-même.
Entre nous, chère Clémence, il a montré à l'église qu'il était bien plus déséquilibré que je ne le croyais. Grâce à vous, j'ai caressé un jour l'idée d'être grand-père. Odieuse erreur ! Sa place est là-bas, avec les déficients mentaux, ou soyons francs, les imbéciles, les idiots, les dégénérés.
Jusqu'à quand ? me demandez-vous. Aux dernières nouvelles, sa sortie n'est pas envisageable, d'autant qu'on expérimente sur lui un nouveau traitement médical et moral.
Je vous remercie de votre courrier mais vous prie, à l'avenir,

de ne plus évoquer son existence. Vous comprendrez combien je suis encore indigné contre ce garçon que je me refuse désormais de considérer comme mon fils.

Je vous espère heureuse et bien assidue dans vos études.
Affectueusement,
Alfred.

Clémence replia la lettre, effarée. « *Le docteur a conclu à l'entière irresponsabilité d'Émile.* » Mais oui ! C'était elle, la responsable ! Le docteur Gircourt... Où l'avait-elle revu déjà ? À l'hippodrome ! Éminent aliéniste ? Personnalité de la médecine hospitalière parisienne ? Un grossier personnage oui ! À la mise débraillée !
Il n'empêche, à voir la façon dont les gens lui « léchaient les bottes », personne ne remettait ses dires en question. Émile se trouvait entre ses mains et, vu son état à la douche, cela n'augurait rien de bon.
Il fallait qu'elle le voie, qu'elle lui parle, le rassure. Mais comment s'y prendre ? Elle quitta la salle d'étude et courut jusqu'à l'horloge. Il lui restait une dizaine de minutes avant le dîner. Vite ! Où trouver la surveillante ? Clémence monta, redescendit au sous-sol et s'arrêta à l'entrée de la lingerie.
Celle-ci dépliait des piles, qu'une élève reformait, l'air effrayé.
– Ce n'est pas acceptable. Refaites.
Clémence ne pliait pas mieux le linge que sa camarade, pourtant, la surveillante ne lui avait jamais demandé de recommencer. Son nom y était pour quelque chose et il était temps d'en profiter. Elle frappa à la porte ouverte.
– Madame, excusez-moi de vous déranger, puis-je

vous parler ?
– Mademoiselle Panas de Prinveaux. Je vous écoute.
Comme elle hésitait, la surveillante congédia son élève. Clémence parla tout bas.
– Voilà, je voudrais rendre visite à une personne internée à Bicêtre.
Elle prit un air supérieur.
– Êtes-vous de la famille ?
– Non mais…
– La séquestration des insensés est très encadrée voyez-vous.
Clémence baissa les yeux.
– Je veux bien le croire.
– De qui s'agit-il ?
– Un garçon.
La surveillante lui adressa un regard suspicieux.
– Je me doute bien !
– Celui de la douche.
D'un air choqué, la supérieure refusa tout net. Clémence usa d'arguments, jouant sur la corde sensible : il lui avait fait peine, elle voulait lui porter un peu d'attention, ce à quoi l'appelait sa profession. Mais la surveillante agitait l'index, c'était non. Bien trop dangereux. Quand il fallut monter pour le dîner, Clémence abattit la carte de la vérité.
– Émile Warrender de Sales était mon fiancé. Malheureusement son état s'est dégradé et notre mariage a été annulé. Je voudrais lui témoigner mon amitié et seule une dame comme vous, qui a du cœur, pourrait m'y aider.
– Warrender de Sales dites-vous ? Le fils du riche industriel ?

– Lui-même. Il vous sera reconnaissant de m'avoir aidée.
La femme gonfla le torse.
– Vous devrez préciser votre lien. Vous mettrez « familial ».
– Mais comment dois-je m'y prendre ?
La surveillante invita Clémence à s'avancer vers le réfectoire.
– Vous devez faire une demande au médecin-chef de l'institution. Préparez-la, je me chargerai de la transmettre.
– Merci beaucoup !

***

– En voiture !
Clémence s'installa, le cœur battant. Deux semaines qu'elle l'attendait, et voilà qu'elle tenait entre les mains son autorisation de visite ! Dans moins d'une demi-heure, elle serait au quartier des jeunes idiots et l'idée allégeait par avance sa conscience. Pauvre Émile. Elle allait le prendre dans ses bras et lui promettre de venir aussi souvent qu'elle le pourrait ; tout irait bien. La surveillante avait personnellement organisé le trajet par véhicule postal. Qu'il faisait bon s'appeler Panas de Prinveaux ! Clémence rit jaune, se félicitant de sa naissance en resserrant son chignon. À quoi avait-elle échappé de justesse, par sa « naissance » …
L'esprit de Noël égayait encore les vitrines. Dans quelques jours, commencerait l'année 1914, celle de ses dix-neuf ans ! Quelles surprises lui réservait-elle ? Clémence haussa les épaules. Pour faire pire

que celle-ci…
La voiture remonta l'avenue de Bicêtre, bordée d'arbres. De tous côtés, piétons, cyclistes et voitures se croisaient dans un ballet qui l'effrayait, depuis l'accident auquel elle avait assisté. Et ses lettres… Les retrouverait-elle un jour ? Qu'Émile soit disposé ou pas, elle ne manquerait pas de lui en reparler.
Le lieu n'était pas plus rassurant et aussi glacé que le jour de la douche. La jeune femme présenta son document, patienta puis une petite servante toute ronde vint la chercher. Son visage lui disait quelque chose. En rangeant son autorisation, elle se souvint : elle l'avait déjà croisée à l'occasion des fêtes, à l'École : sa fille suivait les mêmes cours qu'elle ; une jeune fille timide et chétive, à l'inverse de sa mère.
– Bonjour madame !
– Bjour'. Suivez-moi j'vous prie.
Ses parents à elle n'avaient jamais mis les pieds à l'École d'infirmière. Peut-être qu'à la fin de cette deuxième année, pour la remise des diplômes…
L'odeur l'arracha de ses pensées. Un cri la figea. Un peu plus loin, contre le mur du couloir, on battait un jeune garçon en guenilles. Ciel ! Les écuries du Domaine étaient plus propres, les animaux mieux soignés. Si l'Enfer existait, elle s'y trouvait. La petite femme ne dit rien jusqu'à ce qu'elles arrivent devant l'une des cellules du quartier de la sûreté.
– On l'a isolé, l'est pô commode.
– Qu'est-ce qu'il a fait ?
– Mauvais comport'ment.
– Mais comment ça ?
– S'est uriné d'ssus pendant la lecture récréative.

La dame agita la main, l'air de dire « oh là là qu'il est vilain », puis elle partit dans un rire gras.
La clé tourna dans la serrure, la porte libéra une puanteur terrible. La servante ne l'ouvrit pas entièrement, et laissa passer la jeune femme.
Assis derrière un tas d'immondices, tout recroquevillé dans un coin du cachot miteux, Émile tenait sa tête sur les genoux. Clémence entra en prenant garde à ses souliers, mais le sol était souillé sur chaque centimètre. Quand il la reconnut, il se jeta dans ses bras, elle l'accueillit en réprimant une envie de vomir. Il la serra, serra de plus en plus fort, d'un coup, la toisa, comme pour vérifier et, cette-fois, articula un « *ma-ma* » qui déchira Clémence de tristesse.
Le cœur du jeune homme battait fort, elle le sentait à travers son torse famélique. Combien de kilos avait-il perdu depuis la dernière fois ? Le nourrissait-on ? Devant tant de misère, les yeux de la jeune femme s'embrumèrent.
– *Par le casque de saint Grat !* lâcha Émile.
– Mais… Tu sais parler ?! Ça alors…
Elle s'empressa de lui demander comment il se sentait, trouvant aussitôt sa question déplacée.
– *Activité anormale du lobe frontal,* débita-il en se frappant la tête.
Clémence se libéra de leur étreinte pour mieux le détailler. Qu'avaient-ils fait de lui…
– Il faut mieux te comporter ! Tu ne dois pas retourner dans ce… cachot !
La servante ouvrit et passa la tête.
– Ça y est ?
– Encore une minute je vous prie.
– Faites vite mam'zelle, j'ai pô tout mon temps.

— Oui, juste un instant.
— Merci, Émile, pour l'église.
— *Par saint Briac.*
Il se gratta la tête et en retira une croûte.
— Je dois y aller… Je reviendrai.
Comme Clémence reculait, il changea de visage, se jeta à ses genoux et s'agrippa à sa robe.
— *Ma-ma !*
C'en était trop, les larmes allaient couler. Elle se dégagea et bondit hors du carré puant.
— Je… Je reviens bientôt, d'accord ?
La lourde porte se referma et la clé tourna, ajoutant un cran au désespoir de Clémence. Derrière, un cri de bête fendit son cœur.
— *Ma-ma !*
Elle se mordit la lèvre, un sanglot menaçait d'exploser. Sa main devant la bouche étouffa un hoquet.
— Ben c'est qu'ça vous émeut dis-donc !
Elles s'éloignèrent, le pas lent.
— Pour… pour combien de temps est-il consigné ici ?
— Deux s'maines.
— Deux semaines…
— Mauvais comport'ment.
— Et… depuis quand y est-il ?
— Trois jours, mam'zelle.
Le cœur de Clémence s'alourdit encore de chagrin. Trois jours… Et il était dans cet état ? N'y avait-il pas d'alternative à cet enfermement sévère et traumatisant qui rappelait, par bien des aspects, l'univers carcéral ? S'uriner dessus… révélait davantage un signe d'angoisse qu'une mauvaise action délibérée ! Émile n'était pas méchant.

Se pouvait-il qu'au-delà de la consigne, il soit victime d'autres mauvais traitements ? À le voir si maigre et si dégoûtant, comment en douter ?
Au bout du couloir, la femme salua Clémence et la chargea d'embrasser sa « petiote ».
– Je n'y manquerai pas.
Le personnel, à Bicêtre, était astreint à résider dans l'hospice et pour rien au monde elle n'aurait voulu y travailler. En comparaison, son quotidien lui apparaissait plus que correct.
Comme convenu, la jeune femme descendit à pied à la Salpêtrière. Dix fois, elle faillit se faire renverser tant son esprit vacillait. Paris grouillait d'indifférence, Paris empestait, Paris l'angoissait. Elle accéléra le pas, traînant l'odeur d'Émile. « *Mama !* » Sa voix résonnait. Jamais elle n'en avait entendu si longuement le timbre et tout d'abord, elle avait cru qu'ils échangeraient mais la parole ne suffisait pas. Encore fallait-il que la tête dicte les mots de manière sensée... Il parlait sans rien exprimer d'intelligible. Englué dans sa prison, il évoluait sans changer. Ses yeux se levèrent sur les bâtiments, sur leur splendeur. De quoi était-on capable ? Une société qui permettait que des êtres humains puissent être exposés à une telle misère ne devait-elle pas être bouleversée de fond en comble ? En France, pays des Lumières que chérissait tant Gustave, être en butte à des traitements aussi vils, aussi dégradants pour les hommes qui, sur les murs mêmes de leurs établissements, inscrivaient les mots : Liberté et Fraternité !

Quand les cousines se retrouvèrent au réfectoire, Clémence déchargea sa peine sur Pauline, qui tapa du poing.
– Pourquoi les traite-t-on ainsi ? C'est inhumain...
– Je ne sais pas. Et ces « *ma-ma...* » Il me fend le cœur !
Pauline eut un air choqué.
– Il te prend pour sa mère.
– Il a bien compris ce que je lui ai dit.
– Mais enfin, c'était pas pour de vrai !
– Oui. Mais...
– Mais tu n'avais pas le choix.
Clémence s'affaissa sur sa chaise.
– Je ne sais pas. Je n'aurais pas dû promettre.
– Tu n'avais pas le choix je te dis. Arrête !
Pauline haussa les sourcils et ouvrit les mains, répétant par les gestes : « tu n'avais pas le choix ».
– Ça me fait tellement mal de le voir comme ça !
– Je comprends mais, tu ne peux pas l'adopter non plus.
– Non.
– Alors pense à autre chose.
Pauline avait raison. Elle devait terminer sa deuxième année et ensuite... Son salaire ne suffirait pas pour elle seule alors pour deux... Et puis où avait-elle la tête ? Elle avait échappé de peu au mariage, elle n'allait pas s'en charger comme d'un boulet !
– Va le voir de temps en temps, l'encouragea sa cousine. Tu ne peux rien faire de plus.

Cette nuit-là, un terrible cauchemar laissa Clémence à bout de souffle. On l'enfermait avec Émile, hurlant que c'était elle, la folle, par sa

perversion, par ce qu'elle avait manigancé. On lacérait au fouet l'autre moitié de son visage, on arrachait ses vêtements et Émile criait des « *mama* » désespérés sur sa paillasse pleine de vermine. Les nuits suivantes, le cauchemar revint. Il fallait qu'elle le revoie.
Elle formula la même demande, on la lui accorda deux semaines plus tard. En attendant, rien ne parvint à la distraire. Dans quel état le trouverait-elle ? Aurait-il repris du poids et recouvré l'insouciance heureuse de leurs promenades au Domaine ?

Reprends-toi ma vieille ! Tu ne savais pas, tu n'y es pour rien !

16

Depuis début janvier, un manteau blanc recouvrait les toits de Paris et une boue glacée souillait les abords de Bicêtre. Clémence se frotta les yeux, la fatigue cernait son visage. La même petite dame ronde vint la chercher à l'accueil.

— Bonjour Mam'zelle Clémence. Allons-y.

La servante sifflotait. Comment ne pas s'offusquer de l'effroyable ambiance ? La jeune femme marcha un peu derrière. Les cris, les odeurs, c'était une ménagerie. Quand elle se rendit compte qu'elle empruntait les mêmes couloirs, Clémence vint à sa hauteur.

— On l'a encore puni ?

— Eh voui.

Elle aspira un cri.

— Qu'est-ce qu'il a fait ?

— L'est allé à l'atelier de cantine.

— Et alors ?

— L'a bu une demi bouteille de vin.

— Oh c'est pas vrai...

— Ram'né ivre dans son service.

— Et combien de temps est-il consigné ?

— Un mois.

Un mois ! Mais il en mourra ! Clémence sentit son cœur se déchirer. La petite dame ouvrit, l'odeur la prit à la gorge.

Elle le trouva tapi dans le même coin et, à sa vue, il lui sauta au cou. Bien qu'elle se fût préparée à l'émotion qui la submergerait, elle se laissa envahir. Jamais elle n'avait été aussi importante pour quelqu'un. Même ses chiens, au Domaine, ne lui faisaient pas la fête comme lui. C'était un épouvantable sentiment. Ses bras s'étaient refermés autour d'elle, si fort malgré sa faiblesse. Pauvre Émile, il ne pesait pas plus qu'un moineau décharné. Et... son derrière ! Elle regarda mieux mais il se tortillait.

– Qu'est-ce que...

Une flaque sèche durcissait son pantalon. Voilà pourquoi il maigrissait ! Lui administrait-on un remède ? Sans cela...

– *Cellule d'isolement pour idiots incoercibles.*

Il avait débité ces mots d'une voix monocorde, la laissant perplexe.

– Quoi ? Attends. Fais voir !

Il ne desserrait les bras que pour allonger des « *ma-ma* » qu'elle trouva agaçant, à force. Tout à coup, un insecte s'échappa de son vêtement.

– Aaah !

Elle le repoussa mais cette fois, agrippé à ses épaules, il tint bon. Où puisait-il une telle force ?

– Ah ! Si tu continues je ne viens plus !

Comme suspendu au-dessus du vide, il la lâcha et retourna se recroqueviller.

La grosse voix de la femme retentit.

– Pas qu'ça à faire !

Clémence s'accroupit devant lui et, comme elle lui promettait que, si, elle reviendrait, il se lova contre elle.

– *Ma-ma.*

– Je dois partir. Au revoir. Et... Courage.

Elle sortit en reculant mais ses gémissements et ses

pleurs la transperçaient de chagrin. Elle suivit la femme.
– Est-ce qu'il mange ?
– En sais rien.
– Veillez à ce qu'on le nourrisse et qu'on soigne sa diarrhée. Son père est un riche industriel qui pourrait demander des comptes s'il mourait.
– Y vient le voir, vot' riche ?
– Heu... Non.
Sans se retourner, la servante envoya la main en l'air.
– Alors y's'plaindra pô.
– Pouvez-vous me conduire à votre supérieur je vous prie ?
– L'est parti en conférence.
– À qui puis-je m'adresser pour…
Les yeux de la jeune femme s'arrondirent. La silhouette difforme qui avançait… Le docteur Gircourt ! *Monsieur* l'éminent aliéniste ! Elle courut à sa rencontre.
– Bon ben moi je r'tourne à ma b'sogne mam'zelle Clémence !
– Oui oui merci !
Il lui adressa un sourire libidineux. Quel personnage… Elle ne l'avait jamais vu sans son haut de forme. Son front nu brillait et quelques cheveux gras se couchaient sur son crâne.
– Bonjour docteur, je viens de voir Émile Warrender et son état…
Le médecin eut un rire moqueur.
– Tiens ! Warrender !
– On ne l'a pas lavé depuis un certain temps… Il faudrait lui administrer du salicylate de chaux. Comme vous le savez, ses effets absorbants et

antiseptiques s'avèrent efficaces contre la diarrhée et…

– Êtes-vous médecin ?

– Je suis à l'École d'infirmière.

– Donc vous n'êtes pas médecin.

Appuyé sur sa canne, il tentait de mettre de la gravité dans ses manières mais tout tombait à côté.

– Il est très amaigri et…

– Laissez-nous faire notre travail je vous prie, et retournez au vôtre.

– Il ne va pas bien du tout !

D'un rond de canne, il désigna le lieu.

– Ces créatures sont pleines de vice.

– Pour supprimer leur vice il faudrait supprimer leur misère.

– Qu'en savez-vous ?

– Oh rien ! Je n'en sais rien !

– Petite ingrate. Vous devriez nous remercier de…

– Eh bien merci, docteur.

Clémence, écarlate, le salua bas et s'enfuit. Elle bouillait. Quel homme dégoûtant, bien plus vicieux que ses détenus ! Bicêtre était un abattoir et aucun des malheureux prisonniers ne pouvait se soustraire aux mauvais traitements.

L'air extérieur ne la calma pas. « Il faut le sortir de là », se disait-elle, puis « c'est impossible, je dois me faire une raison ». La culpabilité décuplait sa colère. Elle s'était servie de lui sans se soucier des conséquences. *« Tu me promets hein ? Tu frappes le curé. Après, je serai ta maman »*. Sa liberté contre la sienne. Elle lui avait tendu la main pour le voler. Elle aurait dû réfléchir, se douter qu'on l'enfermerait, d'autant qu'Hélène n'était plus là pour s'y opposer.

Je vais écrire à Alfred, dit-elle à voix haute. *Il n'est peut-être pas au courant de sa maltraitance.*

En plein cours sur les rouages de l'administration, elle prit son cahier à l'envers, arracha une page et s'y attela.
« Cher monsieur Alfred,
Malgré votre insistance à ne plus évoquer Émile... »
Elle décrivit sans détour son état, la diarrhée collée au pantalon, les insectes, les poux, la maigreur, la mort qui rôdait. Il fallait le dégoûter, le contrarier, jouer sur sa responsabilité. Après tout c'était son père, c'est lui qui avait pris la décision !
Il ne répondit pas.

Clémence ne mangeait désormais que du bout des lèvres, avec l'impression d'ingurgiter ce dont Émile avait besoin et qu'elle ne lui donnait pas. Chaque bouchée grossissait la boule dans sa trachée.
Un soir, une demi-heure après l'extinction des feux, on frappa à la porte de sa chambre.
– Entrez.
– C'est moi, je t'apporte du travail !
Quand Pauline vit les yeux rougis de sa cousine, elle abandonna le courrier sur son lit et s'assit près d'elle.
– Tu ne peux pas continuer comme ça.
– Je ne fais pas exprès.
Elle lui caressa l'épaule.
– Je sais.
– Il va mourir.
Pauline fronça les sourcils.
– Pardon mais ce serait mieux pour toi, et pour lui.
– J'aurais sa mort sur la conscience.

– Tu ne peux rien y faire. Ne te morfonds pas comme ça.
Pauline la serra contre elle et cette marque de tendresse libéra les larmes de sa cousine. Clémence n'arrêtait plus de pleurer, ses sanglots hachaient ses mots. Elle cogna le lit, se frappa la tête.
– Pourquoi je suis allée le voir ? C'est trop dur ! L'oublier, l'oublier ! Je dois y arriver !
– Oui. N'y va plus. Tu te fais du mal.
– Il faut que je ne pense plus qu'à ne plus penser à lui.
Comme Pauline fronçait les sourcils et se frottait le menton, Clémence se mit à rire.
Les filles se serrèrent dans les bras et Pauline fustigea la vie puis Alfred et son benêt de fils, qui n'aurait pas dû naître voilà tout. Ce n'était vraiment pas de leur faute tout ça !
– Chuut, tu vas nous faire remarquer.
Pauline se leva et récupéra la lettre mais sa cousine la retint.
– Attends, laisse-la moi.
– Si tu n'as pas envie…
– Si, si, ça me changera les idées.
– Bon. À demain !

Clémence lut et le feu l'envahit. Alors sans se soucier de ce qu'aurait raconté Pauline à sa place, elle parla d'Émile à Gustave, épancha son chagrin, sa colère contre l'aliéniste, contre la société, contre elle-même.
« … Il croupit dans son cachot, avec la vermine et les cris comme seuls compagnons. Pourquoi faut-il que je me torde ainsi de pitié ? Peut-être a-t-il du vice, au fond. On ne sait pas ! Peut-être m'a-t-il volé mes lettres,

exprès pour me causer du chagrin !
...Mais je ne le crois pas et même si c'était lui, je ne lui en voudrais pas. J'ai honte de me soucier de moi. Il paie déjà cher le fait d'exister.
Parfois, j'envie ceux qui, sans cœur, écrasent les autres pour leurs intérêts, sans aucun regret ».
Elle relut, les yeux brillants. On ne pouvait pas donner cela à Pauline. Elle garda le feuillet, l'ajouta à la pile, étonnée des bienfaits que le moment lui avait procurés, et recommença.
Voilà qui était mieux. Jamais elle n'avait dit autant de vérités qu'en se faisant passer pour sa cousine. Une part d'elle espérait et rien d'autre que cette part ne lui sortait Émile de la tête.

Les jours, les semaines, les mois passèrent. Clémence n'y retourna pas.

17

Malgré une correspondance soutenue, qu'elle aurait pu résumer par le mot « avide », Gustave n'avait plus de place dans ses rêves. Émile occupait tout, le malheureux hantait ses nuits. Du fond de sa cellule, il testait ses limites, la confrontait à ce qui avait le plus de prix à ses yeux, la justice. Clémence traînait son ombre à la recherche d'elle-même. Les prières n'y faisaient rien. À chaque fois qu'elle s'agenouillait au pied de son lit, elle se relevait aussitôt, persuadée d'importuner un Dieu qui se moquait du coin de l'œil, lui rappelant ses mots en se frottant la barbe, le doigt pointé sur un précipice fumant d'âmes damnées.
Le jour, rien ne la consolait. Les pitreries de Pauline n'avaient plus la même saveur. Elles en discutaient ensemble mais ni l'une ni l'autre ne savait quoi dire à la fin et elles en revenaient toujours au même point : ce serait une trop grosse charge. D'ailleurs, l'autoriserait-on à le récupérer ? Sûrement pas ! Pourquoi en parler ? On tournait en rond. Elles le comparaient tantôt à un poisson rouge, tantôt à un singe, selon les problèmes qu'Émile pouvait poser. Elles en avaient même ri, se tapant le bras, l'air de dire « arrête, quand même… » puis conclu que c'était la faute de la société, qui faisait mal son devoir envers les plus faibles et qui n'avait qu'à mieux rémunérer ses soignantes pour les trouver charitables.

Clémence avait promis sans réfléchir et, dans la précipitation, c'était des choses qui arrivaient.
Alors que les oiseaux revenaient et que la nature s'éveillait à un nouveau printemps, les cauchemars ne cessaient pas. Elle préparait le diplôme d'infirmière, prête à servir les autres et n'était pas capable de tenir ses promesses en prenant soin de son prochain, celui qui dépérissait à vue d'œil à quelques encablures…
Pour elle ou pour sa conscience mais surtout, pour mieux dormir, elle réécrivit à Alfred.
Il ne répondit pas.
Si son propre père ne s'occupait pas de lui, à la fin, que pouvait-elle y faire ?

La fin de la deuxième année approchant, le rythme des cours s'accéléra. On intensifia les stages pratiques. Le soir, les cousines tombaient de sommeil. Clémence n'écrivit que succinctement à Gustave. À plusieurs reprises, il avait insisté, il voulait la lire « comme avant », c'était si bon. Clémence n'y arrivait plus. Elle ne se rendormait pas après un cauchemar, le sommeil lui manquait. Émile gâchait sa vie.
Le temps, en craquelant sa promesse, fendait son corps et son âme. L'énergie dépensée à colmater les brèches l'épuisait.
Oublie, oublie, oublie-le !

Comme à la mi-carême, l'École des infirmières organisa au début de l'été 1914 une petite fête pour la très solennelle distribution des prix. Le soir, les brevetées auraient droit à une projection cinématographique mais surtout, on ne parlait que

d'un événement : la visite de Raymond Poincaré. L'agitation était palpable. Soucieuses de suivre les ordres, droites et impeccables dans leur uniforme, Pauline et Clémence s'impatientaient en tournant la tête de tous côtés. Qu'il était difficile de tenir en place !
Enfin, monsieur le Président arriva, soulevant une vague de chuchotements.

« *Il faut que les brevetées donnent par leur exemple personnel l'impression qu'elles ont une mentalité supérieure* », affirma-t-il.
Poincaré fit un long discours, faisant l'éloge de cette nouvelle fonction, éminemment valorisante pour celles qui n'étaient plus des servantes :
« *Les infirmières sont assurément les collaboratrices les plus précieuses des médecins et des chirurgiens des hôpitaux. Si elles n'avaient besoin que de cœur, de tact, de patience et de dévouement, il ne serait pas nécessaire qu'on leur donnât une éducation spéciale et la plupart des femmes françaises seraient naturellement et sans effort capables de remplir une mission hospitalière. Mais il faut en outre que l'infirmière ait quelques clartés sur la médecine, la chirurgie, l'anatomie [...] Ainsi, armées dans la lutte contre la souffrance, elles sauront aider les médecins à soulager, à guérir les malades et elles serviront heureusement la cause de l'humanité.* »
Clémence laissa les mots de ce grand homme infuser en elle, la confortant dans la voie que sa tante l'avait encouragée à suivre. Le président lui-même l'avait soutenu : cette fonction, dans son rapport au médecin et dans son rôle auprès du malade, s'affirmait, et sa formation demeurait essentielle.

Gabrielle, le cœur gonflé de fierté, entourait les filles, les assurant que ce discours occuperait la première page de son Journal dès le surlendemain.
Clémence était la seule dont aucun des parents n'était présent. Ayant appris la venue du président, sa mère lui avait écrit une courte lettre pour la féliciter de son engagement et l'embrasser « *chaleureusement* ». Ils attendaient sa visite « *avec joie* », dès qu'elle le pourrait. Elle répondit, par une missive tout aussi brève, qu'elle se « *réjouissait* » des mots de sa mère et ne manqua pas de signaler que, grâce aux relations de sa tante, elle était affectée dans un hôpital parisien très bien réputé, puisqu'il s'agissait de la Salpêtrière. D'autres étaient envoyées bien plus loin de leur famille.
La présence d'Oncle Paul et de Tante Gabrielle ce jour-là réchauffa son cœur. Ils la maternaient comme leur propre fille.

– Ne bougez pas !
Le photographe ne savait plus où donner de la tête pour rendre le tableau impeccable. Une promotion de cent trente élèves, ce n'était pas rien ! De l'index, Pauline chatouilla Clémence, qui rit et se fit houspiller. Enfin, on reprit son sérieux, les cousines se donnèrent la main. Les derniers instants de leur complicité à temps plein arrivaient, ensuite, elles travailleraient et en septembre, Pauline épouserait Gustave. Septembre… À moins d'une catastrophe mondiale, elle aimerait un homme marié et quand bien même le monde s'écroulerait, il ne l'aimerait jamais.
Enfin, le photographe fut satisfait et resta bavarder un moment. Avant de quitter l'École, il serra la

main de Paul et Gabrielle puis se tourna vers les cousines, ému :
– On décèle dans ce groupe comme… la cohésion d'un corps.
La cohésion d'un corps… se répéta Clémence. L'obtention de son Certificat d'Aptitude et la délivrance de l'insigne la rendaient fière mais Émile, sur sa paillasse grouillante de vermine, sabotait sa réussite. Son souvenir ne la quittait pas. Combien de temps faudrait-il vivre avec ? S'il était mort, cela aurait été plus simple, le temps fait son œuvre mais là…
Clémence reconnut dans la cour la servante toute ronde qui l'avait conduite au Quartier de Bicêtre. Quand leurs regards se croisèrent, la petite femme la reconnut aussitôt et se pressa vers la jeune diplômée.
– Mes félicitations mam'zelle.
– Merci… Vous devez être fière de votre fille aussi !
– Oui pour sûr !
Elles se fuyaient des yeux sans oser se quitter, puis la femme fit un pas.
– Bon ben, aur'voir mam'zelle…
– Attendez… Émile ? Comment va-t-il ?
– Encore consigné. L'en a pu pour longtemps.
Clémence sentit son cœur se décrocher.
– Qu'est-ce qu'il a fait ?
– Tentative d'assassinat.
– D'assassinat ?
– Sur la personne du docteur Gircourt.
– Mon Dieu…
L'envie de rire et de pleurer se mêlèrent, Clémence plaqua les mains sur sa bouche. Dans la seconde,

elle disparut en trottinant puis courut à une allure de plus en plus folle.
Toute rouge, elle ne reprit son souffle qu'une fois arrivée à Bicêtre. Son uniforme lui permit de passer les portes jusqu'au Quartier. Au bout du couloir, un gardien s'éloignait.
— Monsieur ! Attendez !
Il la rejoignit d'un pas tranquille.
— Laissez-moi visiter Émile Warrender !
L'homme hésita puis son regard dévia sur une cellule.
— Je vous en prie ! On me dit qu'il va mourir.
Le gardien la toisa.
— Z'êtes infirmière ?
— À la Salpêtrière oui.
— C'est la fête alors. J'ai ma nièce…
Clémence désigna la porte.
— Je vous en prie.
— Vous avez une autorisation ?
— Non mais… Je vous en prie.
Il lança des regards devant, derrière.
— C'est bien parce qu'il fait peine, le gamin.
Le gardien enfonça la clé dans la serrure, jura, changea de clé, considéra son trousseau.
— Quand-est-ce que c'est arrivé ? interrogea Clémence.
— Qu'il a voulu tuer l'docteur ?
— Oui.
— Y a trois semaines.
— Trois semaines…
— « *Déridons le bonhomme !* » qu'il a dit, Warrender. Et il s'est jeté sur lui avec un objet contendant. Contondant. Une statuette de saint Joseph. Paf ! mima-t-il. Un gourdin.

Il essayait toutes les clés. Clémence s'appuyait sur un pied, sur l'autre.
– Vous avez déjà tenté celle-ci…
L'homme leva haut son trousseau.
– « *Aliéniste à tête chauve !* » a crié Warrender en frappant. « *Pochard !* », « *Lobotomiste* », « *Traitement baroque !* » Tout de même… Ah ! voilà.
Clémence leva les yeux au ciel. La porte se déverrouilla.
– Merci monsieur.
– J'vous préviens, l'est pas beau à voir.

Le tas d'immondices avait pris de la hauteur. En passant entre les jambes de la jeune femme, un rat lui arracha un hurlement. Le gardien passa la tête à l'intérieur.
– Ça va mad'moiselle ?
– Oui… merci.
Il repoussa la porte, les laissant seuls.
Dans son coin, Émile ne cillait pas. La dernière fois il s'était jeté sur elle et aujourd'hui… il ne la voyait pas ou bien… il ne voulait plus la voir. C'était pire. Il aurait mieux valu qu'il se jette sur elle, crie, la frappe, cela lui aurait fait moins mal. Et cette odeur… irrespirable. Elle s'accroupit au plus près de lui, laissant sa robe traîner sur le sol puis prit son visage entre les mains.
– C'est moi… Regarde-moi.
Ce n'était plus qu'une ombre contre le mur. Un dépôt blanc, presque transparent, voilait ses yeux. Il les frotta de ses poings noirs, osseux, et leva un peu la tête. Le pansement crasseux qui entourait son crâne s'était décroché et pendait de côté, formant une misérable oreille. Elle l'obligea à

soutenir son regard. Voilà, il allait venir contre elle, lui faire la fête ! Mais il ne se passa rien. Elle s'agenouilla dans la souillure et le serra contre elle. Sa maigreur avait empiré. Comment, aussi sec, pouvait-on rester en vie ? Elle maintint son étreinte et caressa son dos, sa tête. La boule dans sa gorge modifia sa voix, accentuant sa gravité.

– Émile, c'est moi… Pardon de ne pas être venue avant.

Comme il ne réagissait pas, elle recula.

– Émile !

Il pleurait sans bruit. Ses larmes marquèrent dans le cœur de Clémence un indélébile point de non-retour. Elle le souleva par les épaules pour mieux le serrer à nouveau, le lâcha tant sa maigreur la consternait mais revint crocheter ses os.

– Je vais m'occuper de toi. Je serai ta maman.

Comme libérées après des millénaires, les mains du jeune homme s'ouvrirent et se refermèrent sur le dos de Clémence. Il bougea, serra, puis le mot sortit, enfantin mais limpide.

– *Ma-ma.*

Ce n'était rien qu'un petit être. Un petit enfant qui mourait à petit feu mais surtout, qui espérait.

Qui l'espérait.

– Émile ! Je vais m'occuper de toi. Tu m'as sauvée, tu te souviens ?

Elle referma encore ses bras autour de lui et il serra, serra, enfouit sa tête dans son cou, répétait des « *Ma-ma* » de plus en plus joyeux malgré sa faiblesse. Clémence reprit son visage entre ses mains. Cette bouffée de tendresse tenaillait son cœur de honte. Comment avait-elle pu remettre sa parole en question ? Il ne lui avait jamais fait de mal et pour les lettres… Qu'en savait-elle ? Quelle méchante et facile raison de renier sa promesse ! Les lettres… Elle ne savait pas ce qui s'était passé et pourtant, elle lui avait refusé le bénéfice du doute. Émile lui, avait tenu sa promesse. Il fallait qu'elle le sorte de là.

– Relève-toi je t'en prie.

Dans un regain d'énergie, il ne la lâchait plus.

– *Ma-ma.*

Clémence l'aida à se mettre debout mais le pauvre garçon dut rester appuyé au mur. Sur ses grandes jambes fébriles, il était si petit. Elle le fit rassoir sur le sol grouillant et s'éloigna.

– Je reviens. Tu ne pleures plus d'accord ? Je reviens.

Clémence sortit en trombe, remercia le gardien et courut jusqu'à l'administration.

18

– Mademoiselle, cela ne se passe pas comme ça. Il y a une procédure.
La vieille revêche derrière son bureau n'était pas commode.
– Alors que dois-je faire ?
– Les aliénés peuvent sortir uniquement si les familles les réclament, ou bien avec un certificat médical portant la mention « guéri » ou « amélioré ». Êtes-vous de la famille ?
– … Non, pas directement.
– Alors son parent ou responsable légal doit compléter un dossier et signer une décharge.
– Une décharge ?
– Oui. Qui l'engage à le reprendre.
– À le reprendre ?
L'employée tapotait sur le bureau avec son crayon.
– Comprenez-vous le français ? Ensuite, s'il vous le donne à garder, c'est son problème.
– Ah !
– Je veux dire, administrativement, cela ne nous concerne plus.
Clémence tendit la main.
– Auriez-vous l'amabilité de me donner les documents ? Je les ferai remplir par monsieur Warrender et vous les rapporterai.
– C'est impossible mademoiselle.
– Pourquoi ?
– Nous ne confions les dossiers qu'au responsable.

– Mais… il ne se déplacera jamais !
– Alors vous pouvez disposer.
Clémence grimaça, insista, mais l'entretien était terminé. Beaucoup de gens patientaient dans le couloir. La femme fit signe à la personne suivante.

Après le goûter, la même agitation régnait à la Salpêtrière. Personne n'avait remarqué son absence. Clémence, le souffle court, balaya l'immense salle des yeux. Pauline papotait à l'autre bout. Enfin, elle trouva sa tante et l'attira à l'écart. Dans un flot ininterrompu, elle lui raconta d'où elle venait et sa décision.
– Et son père n'acceptera jamais de signer ! conclut-elle.
Gabrielle prit les mains de sa nièce et plongea ses yeux noirs dans les siens.
– Es-tu sûre de toi ? C'est une très lourde charge.
– Ma décision est prise mais Alfred va s'y opposer !
– Tu ne le sauras pas tant que tu ne le lui auras pas demandé.
– Émile agonise, s'étrangla Clémence. À cause de moi ! Je n'arrive pas à me le pardonner.
– Va lui parler.
– Il ne le considère même plus comme son fils !
– S'il n'est pas d'accord et que c'est vraiment ce que tu veux, je t'aiderai.
– Mais… comment ?
– À défaut d'une surveillance familiale, s'il y a celle d'une Société de patronage, le médecin signera sans crainte le certificat de sortie. Si son père ne veut rien entendre, nous le délogerons par le biais de la Croix-Rouge.

Le regard de la jeune femme s'éclaira. Elle serra Gabrielle dans ses bras.
— Merci ma tante. Comme vous avez bon cœur !
— Es-tu bien sûre…
— Oui.
— Clémence, la projection va commencer. Profites-en pour t'échapper.
— D'accord, à plus tard !
Elle fila. Quelle aubaine, cette remise des prix ! Heureusement que ses parents n'étaient pas venus sinon, elle aurait été coincée.
C'était une question d'heures. Émile n'était plus qu'un fantôme mais il ne la hanterait plus. Gabrielle avait raison, il fallait essayer avant de tirer de trop hâtives conclusions. Malgré la gravité de l'instant, chaque rue traversée allégeait son pas. « *Je suis une femme de parole* ». Comme elle se sentait vivante, de se le répéter ! Aujourd'hui, il n'était plus question de donner une autre direction que celle-ci à sa vie.
Au beau milieu du trottoir, un doute l'assaillit. Et si Alfred était en déplacement ? Il pouvait s'absenter jusqu'à plusieurs semaines d'affilée !

D'un geste décidé, elle sonna.
La domestique vint lui ouvrir et détailla par-dessus ses lunettes la crasse qui souillait son uniforme. Comme elle la prévenait que monsieur Warrender avait prévu de sortir, Clémence se détendit : il était chez lui !
— Faites entrer ! invita-t-il depuis le salon.
Alfred fumait un cigare, assis dans un fauteuil, les jambes croisées et, face à lui sur la bergère, une très belle jeune femme se tenait le dos bien droit, une

tasse à la main.
– Bonjour monsieur Alfred, veuillez m'excuser, je voudrais vous parler.
L'infirmière ne savait pas où regarder, il l'invita à s'assoir.
– Mon amie peut tout entendre.
La dame esquissa un sourire gêné. Ses yeux accrochèrent la blessure de Clémence et se détournèrent.
– C'est Émile, il va très mal.
– Si c'est pour cela, vous pouvez repartir.
– Monsieur Alfred, je vous demande simplement de signer les documents pour le faire sortir.
Il tira sur son cigare, sa voix était posée.
– Il en est hors de question.
– Je le prendrai à ma charge, vous n'entendrez plus parler de lui. Pour cela il me faut votre signature.
– À votre charge ?
– Oui. Je le lui ai promis.
– Promis ?
Il ricana, jetant des regards entendus vers la jeune femme mais cette dernière s'exclama :
– Comme c'est charitable !
Alfred changea de tête.
– Dans ce cas donnez-moi les papiers et n'en parlons plus.
– C'est-à-dire que… Il faut venir les signer là-bas.
Il souffla.
– Eh bien j'irai cette semaine, ou la suivante.
– Il ne passera pas la nuit. Vous êtes une bonne personne, monsieur Alfred. Je vous en prie.
La jeune dame posa sa tasse et se leva.
– Mon cher ami, puisque nous allions flâner non

loin de là, réglons cette affaire !
Alfred dévorait des yeux sa probable conquête. Son décolleté l'hypnotisait. Le Ciel avait envoyé à Clémence des vents favorables.

On s'installa dans la limousine. Le chauffeur déposa tout le monde devant l'hospice mais, là-bas, à la vue de la file d'attente dans le couloir, Alfred voulut faire demi-tour. Et pas une chaise ! Clémence courut jusqu'au bureau et implora l'employée.
— Que monsieur Warrender de Sales vienne chercher le dossier. Il remplira les documents en attendant.
Elle courut dans l'autre sens. Encouragé du regard par sa douce, Alfred partit le récupérer. Clémence forma un pupitre avec ses mains pour lui faciliter la tâche. La sueur ruisselait sur son front.
— Il est à vous, dit Alfred en apposant sa signature sur le dernier feuillet. Bon courage !
Contre toute attente, il se montra patient, minaudant, la dame à son bras. Enfin, ce fut leur tour.
La femme vérifia chaque feuillet.
— La sortie sera effective dans trois semaines.
— Trois semaines ?
— C'est le temps qu'il faut pour les autorisations hiérarchiques.
Trois semaines... Dans son état, il ne les passerait pas ! Il était plus facile d'entrer ici que d'en sortir. Et si ce gros lourdaud d'aliéniste s'y opposait ? En avait-il le droit ? Clémence frissonna. Devant la voiture, on se dit au revoir du bout des lèvres et à bientôt. Alfred attendit que la dame fût montée, et

se pencha à l'oreille de Clémence.
– Et ne vous avisez pas de le mettre sur mon chemin, n'est-ce pas ?
– Bien sûr… monsieur Alfred.
La voiture disparut, la laissant là, devant l'immense édifice. Elle rejoignit le Quartier et, puisque cette fois on ne la laissait pas entrer, elle promit à nouveau derrière la porte.
– Émile ! Trois semaines, d'accord ? Dans trois semaines je viens te chercher !
Clémence colla son oreille, appela à nouveau.
– Émile !
Et s'il était mort ? Elle cogna, cogna encore mais les cris alentour couvraient tout.
– Émile c'est moi ! Je viens bientôt te chercher !
Enfin, il frappa sur la serrure.
– *Ma-Ma ?*
L'intonation. L'interrogative. C'était intolérable. Dans ces deux syllabes il y avait tout : « *Tu es là ? Je t'attendais et… te voilà ? Je t'en supplie, emmène-moi. Je suis trop petit, sans toi je n'y arriverai pas.* »
Il fallut subir un nouvel arrachement. La barrière de la porte grossissait sa peine. Clémence le rassura encore, l'émotion entrecoupait sa voix, mais on la somma de quitter les lieux, alors elle s'éloigna. Comme une femme reconnaît le cri de son nourrisson, la voix d'Émile ressortait d'entre tous les hurlements. C'était trop dur, trop cruel et pour la première fois, elle se sentit inapte à tout cela, à la vie tout court. Trois semaines… Trois semaines pour trouver un logement, non loin de l'hôpital. Avec son maigre revenu, comment faire ? Ses parents… Elle balaya l'idée d'un revers de main. Mon Dieu, qu'en diraient-ils ? Trois semaines… Émile survivrait-il ? Et quand, dans trois ans, elle

aurait terminé son contrat avec l'Administration, devrait-elle renoncer à l'enseignement ? Elle se tapa le front, laissant infuser en elle la maudite potion qu'elle venait de se donner à boire toute seule. Quel malheur ! Que n'avait-elle pas décidé ! Que serait sa vie désormais ? Pouvait-on la gâcher de pire manière ?

Toute crottée, l'odeur de Bicêtre incrustée sur elle, Clémence rejoignit la fête sur la pointe des pieds. La projection du film touchait à sa fin. Elle entra dans la salle par le fond et déplaça une chaise pour s'assoir à côté de sa cousine.

– Maman m'a raconté. J'étais si inquiète !

Gabrielle se pencha vers elle.

– Alors ?

– Il a signé.

Les yeux de Pauline roulaient dans leurs orbites. Clémence soupira.

– Je me suis tiré une balle dans le pied c'est ça ?

–Je sais pas… De toute façon cette histoire te rendait malade.

– Je préfèrerais ne pas avoir cette pitié, cette tendresse pour lui. Il est si fragile.

Quelques étudiantes se retournèrent en se pinçant le nez.

– Nous t'aiderons, chuchota sa tante.

Postée à côté du matériel de projection, la surveillante imposa le silence.

Pauline posa la tête sur l'épaule de Clémence et conclut, en passant son bras autour d'elle :

– Maman dit toujours : un problème après l'autre et jamais plus d'un seul à la fois.

Le premier, c'était donc le logement.

19

– Tu recueilles cet… idiot ?

Eugénie suspendit l'aiguille au-dessus de son ouvrage. Maria époussetait la commode, écoutant d'une oreille. Seul le tic-tac de l'horloge rythmait le silence de l'Hôtel en ce début de soirée. Par chance, Honoré était parti en vacances avec ses cousins. Clémence soutint le regard de sa mère.

– Je lui ai promis de m'occuper de lui après la mort d'Hélène.

– Mais que tu es sotte !

– Vous m'avez enseigné la charité.

– Pas envers le Diable.

– Il n'est pas méchant. On le maltraite là-bas !

L'aiguille traversa le tissu.

– Il a frappé un prêtre.

– Bien, fit Louis-Henri en tirant sur son cigare. Si cela convient à Alfred.

Clémence était venue visiter ses parents dans l'espoir qu'ils lui proposent leur aide mais la question n'avait plus lieu d'être, et de toute façon, elle ne se mettrait plus à genoux devant personne. Une semaine déjà, qu'elle cherchait un logement. Le temps pressait. Elle épluchait les petites annonces et s'informait autour des diplômées mais à Paris, les prix pour un endroit correct demeuraient inabordables. Tante Gabrielle avait promis d'en parler au Journal et à ses amies bénévoles, comme elle, au Comité des Dames de la Croix Rouge.

Eugénie haussa les épaules.
– Si tu regrettes, tu es toujours à temps de le rendre à Bicêtre.
– Oui, mais… j'ai promis.
– Eh bien, soit !
« Tu es toujours à temps de le rendre ».
Comme un sac. Le prendre et le jeter s'il ne nous convient pas. Elle quitta ses parents le cœur lourd mais pleine de la force d'assumer son choix et ce sentiment d'utilité absolue lui procura, tout au long de sa marche jusqu'à la Salpêtrière, une sérénité nouvelle.

Deux jours plus tard, Gabrielle la présenta à madame Letulle, une connaissance qui pouvait peut-être l'aider. La cinquantaine, de grands yeux en amande et le nez retroussé, la dame lui inspirait confiance. Ses vêtements témoignaient d'une richesse certaine. Elle avait vécu avec sa sœur épileptique, morte de mauvais traitements deux semaines après qu'elle l'eût placée. D'après Gabrielle, madame Letulle ne s'en était jamais remise et dispensait, depuis, toute son énergie au Comité, où elle avait rencontré sa tante.
– Ce que vous faites est admirable ma petite, j'ai peut-être une solution pour vous.
Elle lui donna rendez-vous le lendemain, en fin de journée, dans le treizième arrondissement au 98, boulevard Auguste-Blanqui.

Comme convenu, après son service, Clémence descendit le grand axe qui reliait la place d'Italie à la place Denfert-Rochereau et arriva la première au 98, avec vingt minutes d'avance. Madame Letulle se présenta en retard, rouge et confuse.

– Veuillez m'excuser, une de mes aides m'a fait faux bond, j'ai dû m'occuper d'une dame âgée, plus tard que prévu !

Elle se tourna vers une bâtisse en bel état et, à en juger par les fenêtres ouvertes, habitée.

– Avec le Comité, nous avons loué cette maison. Quand les ressources de l'Association le permettront, nous l'achèterons. Venez.

Son entrain ravit Clémence, elle la suivit à l'intérieur. Madame Letulle expliqua que cette maison était destinée à rendre les plus grands services aux gens comme elle. Grâce à ses membres bienfaiteurs, l'Association prenait une partie des frais en charge. En lui faisant visiter, elle lui donna toutes les précisions. C'était une sorte de foyer, composé de petits appartements de trois chambres chacun, avec cuisine et salle de bains communes. Chaque chambre, meublée, pouvait être louée séparément. 50 francs mensuels pour une chambre à deux lits, 40 francs pour une chambre à un lit. Les loyers se payaient à l'avance et par mois. Toute chambre louée pour moins de quinze jours serait payée 2,50 francs par jour. Le petit-déjeuner pouvait être fourni au prix de 0,50 francs.

– Vous aurez droit aux draps et aux serviettes de toilette ainsi qu'à l'éclairage électrique, poursuivit-elle en saluant une pensionnaire. Le blanchissage de votre linge, le chauffage et le service de la chambre restent à votre charge. Le bois et le charbon seront montés par les fournisseurs et non par la femme de ménage. Une salle de bains est à votre disposition, moyennant un supplément de

0,50 francs par bain, ainsi qu'une cuisine avec réchaud à gaz. Ici, au rez-de-chaussée, nous avons ouvert un restaurant à prix modérés, ainsi qu'un salon. Un règlement intérieur détaillé sera mis à votre disposition.

Clémence se familiarisa avec les lieux. Un prix modique, pour autant de sécurité morale et de bien-être matériel. Voilà qu'elle allait se retrouver mieux lotie flanquée d'Émile, que seule ! D'autant que, plus elle y pensait, plus l'idée de vivre sous le même toit qu'Honoré la pétrifiait.

— Merci beaucoup madame.

— Votre tante donne beaucoup de son temps pour nous aider. D'ailleurs, si vous connaissez des personnes susceptibles de devenir membres bienfaiteurs, faites m'en part. Elles pourront verser au trésorier, rue de la Glacière, une souscription unique ou une cotisation annuelle. Parlez-en autour de vous. Cette maison a nécessité de gros frais et il y a encore beaucoup à faire pour atteindre le but que nous nous proposons : louer de nouveaux appartements, les meubler, augmenter le bien-être de nos pensionnaires... Pour tout cela il faut que nous soyons aidés, car nos ressources sont encore limitées malgré des dons généreux.

— J'y penserai.

— Prenez soin de vous. Avec cette guerre balkanique, nul doute que le péril est proche.

Selon que ses oreilles traînaient chez les riches ou les pauvres, Clémence entendait tout et son contraire autour de ce conflit, mais la bienfaitrice avait parlé d'un air si grave que, pour la première fois, elle envisagea le danger. Se pouvait-il que le monde s'embrase à nouveau ?

Leurs mains se mêlèrent.

– Merci encore, de tout cœur.

– Si besoin, vous me trouverez au bureau des Dames de la Croix-Rouge, au 21, rue François Ier.

20

En milieu de matinée, une chaleur déjà lourde tombait sur la Capitale.
Le cœur battant, les documents en règle, Clémence s'arrêta à la pharmacie, acheta des lotions et des médicaments puis se présenta à Bicêtre.
Malgré son insistance, elle n'avait revu Émile qu'une fois depuis la remise des prix. Adossé au mur de sa cellule, perdu au fond du même vêtement raidi d'excréments, il n'avait pas réussi à se lever. Personne n'avait changé son bandage. Quand elle avait serré ses mains glacées, le forçant à la regarder et à l'écouter, il n'avait pas réagi. Plus aucune lueur d'espoir n'habitait ses yeux, enfoncés plus profond que jamais au creux de sa face desséchée. Dans son cerveau lobotomisé il devait se dire « elle m'a menti ». Clémence en avait blanchi d'effroi mais n'avait pas réussi à faire accélérer sa sortie. L'administration ne voulait rien entendre.
Gabrielle et Pauline avaient proposé de l'accompagner aujourd'hui mais elle avait refusé. La peur fermait son visage. Vivait-il encore ?
On la fit patienter dans le couloir puis on lui remit un dossier et le certificat du directeur. Le docteur Gircourt n'avait avancé aucune objection. Aurait-il fait de même, s'il ne s'agissait pas du fils Warrender ? Clémence haussa les épaules. Après sa « tentative d'assassinat », bon débarras, devait-il

penser. Enfin, deux buandières *apportèrent* Émile par les bras. Ses jambes ne le tenaient plus.
– Oh mon Dieu !
– Voilà mam'zelle, l'est pas prop', nous excus'rez.
Le jeune homme suspendit un regard mouillé sur Clémence. Elle lui prit les mains.
– Tu viens avec moi maintenant. Ça va aller d'accord ?
Émile referma les doigts sur les siens, de toutes les forces qu'il lui restait et s'écroula à ses pieds.
– Pardon on croyait q'vous l'teniez.
– *Ma-ma.*
Enfin ! Mais l'inquiétude plissa son front. Quelle responsabilité… Dans ce « *Ma-ma* », Émile jetait l'essentiel, et l'essentiel, c'était elle.
– Allez, viens !

Il fallut le soutenir jusqu'au boulevard Auguste-Blanqui. Devant le numéro 98, elle désigna la bâtisse et lui expliqua. C'est là qu'ils allaient vivre. Il mangerait bien et dormirait en sécurité. Il faudrait être sage et ne pas se faire remarquer. Elle lui attrapa les épaules.
– C'est promis ?
Un chaton tout maigre approcha ; Émile tenta un mouvement vers lui. Clémence s'affaissa contre le muret et croisa les bras.
– Pfff…
L'animal, tout d'abord craintif, vint se frotter contre les jambes d'Émile. Il le caressa et la boule de poils se blottit plus près de lui.
– Ça alors… Bon, allez on y va.
En entrant dans la chambre, Clémence allongea le bras devant son protégé.

– Ne touche à rien, tu vas prendre un bain.
Le souvenir effroyable de la douche lui serra le cœur. Émile parut s'en souvenir aussi car il fallut user d'une patience infinie pour ne pas l'affoler. Expliquer, mot par mot, le ramener à la vie, le ré apprivoiser.
Un pied puis l'autre. Elle déroula son bandage. Une vilaine blessure lézardait l'arrière de son crâne. S'était-il blessé tout seul ? L'avait-on battu ? L'image de l'aliéniste fou se dessina devant elle.
– Tu as bien fait de lui régler son compte.
Émile se gratta la tête. Des traînées de crasse entouraient ses yeux mais, depuis sa levée d'écrou, une lueur étincelait à nouveau. L'eau chaude l'apaisa. Des croûtes allongées recouvraient ses épaules et son dos.
– Mon pauvre… qu'est-ce qu'ils t'ont fait ?
Clémence le savonna et le savonna encore, prenant garde d'éviter ses blessures. Dans l'eau noire flottaient des parasites. Elle ouvrit une lotion et, le visage tordu de dégoût, massa sa tête, traita partout. Émile formait des ronds dans la baignoire, s'allongeait à l'endroit, à l'envers et se rasseyait. Les manches relevées, Clémence transpirait.
– Qu'est-ce qu'ils t'ont fait…
Enfin propre, sec et vêtu, elle le fit assoir et lui présenta un flacon et une cuillère.
– N'aie pas peur. C'est un sirop d'iodure de fer. On va aller manger quelque chose après et…
On frappa à la porte. Son cœur s'emballa, elle n'attendait aucune visite.
– Oh !
Gabrielle et Pauline s'avancèrent, les bras chargés de petits gâteaux encore chauds. Quand on lui

présenta l'assiette, Émile se jeta dessus.
– Désolée, dit Clémence.
– C'était pour lui.
Comme il se frottait les yeux, Clémence l'installa dans son lit et le borda. Bercé par sa voix familière, il s'endormit alors que toutes trois bavardaient autour de l'unique petite table : Gabrielle expliquait comment elle suivait de près les manifestations des suffragettes anglaises, engagées dans la lutte pour les droits de ses concitoyennes. Elle racontait dans *l'Humanité* leurs agressions violentes lors de leurs soulèvements et se faisait un devoir de sensibiliser Pauline et sa cousine à cette cause. Depuis que Jean Jaurès l'avait recrutée au Journal, il la soutenait dans chacune de ses idées.
Émile bougea, gémit, se tourna. Elles parlèrent plus bas.
– Elles se battent pour obtenir le droit de vote et ne plus dépendre de leur mari, précisa Gabrielle.
Nombre d'entre elles avaient entamé, en 1910, des grèves de la faim où on les nourrissait de force, à travers leur nombril percé. Emmeline Pankhurst, leur tête de file, continuait le combat depuis la mort d'Hertha Ayrton, un an plus tôt. Beaucoup de françaises les tenaient pour exemples.
– Ma vie avec lui me paraît presque facile, ironisa Clémence.
Pauline eut un sourire compatissant. Sa mère se leva.
– Bien, nous devons rentrer. Si tu as besoin de quoi que ce soit, n'hésite pas.
– Merci à toutes les deux.

Clémence s'assit près d'Émile et l'observa un long

moment. Depuis combien de temps n'avait-il pas dormi dans un lit douillet, au calme ? Cet instant de sérénité dans le chaos de l'existence réchauffa son cœur. Elle remonta la couverture, caressa son épi et s'attabla.

Émile Warrender de Sales.

Son dossier n'était pas épais, elle l'ouvrit.

« *Grossesse de la mère troublée par une chute du second étage à 6 mois.*

Accouchement naturel, à terme. Convulsions à 8 mois.

Grand-père maternel mort d'alcoolisme. Un des arrières grands-pères a eu des crises nerveuses.

Le patient était très affectueux pour sa mère, très peu pour son père.

Dérangement de la colonne vertébrale. Déficience intellectuelle, arrive tout juste à classer les carrés d'un jeu de patience. Habile de ses mains.

Craintif, pleure dès qu'on le réprimande.

Déchire ses cahiers, mauvaise tenue.

S'est uriné dessus pendant la lecture récréative. Consigné.

Est allé à l'atelier de cantine de l'hospice où il a bu une demi bouteille de vin. Ramené ivre dans son service. Consigné.

Diarrhées chroniques, sérieuses.

Tentative d'assassinat sur la personne du docteur Gircourt. Consigné. »

Le certificat médical de sortie portait la mention « *non guéri* », « *Aucune amélioration. Imbécilité et instabilité mentale* » puis stipulait : « *À maintenir* ».

Dans quoi me suis-je empêtrée ? se demanda-t-elle. Quelle lourde charge… affective et financière ! Cette nuit-là pourtant, pour la première fois depuis longtemps, elle dormit bien. Aucun mauvais rêve ne la tira du sommeil en nage. Seule la voix de Gustave la berçait dans la chaleur d'une étreinte. Au-delà des malades dont elle s'occupait à l'hôpital, elle avait quelqu'un sur qui veiller et qui dépendait d'elle pour survivre. Quelqu'un qui l'avait sauvée, qu'elle avait sauvé et cet équilibre lui procurait un bonheur étrange.

Au réveil, Clémence ragea.
– Émile !
Où était-il passé ? Ça n'allait pas commencer, elle lui avait bien expliqué qu'il ne devait pas quitter la chambre sans elle. Bientôt, elle commencerait ses veilles de nuit et s'il n'écoutait rien, on ne s'en sortirait pas.
– Qu'est-ce que tu fais dehors ?
Un agent de la ville accourut vers elle d'un pas rapide.
– C'est vous qu'êtes responsable de lui ?
– Oui...
– Alors faudra voir à mieux le surveiller !
– Qu'est-ce qu'il a fait ?
– Là-bas, il a ouvert le compteur de gaz !
– Veuillez l'excuser, ça ne se reproduira plus.
– Vaudrait mieux !
L'agent détailla sa cicatrice et la salua. Au moins, que ce soit par pitié ou par dégoût, les gens se montraient plus cléments avec elle. Elle ferma son poing sur le col d'Émile.
– Qu'est-ce que tu as fait ? C'est très grave !
– ...
Deux oreilles dépassaient de sa chemise.
– Qu'est-ce que c'est que ça ?

Les doigts perdus dans le pelage, sa joue contre celle du petit animal, Émile ne bougeait pas. Le rouge monta aux joues de Clémence.

– Lâche ça tout de suite et monte !

Les petites oreilles poilues disparurent dans sa chemise.

– *Ma-ma.*

Les yeux de Clémence s'enflammèrent à quelques centimètres des siens.

– Je vais te ramener au cachot.

Dans un sursaut de panique, il sortit le chat et le posa, mais le reprit aussitôt.

– Tu veux retourner à Bicêtre ?

Cette fois, il le laissa, le regard ravagé puis fila dans la maison. Alors qu'elle lui emboîtait le pas, une silhouette familière sur le trottoir d'en face la figea.

Honoré !

La stature fière, l'œil perçant et le sourire sinistre, son frère fumait un cigare en hochant à peine la tête, l'air de dire : « Je me vengerai. Je te fais un peu attendre mais ton heure viendra quand tu ne t'y attendras pas ». Clémence fit volte-face, étouffant un cri et, le cœur à cent à l'heure, courut dans l'escalier. Arrivée auprès d'Émile, une drôle d'odeur l'inquiéta. Elle s'approcha.

– Mais tu… Oh non !

Il fallut tout laver. Le jeune homme, les vêtements… Il ne reprendrait pas de poids s'il continuait à se vider. Dans l'heure, elle commença à lui administrer du salicylate de chaux.

Les jours suivants, en raison d'une nette amélioration, Clémence diminua puis supprima la potion. Émile reprenait un peu de forces et ne cessait de s'éloigner pour courir après le chaton. Peut-être s'étaient-ils trouvé une amitié particulière par leur maigreur ? Une fois, elle les avait retrouvés trois rues plus loin, cela ne pouvait pas durer. Clémence le gronda mais il ne lâchait pas son compagnon.

– On n'a pas de place pour lui.

Le problème revint. Émile le cherchait partout, tout le temps. Un matin où il s'était à nouveau éloigné alors qu'elle étendait le linge, elle envoya un coup de pied dans la bassine et jura. Les deux avaient manqué de se faire écraser ; le danger n'effrayait ni l'un ni l'autre, c'était à se taper la tête contre les murs.

Il fallut l'adopter.

– Alors c'est toi qui t'en occupes !

– *Par saint Menoux !*

– Tiens, c'est vrai, il lui faut un nom.

– *Par saint Cado !*

Clémence lâcha une chaussette. Avait-il dit ce nom en conscience ? Il avait déjà prouvé qu'il comprenait ce qu'on lui disait. Quel garçon déconcertant ! Elle ramassa son linge.

– Va pour Cado !

Me voilà avec deux animaux au lieu d'un. Jamais deux sans trois. Je vais finir chèvre et ça fera trois.

Bien vite, elle s'habitua à son ronronnement régulier et après tout, c'était une bonne occupation quotidienne pour Émile, capable d'inventer mille ruses pour l'amuser. Ce garçon n'était décidément rien qu'un petit enfant. Il n'était vraiment pas une lumière mais son authenticité, brute, cinglante et attachante la touchait au cœur.

Juillet s'écoulait, au rythme du travail à l'hôpital et

d'une énergie intense à déployer auprès de lui.

– En septembre, je t'emmènerai au Domaine, lui dit-elle. On galopera comme avant. Tu veux ?

Le nez du jeune homme avait disparu entre les pattes arrière du chat.

– *Par saint Jacut !*

21

— Allez viens ! On descend chez le primeur.

La journée commençait à peine mais le soleil caressait déjà leur visage. Le vent se levait, libérant un peu d'air dans la chaleur étouffante et continue de l'été. Émile trottinait aux côtés de Clémence en balançant son panier. Cramponnée aux tresses d'osier, la petite boule de poils miaulait sans montrer de franche inquiétude.

— Il va valser !

Elle posa la main sur son bras. Comment se faisait-il que le pauvre animal n'ait pas encore déguerpi ?

— *Par la danse de Saint-Guy !*

— Arrête ! Attends…

Une file anormale devant la banque attira son attention. Il en était de même devant les magasins de nourriture. Les gens pestaient, se bousculaient. Clémence avança vers la foule. Quel jour étions-nous ? Le 29 juillet. Avait-elle raté une information ?

— Que se passe-t-il ?

La dame à qui elle s'adressait avait une mine inquiète.

— On craint le pire.

— C'est-à-dire ?

Comme la femme ne savait pas, au juste, Clémence tira Émile par le bras.

— Suis-moi.

Dans toutes les rues qui menaient au Journal, c'était la même agitation. Elle trouva Gabrielle au

Café du Croissant, rue Montmartre, à quelques mètres du siège de *l'Humanité*. Quand celle-ci aperçut Clémence, elle vint à sa rencontre, la prit dans ses bras et embrassa Émile sur le front. La détresse tirait ses traits, sa voix claire se chargea d'émotion :
Du 13 au 24 juillet, deux semaines après l'attentat de Sarajevo, Raymond Poincaré avait effectué un voyage officiel en Russie pour renforcer les Alliances. Depuis son retour, les ménagères faisaient des stocks de nourriture et retiraient leurs économies.
– Chaque heure apporte une angoisse nouvelle, conclut Gabrielle.
– Mon Dieu…
Au Comité aussi, rue François Ier, on se préparait au pire. Gabrielle récupéra son sac et s'excusa, il fallait y aller.
– Vous me direz, ma tante, comment vous rendre service !
– Merci Clémence. À bientôt !
La jeune femme repartit pleine d'interrogations. À vivre loin des siens, recluse entre Émile et l'hôpital, elle n'avait pas prêté attention aux bruits du monde, elle n'avait pas mesuré la gravité de la situation.

Près d'un réverbère, emporté par une bourrasque de vent, un morceau de papier froissé tourbillonnait. Un journal déchiré ? Une missive égarée ? Et ses lettres… Où Diable avaient-elles disparu ? Ce qu'elle aimait les lire et les relire, avant… Un jour, elle oublierait leurs premiers mots et cette idée l'attristait. À chaque fois qu'elle

tournait cette histoire dans sa tête, elle en revenait toujours au même point : Émile. Elle l'arrêta au milieu du trottoir.
– Où sont mes lettres ?
Les yeux vides, la bouche entrouverte, il n'exprimait rien. Tout à coup, il courut au-devant d'elle, colla son nez sur la vitrine d'un des rares magasins désertés par la foule et désigna un jouet.
– Tu es bien gentil mais je n'ai pas la fortune de ton père. Allez viens.
Mais il se mit à frictionner son nez contre le verre et finit par y aplatir son visage. Clémence éclata de rire. Le marchand sortit en trombe.
– Eh ! Ça va bien oui ?
L'homme l'attrapa par le col mais elle le retint juste avant qu'il ne finisse sur le pavé.
– Je suis désolée monsieur…
Émile montrait le jouet et ne le quittait pas des yeux. Un gargouillis sortit de sa bouche.
– Chut !
Il se mit à se frapper la tête contre la devanture.
– Mais enfin ! Arrête !
– *Ma-Ma.*
– Tu froisses ma robe !
Quel capricieux ! En même temps, excepté quelques livres illustrés et trois cubes à empiler, il n'avait pas grand-chose.
– Bon, viens. Mais tu ne touches à rien.

On ressortit avec la petite voiture exposée en vitrine, dans un joli paquet qu'Émile déchira.
– Tu m'as ruinée. Fais voir.
C'était le modèle de Louis-Henri, en miniature. Les journées passées au Domaine remontèrent dans ses pensées : Émile nourrissait une vraie passion pour

les automobiles. Ses yeux pétillaient dès qu'il en voyait mais il devait se contenter de voyages imaginaires au volant d'une auto à l'arrêt.
Le jeune homme fit rouler la voiturette contre le mur d'un immeuble, et la lui tendit.
– Mais non t'es bête. Je veux dire… elle est à toi.
Il sautilla, à droite, à gauche, Cado dans les jambes. Sur le boulevard Auguste-Blanqui, contraints de s'écarter, des gens râlaient. *Vroum, vroum,* faisait-il, plié sur le trottoir.
Bien. Un chat, des livres, des cubes, une petite voiture, de l'amour et un toit. Voilà qui convenait pour un équilibre qui ne tenait qu'à un fil désormais. De quoi serait fait demain ?

22

Les jambes lourdes, Clémence terminait son service à l'hôpital. Postée devant l'armoire de médicaments, elle enroulait une bande et se passait en mémoire les premiers temps avec Émile.
Il comprend bien plus de choses qu'il ne le laisse croire.
La vie avec lui oscillait entre déroute et distraction. À ses côtés, elle se sentait grande et petite à la fois. Depuis le chaton, elle pouvait le laisser seul, il ne cognait plus contre la porte verrouillée en hurlant des « Mama » désespérés. Il avait compris qu'elle revenait. Quelle aide inespérée que ce petit Cado ! Émile consacrait beaucoup de temps à le dessiner dans les postures les plus fantasques. Ses croquis dégageaient une sorte de fantaisie poétique ; son coup de crayon était aussi stupéfiant que sa stratégie aux Dames. C'était elle qui lui avait appris à jouer et il excellait, ce qui la laissait perplexe. Personne ne l'avait jamais battue. Même Honoré avait renoncé et voilà qu'Émile la surpassait ! Honoré… Souvent, elle l'imaginait surgir à un coin de rue. Il l'attrapait par surprise, la rouait de coups et l'abandonnait, à moitié morte.
Clémence finit d'enrouler la bande et tendit l'oreille. Un pas rapide avançait dans sa direction.
Pauline déboula en trombe.
– Jean Jaurès est mort !
La bande se déroula sur le sol.
– C'est pas vrai !

– Maman est effondrée…
– Que s'est-il passé ?
Pauline haletait.
– Il a été assassiné !
– Mon Dieu…
Clémence ramassa la bande, la fourra dans l'armoire et suivit sa cousine à l'extérieur. La terrible nouvelle se répandait comme une traînée de poudre. Des médecins et des membres du personnel les rejoignirent et se mêlèrent aux conversations. Le fondateur de *l'Humanité*… Quel drame ! Il venait de s'écrouler en plein repas, au Café du Croissant, là où elle avait retrouvé sa tante l'avant-veille ! Plus les informations fusaient, plus Clémence écarquillait les yeux. Tué par un nationaliste… Depuis plusieurs semaines, Jaurès multipliait les articles pour tenter d'enrayer le déchaînement de la violence. Ce matin même, il s'exprimait dans les colonnes de son journal : « *Sang-froid nécessaire* ». Le dernier éditorial du tribun socialiste soulignait « *l'inquiétude qui se propage* », tandis qu'il fallait tant bien que mal *« écarter de la race humaine l'horreur de la guerre »*. Son pacifisme venait de lui coûter la vie, il ne gênerait plus personne. Désormais, pour chacun des partis politiques, ce serait l'union sacrée face à l'Allemagne.
Les cousines en avaient le tournis. Pauline posait mille questions et Clémence avait saisi l'essentiel, alors elle reformulait, précisait.
– Ah… En tout cas maman dit que c'est très grave.
– Je crois qu'il y a plus grave, dit Clémence d'une voix blanche.
– Quoi ?

– Tu n'as pas entendu ? L'Autriche-Hongrie et la Belgique mobilisent !
– Mais on est en France…
– Justement !
Clémence coupa court, elle devait rejoindre Émile. À chaque fois, malgré l'apaisement des dernières semaines, le retour à la maison était source d'angoisse. Le laisser seul… Quelle inconscience ! Mais comment faire ? Quand elle déverrouilla la porte de la chambre, elle respira. Allongé au sol, Cado en boule sur le dos, Émile dessinait. Clémence s'accroupit. Pour la première fois, il n'avait pas reproduit son compagnon mais… elle. Le trouble la figea. C'était bien elle, à la perfection : la chevelure fournie, le nez en trompette, les pommettes hautes, ce regard doux que Pauline avait déjà vanté… Il l'avait sublimée. En haut de la feuille, quatre lettres maladroites. *Mama*.
Son cœur se retourna d'émotion. Comment décrire la puissance de l'instant ? Pourtant, quelque chose clochait.
– Montre-moi.
C'était elle et ce n'était pas elle du tout. Le portrait lui tomba des mains.
– Émile… ma cicatrice, tu l'as oubliée.
– *Cerveau lésé*, dit-il en reprenant son dessin.
Il sortit la langue et peaufina une boucle. Elle caressa d'une main son visage abîmé et de l'autre, la pureté des traits sur le papier. Qu'y avait-il dans la tête de cet être qui la surprenait de jour en jour ? Dans sa réalité, elle était si belle ! La voyait-il ainsi, en vrai ? Pourquoi le monde entier ne pouvait-il pas être aussi différent que lui ? Elle se frotta le menton. Si la majorité devenait différente, elle ne

serait plus, par définition, différente. Tout s'inverserait, les chiffres seraient accablants ! On serait obligé de considérer comme normaux les gens différents ! Elle posa la tête sur son épaule.
– C'est très beau.

***

« *Jaurès est mort ; il a été tué sous nos yeux par deux balles assassines.* »
Le 1er août 1914, la Une de *l'Humanité* portait une bordure noire pour annoncer la mort de son fondateur. Clémence avait acheté plusieurs journaux, elle les ouvrit tous. Même Marie Curie, si discrète d'ordinaire, s'était exprimée : « *Ce pauvre Jaurès a été assassiné. C'est triste et abominable.* » Elle abandonna sa lecture sur la table et souleva une bassine.
– Viens, on va étendre.
Émile descendit à califourchon sur la rampe et s'étala en bas, de tout son long. Clémence lâcha tout.
– Oh là là… Tu t'es fait mal ?
– *Par la pierre de saint Gaume.*
Il se frotta la tête et rejoignit la cour, pas plus dégingandé qu'avant. Cado lui emboîta le pas. Le premier jour d'août offrait une matinée radieuse. Un soleil incandescent brillait déjà haut dans le ciel. Une drôle d'impression la saisit. Elle étendait un tricot alors que le monde menaçait de s'écrouler. Fallait-il garder espoir ? Les dirigeants sauraient-ils maintenir la paix ? Les mots de Jaurès résonnaient en elle. « *Sang-froid nécessaire* ». Malgré l'anxiété ambiante, elle voulait y croire.

– Attention, tu vas le blesser !
Émile abandonna la branche avec laquelle il asticotait son compagnon et le prit contre lui. Clémence déposa la bassine à ses pieds. Le jeune homme se roulait par terre et le petit chat s'affolait de joie en lui sautant dessus. Elle les observa, un léger sourire aux lèvres.
Tout à coup, alors qu'elle secouait une taie, un tintement prolongé et répété cogna dans ses oreilles. Elle leva les yeux. Une cloche, à cette heure-ci ? Elle ne reconnut pas la sonnerie lente du glas alors, qu'était-ce donc ? Elle bondit sur le boulevard, pétrifiée.
Le tocsin.
Plus de doute possible, ses coups pressés et redoublés donnaient l'alarme.
– Attends-moi ici Émile !
Quel affolement ! Dans la rue parallèle, deux hommes accouraient avec des seaux d'eau. Un autre cria :
– C'est pas un incendie, c'est la mobilisation générale !
Mon Dieu… alors ça y est…
Les battements de son cœur se décuplèrent, opérant en elle un bouleversement total. Elle, si intuitive, si sensible, au fond d'elle, elle s'en doutait. Rien ne serait jamais plus comme avant. Un premier tiers d'enfance s'était envolé avec la morsure, un deuxième avec Émile et le dernier, ici, sur le trottoir.

Tard dans la soirée, Clémence prit la main du jeune homme et suivit quelques paroissiens à l'église. Avant de partir, il avait fallu se fâcher.

– On ne l'emmène pas !
Comme à chaque fois, il ne le lâchait pas. Petit Cado finit dans sa chemise. C'était ça, ou des heures de négociation fatigantes.
Sous ce beau et grand ciel d'août, sous ces myriades d'étoiles, des pensées diverses l'agitaient.
Dans le grand édifice où quelques bougies vacillaient, Émile s'assit sur le banc, se colla à elle et abandonna la tête sur son épaule, durant toute la célébration.
Seigneur Dieu, rendez-moi digne et capable d'aider mon prochain.
Quelle extraordinaire messe…
La mobilisation n'est pas la guerre, se répéta Clémence, comme elle l'avait entendu sur le boulevard.
La mobilisation n'est pas la guerre !

« ORDRE DE MOBILISATION GÉNÉRALE »

Clémence resta plantée devant l'affiche placardée à la mairie, incapable d'y croire vraiment. Pour la première fois, la République française ordonnait la mobilisation des armées de terre, de mer et des colonies. Elle avait été décrétée la veille et proclamée aujourd'hui, 2 août.
Les départs se faisaient depuis les esplanades de l'École militaire et des Invalides dans des camions militaires, des autobus réquisitionnés, des fourgons… Alors qu'Émile sautillait à la vue de tant de véhicules lourds, Clémence les regardait passer, le cœur démoli. Dans les rues, la guerre s'inscrivait sur les devantures des magasins.
« Patrons et employés sous les drapeaux. Vive la France ! »

« Le patron est capitaine au 24ème d'artillerie. Vive l'armée ! »
Saisie par le patriotisme ambiant, Clémence reprit espoir.
– Viens Émile, on rentre.
Ce soir-là, le jeune homme se montra très abattu et oppressé. Clémence lui toucha le front, bouillant, et lui passa un linge humide sur le visage et dans le cou. Petit Cado se faisait discret, en boule à ses pieds.
À deux heures du matin, il vomit dans son lit. En chemise de nuit, les cheveux en bataille, Clémence entreprit de tout nettoyer, avec l'envie de hurler de rage et de dégoût. Comment sa vie avait-elle pu basculer en si peu de temps ? À quel moment le monde et elle avaient-ils perdu la tête ?
– Je ne vais pas y arriver, confia-t-elle en respirant par la bouche.
– *Convulsion des muscles,* dit Émile, les lèvres encore souillées.
Les nerfs de Clémence lâchèrent dans un rire incontrôlable. Qu'il était bon de se laisser aller ainsi, au beau milieu d'une vie qui partait à vau-l'eau ! Elle se frappa les cuisses et comme Émile ne riait pas, elle rit encore plus fort de le voir si sérieux.
Cado courut se tapir vers la porte.
– Par Saint Jacut ! dit Clémence en riant de plus belle.
– *Section des agités,* aligna Émile en se tapant la tête.
– Ha ha !
Clémence mit du temps à se calmer, puis l'inquiétude prit le dessus. Le restant de la nuit, il

eut des bouffées délirantes. « *L'éminent aliéniste est dans l'échaudoir !* » hurla-t-il. « *Crétin ! Fragment d'aliéniste !* »

Au petit matin, la fièvre avait disparu. C'était à n'y rien comprendre.
De son interminable nuit, ne subsistaient que l'odeur de vomi et le souvenir du tocsin, dans un mal de tête lancinant.
Tchic tchic tchic, faisait la petite balle suspendue au bout de la ficelle. Le chaton envoyait ses pattes, accrochait le jouet et Émile riait. Attablée, le journal ouvert devant une tasse de café, Clémence les observait. Après des heures sans sommeil, à se répéter que tout irait bien, elle voyait, en ce 3 août, tous ses espoirs anéantis. L'Allemagne venait de déclarer la guerre à la France et, une heure avant la déclaration officielle, un avion allemand survolait Lunéville, en Lorraine française, et y larguait six bombes. C'était le premier bombardement aérien. Fort heureusement, il n'avait tué personne. L'appel de Poincaré paraissait ce jour et il ne voulait déjà plus rien dire.
« *La mobilisation n'est pas la guerre. Dans les circonstances présentes, elle apparaît, au contraire, comme le meilleur moyen d'assurer la paix dans l'honneur.*
Fort de son ardent désir d'aboutir à une solution pacifique de la crise, le gouvernement, à l'abri de ces précautions nécessaires, continuera ses efforts diplomatiques, et il espère encore réussir. (...)
À cette heure, il n'y a pas de partis. Il y a la France éternelle, la France pacifique et résolue. Il y a la patrie du droit et de la justice, tout entière unie dans le calme, la vigilance et la dignité ».

Elle repoussa le journal, se leva et prit Émile dans ses bras. Le garçon abandonna la balle et se laissa bercer.
– Je ne sais pas ce qu'on va devenir.
– *Ma-ma.*
– Si… S'ils nous envahissent, s'ils prennent nos maisons ? Où ira-t-on ?
Émile se dégagea. Comme Cado s'était endormi, il sortit sa petite voiture et la fit rouler dans sa paume. Que disait-il, les sourcils froncés ? Il s'amusait, voilà tout. On entrait en guerre et il s'amusait. Clémence l'envia. À y réfléchir, il comprenait si peu de choses.
– Allez viens mettre tes souliers, je t'aide, on va voir tante Gabrielle.

Rue François Ier, au siège de la Société, celle-ci courait dans tous les sens. Dans une activité intense, chacun à son poste achevait de perfectionner l'organisation. Si sa tante avait su, en faisant partie du Comité des dames infirmières de la SSBM,* que ses services seraient d'une telle utilité !
– Ah ! Clémence ! Émile !
– Bonjour ma tante. Alors… ça y est ?
Les yeux de Clémence brillaient, Gabrielle abandonna une pile de linge et l'étreignit.
– Ça va aller ma chérie. Regarde ! Une foule de bonnes volontés offre ses services et certains mettent gracieusement des automobiles à la disposition de la Croix-Rouge. Tu te rends compte ?
Au mot « automobile », Émile eut une sorte de joyeux hoquet.
– Je ne peux pas vous aider aujourd'hui, je suis de service.
Gabrielle attira Clémence un peu à l'écart et

* Société de secours aux blessés militaires.

désigna Émile du menton.
— Tu penses qu'il peut réaliser des tâches élémentaires, comme trier du linge ?
Sa nièce jeta un œil aux tas désordonnés.
— Je pense oui. Il faut lui expliquer avec des mots simples.
— Laisse-le ici, avec moi.
Elles sourirent dans une dernière accolade et, avant de partir, Clémence prit Émile par les épaules et lui expliqua l'essentiel. Il ne devait pas s'inquiéter. Il allait rester là, aider, et elle serait fière de lui s'il écoutait bien. Il ne voulait pas retourner au cachot hein ? Comme elle poursuivait son admonestation préventive avec plus de vigueur, Gabrielle s'interposa en posant la main sur son bras. Émile se jeta en boule dans un coin. Les mot « cachot » ou « douche » le mettaient toujours dans un état de terreur intense, il lui fallut plusieurs minutes avant de retrouver son calme. Parfois, Clémence s'en voulait de ce chantage.
— Merci ma tante. À ce soir !
Espérons qu'il se montre docile. C'est un petit chien qui mord tout le monde, sauf moi.

À la fin de son service, Clémence courut jusqu'au siège de la Société. L'angoisse tordait ses intestins.
— Alors ?
Gabrielle la gratifia d'un grand sourire.
— Viens voir.
Dans une pièce attenante, le jeune homme finissait de plier un vêtement, et le déposa au bon endroit. À la vue de Clémence, il le lâcha et se prit les pieds dans la pile.
— *Ma-ma.*

– Il a été exemplaire. Laisse-le-moi demain. Ensuite nous verrons.

Dans les jours qui suivirent, Paris se dépeupla de sa population masculine. Des millions de réservistes étaient appelés à rejoindre les soldats actifs. À l'hôpital, Clémence trouva Pauline effondrée au milieu d'un couloir.
– C'est papa, il a reçu sa feuille de route et…
Un sanglot l'étrangla.
– Il doit rejoindre son unité.
Comme des dizaines de milliers de Français, il devait se débrouiller pour regagner son régiment dans les meilleurs délais. Là, on lui remettrait tenue de guerre et paquetage : fusil, baïonnette, étui à munitions, gourde, chaussettes, chemise de rechange, musette remplie de vivres de réserve.
– Maman lui a cuisiné des gâteaux à la fleur d'oranger… Il a dit qu'il serait de retour avant Noël.
– Aie confiance Pauline, ça ne durera pas.
Mais ses sanglots redoublèrent.
– « *Réouverture après la victoire* », c'est… c'est ce qu'il a placardé sur l'atelier.
– Tu vois, il est confiant lui aussi. Allez viens là.
– Papa nous a dit « à bientôt » mais je crois qu'il avait peur.
Les cousines restèrent un instant dans les bras l'une de l'autre. Même si l'espoir de le voir vite rentrer les animait, elles ne savaient rien de ce qu'allait être cette guerre. Il fallait défendre le pays, voilà tout.
– Et Gustave ? Est-il concerné, en tant qu'américain ?
– Pas pour l'instant, renifla Pauline.

23

Clémence se massa les reins et étouffa un bâillement.
Rue François Ier, alors qu'elles quittaient à peine leur veille de nuit, les cousines aidaient à la réception et au tri de matériel pour les blessés. Émile participait à la tâche, calme et appliqué. Gabrielle, quant à elle, accueillait des femmes de toutes conditions, venues, dans un irrésistible élan, s'enrôler pour soigner les soldats. La SSBM, sous l'égide de la Croix-Rouge, organisait des postes de secours dans plusieurs localités. Déléguée-adjointe, Gabrielle s'adonnait à cette organisation nouvelle avec zèle et intelligence. Dans chaque zone, une petite ambulance devait permettre l'hospitalisation d'un certain nombre de victimes et des paniers renfermant tout ce qui était nécessaire aux pansements leur arrivaient d'ici. Des ouvroirs organisés sur place fournissaient le linge ou les bandages.
Pauline avait l'air soucieuse. Clémence ouvrit la bouche pour l'interroger mais Gabrielle interrompit le tri et leur parla sur un ton directif mais empreint d'affection.
– Je peux, à tout moment recevoir un ordre de mission et rejoindre un poste au plus près des combats.
– Et nous ? demandèrent les filles en chœur.
En qualité d'infirmières professionnelles, et non

bénévoles, les cousines ne dépendaient pas, comme Gabrielle et ses volontaires, de l'organisation générale du Service de santé des armées. Elles étaient sous l'autorité directe des médecins traitants et assuraient les soins dans les hôpitaux publics.
Gabrielle les regarda l'une après l'autre, droit dans les yeux.
– Si on m'appelle, vous partez avec moi.
– Comment ça ?
– J'ai demandé une dérogation au Ministère de la Guerre.
– Au Ministère de la Guerre ?
Les cousines écarquillèrent les yeux.
– Le fils de madame Letulle y travaille.
Les plus hautes notabilités civiles et militaires composaient la SSBM. Gabrielle se tourna vers sa nièce. Madame Letulle avait été si touchée, pour Émile, qu'elle leur avait non seulement dégoté un logement mais s'était démenée pour obtenir leur détachement immédiat, si besoin.
– Et Émile, justement ? demanda Clémence.
– Nous ferons tout pour l'emmener. Sinon…
– Sinon quoi ? s'affola-t-elle, la vision de sa paillasse grouillante en pleine tête.
– On verra en temps voulu. Pour l'instant, je n'en sais rien mais, dans le cas où on ne pourrait pas l'emmener, madame Letulle a proposé de s'en occuper, le temps qu'il faudra.
– Mais… sans moi il sera perdu !
Gabrielle leva le doigt.
– C'est toi qui décideras de rester ou de partir. Un problème après l'autre.
Et jamais plus d'un seul à la fois.
Pour l'heure, elles continuaient leur service à

l'hôpital et, ici, leur bénévolat.
Les filles retournèrent à leur occupation. Madame Letulle, une si gentille personne ! Mais quand bien même Clémence ne doutait pas des soins qu'elle lui prodiguerait, elle n'envisageait pas d'abandonner Émile une nouvelle fois. Si on ne la laissait pas l'emmener, elle demanderait à rester à Paris, sur son lieu d'affectation.
Pauline pliait un vêtement de corps. Ses gestes se firent plus lents.
– Ça va ? demanda sa cousine.
– Gustave s'est engagé dans la Légion étrangère.
Clémence eut un mouvement de recul.
– Comment ça ?
– J'ai essayé de le dissuader mais… son choix était fait. Nombre de ses amis ont rejoint l'armée, il ne lâchera pas ses camarades d'université. Il dit que la France est le berceau des droits de l'homme, qu'il ne peut pas rester sans la défendre. Il s'engage avec une cinquantaine d'américains.
– Et… votre mariage ?
Pauline enfonça la main dans sa poche.
– Il m'a laissé une lettre hier soir, avant de partir.
Clémence déplia si vite le feuillet qu'il se déchira.
– Oh pardon.

« *Ma douce fiancée,*
Je sais que nous éprouvons les mêmes sentiments autour de mon engagement et que tu penseras que ma décision est la bonne. Notre mariage n'est que repoussé. Il est de mon devoir de prendre sur mes épaules une partie du fardeau de l'humanité.
Je renonce à être spectateur de ces hommes engagés sur les chemins noirs de l'espoir.

Ces voies sont le droit chemin, je le crois.
Tu me sais dépendant de tes mots.
Te lire comme avant, tout au long de la route, me sera d'un doux et nécessaire réconfort.
Prends soin de toi et des tiens.
Ton Gustave chéri. »

Elle relut, le cœur battant. Ça alors... La guerre interrompait le séjour idyllique de son bel étudiant et il devait laisser là, aux portes de la Légion, son projet de mariage.
– Tu m'aideras à lui écrire... « comme avant » ?
Sa cousine ne répondit pas.
Alors qu'elle ordonnait des genouillères sur la table, une dame s'avança. Clémence la mesura d'un seul coup d'œil. Ses cheveux gris étaient rassemblés en chignon, elle était vêtue simplement et une générosité débordait de son visage grave. Gabrielle vint à sa rencontre.
C'était Marie Curie. Les filles abandonnèrent leur linge, et restèrent sans voix à l'écoute de ce qu'elle venait chercher. Sous cet accoutrement, se révélait une personne à l'esprit prudent, aiguisé par le travail de recherche et une curiosité intellectuelle sans bornes. Une femme respectée par les plus grands scientifiques. Clémence l'admirait encore plus que les suffragettes anglaises. Marie Curie venait d'obtenir l'autorisation du Ministère de la Guerre de créer un service de radiologie ambulant, pour venir au secours des blessés. Elle en prenait donc la tête, aux côtés d'Antoine Béclère*. Enfin, après avoir rudement bataillé, elle se trouvait officiellement missionnée pour constituer un corps de véhicules radiologiques afin de se déplacer sur

* Directeur du service radiologie des armées et de la Croix-Rouge.

les champs de bataille. En ces premiers temps du conflit, on entassait et transportait les blessés dans des voitures hippomobiles et la plupart mouraient sur ces routes cahoteuses avant d'avoir rejoint les postes de secours.
Gabrielle poussa un sac de vêtements et l'invita à s'assoir. Les filles, happées, ne bougeaient plus. Marie Curie avait fait l'inventaire des appareils radiologiques existants dans les hôpitaux français et organisé leur déménagement vers des villes proches du front. Leur nombre était insuffisant. Elle travaillait donc à la mise au point d'appareils de taille réduite pour les rendre transportables. Il lui fallait des voitures.
– Pour l'instant, les services sanitaires de l'armée n'en possèdent qu'une seule !
– Madame, comptez sur notre aide, assura Gabrielle. D'ici quelques jours nous vous aurons rassemblé d'importants moyens.
Marie Curie eut un sourire reconnaissant. On était bien plus efficace ici qu'au Ministère. Clémence se leva et lissa sa robe.
– Je connais des gens fortunés qui ne vous refuseront rien. Je peux vous y conduire.
– Alors allons-y.
– Tante Gabrielle, je vous laisse Émile ?
– Bien sûr ! On croule sous les arrivages…
Clémence expliqua à son protégé. Elle s'absentait une heure ou deux. Elle n'allait pas le renvoyer…
– *Ma-ma.*
Tiens, depuis combien de temps n'avait-elle pas eu besoin de le menacer ?

Devant la grille de l'hôtel particulier, un panier à la

main, Eugénie s'apprêtait à sortir.
– Ah, Clémence…
La jeune femme embrassa sa mère du bout des joues. Elle ne savait pas s'il fallait parler avant Marie Curie. Elle laissa faire la scientifique, qui salua Eugénie et résuma son projet, oubliant tout d'abord de mentionner son nom.
– J'ai donc besoin de votre voiture. Je vous la rendrai à la fin du conflit, je vous le promets.
– Mais enfin… nous l'utilisons et…
– Ce sera pour y installer des appareils radiologiques, et sauver des vies au plus près des lignes de front.
Eugénie leva le menton et fronça les sourcils.
– J'ai déjà fait don de quelques draps et… autre linge.
– Je suis Marie Curie.
Eugénie fit un pas en avant, changeant son panier de bras. La scientifique n'avait pas précisé qu'elle avait obtenu son premier Nobel au même titre que son mari et Becquerel et qu'elle avait eu, seule, le second, faisant d'elle la première lauréate féminine. L'évocation de son nom suffisait.
– Marie Curie ? Madame Pierre Curie ? Le Nobel ?
Clémence observa, conquise, cette intrigante dame. On aurait dit que cela l'amusait, qu'on la traite comme une subordonnée. Eugénie se tourna vers sa voiture flambante.
– Dans ce cas… bien entendu. Faites. Mon mari et moi-même serons… honorés de participer à l'effort de guerre.
La mobilisation appelait tous les hommes de vingt à quarante-huit ans à rejoindre sans délai leur unité d'affectation. Âgé de quarante-neuf, Louis-Henri y

échappait.
Gabrielle était aux anges ! En quelques jours à peine, grâce à l'Union des Femmes de France, de la Croix-Rouge et du Patronage National des blessés, la scientifique et les bénévoles avaient réquisitionné des véhicules, partout où cela était possible, n'hésitant pas à solliciter les plus belles limousines. Marie Curie allait en équiper plusieurs dizaines ! Elle avait déniché un carrossier capable de les transformer et installerait ensuite sur leur banquette arrière les équipements radiologiques, alimentés par une dynamo branchée sur le moteur de la voiture.
Une nouvelle machine de guerre était lancée. Clémence et Pauline ne parlaient plus que d'elle, des étoiles plein les yeux.
– Tu te rends compte ? raconta Clémence à Émile, accompagnant ses mots de gestes, Marie Curie pouvait rester à l'abri, attendant que l'orage passe mais non !
– *Les frais de la cure.*
– Elle a troqué sa célèbre robe noire pour une blouse blanche ornée d'une croix rouge et, au volant d'une vieille Renault, qui ressemble plutôt à un camion de livraison, la voilà qui se lance sur les routes du front !
– *Vroum vroum.*
– Comme cette femme est inspirante, soupira Clémence. Tu ne trouves pas ?
– *Par sainte Livrade.*

24

Quelques jours à peine s'étaient écoulés, quand la sonnerie du téléphone retentit dans le vestibule de la Société. Émile en lâcha petit Cado qui se raccrocha à son pantalon. Quand Gabrielle reposa le combiné, les cousines crurent à un décès.
– Préparez vos bagages, départ demain matin.
– Où donc ? demandèrent-elles en chœur.
– à Moussey, dans les Vosges.
– Mon Dieu ! Et Émile ?
– Si tu es d'accord, on l'emmène.
Clémence eut un soupir de soulagement. Elle avait bien réfléchi et, à choisir, elle préférait mille fois les suivre que se morfondre loin d'elles dans l'étuve parisienne.
Malgré son aplomb légendaire, Gabrielle avait du mal à masquer son inquiétude. Comme le départ avait lieu tôt, elle proposa qu'on reste dormir chez elle pour rassembler le matériel et partir groupé. Devant l'insistance de sa tante, Clémence alla faire ses adieux à sa mère et à Louis-Henri. Honoré avait rejoint son unité dès la mobilisation, Eugénie s'en montrait inconsolable. Ses parents louèrent cependant l'engagement de leurs enfants mais se plaignirent à demi-mots. Il ne fallait pas dire à madame Curie qu'ils étaient ennuyés, mais tout de même, une voiture de cette valeur… Ils espéraient la retrouver bientôt et en bon état.

Après un dîner léger, Gabrielle prit les mains des cousines dans les siennes.
— Je ne sais pas quel sera le sort de notre équipe. Près du front, les unes sont encore à leur poste mais d'autres ont déjà dû, par ordre de l'autorité militaire, se replier devant l'invasion. Peut-être serons-nous divisées ou dispersées… Mon affection vous suit, toutes deux, dans les fatigues et les épreuves à venir. Nous sommes un même cœur, au service des combattants. Courage mes petites.
Quand les mains se lâchèrent, plus personne ne parla. Dans ce changement de trajectoire de leur existence, les sentiments qui les animaient étaient ceux d'une famille unie.
Sous la chaleur écrasante des toits, Émile ronfla bientôt sur son matelas, le chaton tout contre lui, et Gabrielle, épuisée, tomba de sommeil dans la solitude de son lit. Les filles en revanche, blotties l'une contre l'autre, chuchotaient. Où allaient-elles atterrir ? Pour combien de temps ? Quelles blessures faudrait-il soigner ? Avec quels moyens ? Quels risques couraient-elles ? Pauline tournait dans un sens, dans l'autre.
— Il faut qu'on écrive à Gustave, pour lui donner l'adresse de notre affectation.
— Oui…
« *Qu'on écrive* » … Clémence eut un sourire amer. C'était bien cela. Une relation à trois où elle tenait la chandelle et s'y brûlait les doigts. Pourtant, sans sa lumière pour éclairer leurs mots, que deviendraient-ils ? Elle tourna le dos à sa cousine.
Oh, ils n'ont pas besoin de moi…

Paris, gare de l'Est.
Dès la première heure, accompagnés de tant d'autres, trois femmes et un drôle de garçon s'apprêtaient à rejoindre leur poste. L'équipe se groupa autour de l'infirmière-major, les lettres de service furent distribuées, et l'ordre de départ donné. La foule qui entourait les abords reconnut les infirmières et les acclama. Les mains se tendaient, les chapeaux se soulevaient pour saluer celles qui, à côté des soldats, partaient, elles aussi, pour soigner les blessures et adoucir les souffrances. Clémence attrapa la main d'Émile pour monter dans un train gribouillé de craie « *Mort aux Boches* ». Des rires fusaient ici ou là. Pour autant, les mobilisés n'affichaient pas une mine insouciante et joyeuse. Leur regard grave se tournait vers un homme, une femme, un enfant. Son, lumière, tout ressemblait à un décor de film catastrophe.
En cours de route, comme le train ralentissait, un réserviste, de faction sur la voie, offrit à Pauline, piqué à la baïonnette de son fusil, un bouquet de fleurs champêtres liées d'une cravate bleue.
– Quelle attention chevaleresque et bien française ! répondit-elle de manière théâtrale.

Au bout d'un moment, le bouquet finit entre les mains d'Émile. Le chaton réduisit la cravate en lambeaux, sous les rires amusés de son maître.
– *Confrère d'aliéniste !*
Le train, bondé, rendit le voyage difficile. Enfin, on s'enfonça dans les Vosges puis on arriva à Moussey. C'était un gros village, presque un bourg. Différentes montagnes pittoresques l'encaissaient.

Les habitants représentaient bien le type du paysan vosgien, se dit Clémence. Deux femmes du Comité les accueillirent chaleureusement à la gare. La plus grande, mademoiselle d'Anglemont, donna les ordres reçus de madame la comtesse, déléguée de l'association. Elle désirait deux équipes. Gabrielle et sa petite troupe feraient partie de celle de jour. Un médecin devait les rejoindre le lendemain.
Enfin, on atteignit le château attenant à la filature, où l'ambulance serait établie. La demeure, assez vaste, était bien située. Gabrielle, Pauline, Clémence et Émile en firent le tour les uns derrière les autres. Les salles étaient hautes et spacieuses, bien aérées. Gabrielle compta tout haut. On pouvait mettre une trentaine de lits dans chacune d'elles, donc une soixantaine en tout, plus la salle d'opération à ce niveau, la cuisine, buanderie... C'était parfait. On avait déjà vingt-six lits, plus quelques matelas dont s'étaient privés des voisins généreux. Chacun s'activa pour nettoyer. Pauline s'occupa d'approvisionner la pharmacie grâce aux paniers de pansements de la Croix-Rouge : comprimés d'iode, gouttières... L'ouvroir, dirigé par la fille du docteur, avait fourni beaucoup de linge et de nombreuses couvertures.
Émile s'étala sur un matelas.
— Tssss ! lui fit Clémence, aide-moi encore un peu.

L'heure du dîner sonna comme une pause méritée. Une religieuse avait apporté des fruits et légumes de son jardin. Sans elle, il n'y avait que du pain et des conserves. Après le repas, un paysan offrit deux volailles, voilà qui serait bienvenu pour le lendemain midi.

À minuit, l'équipe avait terminé l'installation et le poste se présentait du mieux possible. Enfin, trouver son lit ! Soudain, Clémence poussa un cri.

— Émile !

Elle monta, redescendit. Il n'était plus au château.

— Émile ! Émile !

Sous une lune pleine, tous se mirent à le chercher, certains avec enthousiasme, d'autres avec des réflexions désobligeantes. Qu'est-ce qu'il fichait là, après tout ?

Clémence contourna la bâtisse et s'enfonça dans la campagne, ne cessant de crier son nom. La colère montait. À peine arrivé et il faisait des siennes.

— Émiiiile !

Au bout d'un quart d'heure, une lingère courut à sa rencontre.

— Votre tante l'a retrouvé au bord du ruisseau !

— Du ruisseau ?

Clémence se rua sur lui. Le cours du Rabodeau était très rapide et dangereux. Quel idiot !

— Tu ne devais pas t'éloigner ! Tu veux que je te ramène…

Sa tante se posta entre eux, forçant sa nièce à reculer.

— Son chaton s'abreuvait. Il n'a pas voulu mal faire.

L'œil de Clémence partit dans le vague. Dans l'urgence de l'installation, elle n'avait pas pensé à nourrir l'animal. Depuis quand n'avait-il pas bu ? On lui donna les restes et, l'incident clos, chacun put regagner les lieux pour une courte nuit.

À six heures, l'équipe commença à préparer des compresses. Émile et Clémence firent des tampons

et les disposèrent dans les boîtes en fer achetées chez l'épicier puis ils partirent les faire stériliser chez le boulanger. Ils ménageraient ainsi les pansements. Alors qu'ils préparaient de l'eau bouillie, du sérum et de l'iode, le médecin-aide-major de deuxième classe vint à leur rencontre, accompagné d'un homme ventripotent.
À sa vue, Clémence renversa une partie de sa préparation.
— Je vous présente l'éminent aliéniste, le docteur Gircourt, médecin chef, que je seconderai.
Il ne manquait plus que ça, se retrouver avec ce personnage pédant et impulsif !
— Tiens, mademoiselle Panas de Prinveaux ! Quelle surprise !
Sous l'œil interrogateur de Gabrielle, le docteur précisa :
— Je suis un ami de la famille.
L'aliéniste se vanta de venir ici en villégiature et pointa sa canne vers sa résidence secondaire, là, à deux pas.
— Paris et Bicêtre sont d'un ennui ces derniers jours !
Clémence en resta bouche bée. Avait-il conscience de la tournure que prenait le monde ?
Émile sortit à cet instant, se figea et poussa un hurlement puis il se mit à courir en rond et à se tirer l'épi, les yeux exorbités. Clémence ne l'avait jamais vu dans cet état.
— *Dégénéré ! Maladie mentale ! Aliénation d'esprit !*
— Ça alors… Warrender ! C'est donc vous qui l'avez récupéré ?
Les yeux du docteur s'éclairaient en suivant la danse échevelée de son ancien patient : celui-ci

frappait le sol avec ses souliers et exécutait des mouvements de possédé. Gircourt frappa des mains. Il avait faim et sa plus belle proie lui tombait tout cuit sur la tête.
– Savez-vous que mes expériences ont libéré sa parole ?
– Je veux bien le croire !
Il ne quittait pas Émile des yeux. Son regard de prédateur effraya Clémence. Elle finit par l'attraper et le tira à l'écart pour le calmer.
– Là, là… Je suis là.
Était-ce une coïncidence ? Et s'il s'était renseigné, s'il poursuivait Émile, comme son objet à façonner, à… utiliser pour ses recherches ? Elle envoya la main en l'air. Ce n'était que fortuit, étant donné la distance entre le château et sa résidence. Il avait mêlé l'utile à l'agréable, voilà tout.
– Bon ! Je reviens plus tard, décréta le docteur.
Sur le chemin, il se retourna et son regard accrocha celui d'Émile. Il prit appui sur sa canne et ses doigts boudinés s'agitèrent dans un salut. Son sourire machiavélique propulsa à nouveau le garçon dans un énervement sans nom. Cado détala derrière un buisson.
– Calme-toi ! Là, là…
Clémence resserra son étreinte.
Que lui voulait-il à la fin ?

25

Un long moment, elle resta hébétée. Émile encore tremblant au creux de ses bras, elle écouta les premières consignes. On devait être opérationnel pour accueillir des blessés en début d'après-midi. La besogne qui l'attendait n'autorisait aucun apitoiement, elle retourna à ses préparations en lui donnant la main. Malgré l'agitation ambiante, tout était paisible aux alentours du château. Les oiseaux piaillaient, le lieu offrait une douceur presque réconfortante. Pourtant… Elle tourna le regard vers la frontière. Juste là, les hommes se battaient et le temps, radieux, la vie qui grouillait ici, cognaient comme une insulte à la mort qui arrivait, cet après-midi même. Dans quel état trouverait-elle les combattants ? Serait-ce des pères de famille, de jeunes fiancés ? Que laissaient-ils derrière eux, qu'ils ne retrouveraient jamais ? Et Gustave… La rage dont les Hommes étaient capables la contracta et ralentit ses gestes. Se pouvait-il que le souvenir de la capitulation française au siècle dernier nourrisse le conflit d'une violence démesurée ? Combien de temps durerait-il ? On parlait d'une issue rapide... Clémence suspendit un linge au-dessus d'une bassine. Tout était allé si vite. Le tocsin, la stupeur, la mobilisation, le combat, leur arrivée à Moussey. Elle remit l'épi d'Émile en place.

— C'est la guerre, tu sais ?

La mèche reprit sa place. À quoi bon vouloir

changer ce qui ne pouvait l'être ?
— *Farceurs.*
Cado étira son cou et se mit à mordiller les doigts de son maître. Elle le caressa. Il grandissait, ce n'était plus le chaton chétif et mourant qu'ils avaient recueilli. Émile aussi, en reprenant des forces, paraissait encore plus haut sur ses jambes. Grandir, pour quel avenir ?
Gabrielle les avait prévenues, Pauline et elle. Elles pourraient y laisser leur vie. Que deviendrait-il ?
Le souvenir de sa cellule lui râpa le cœur.

À midi, tout était prêt. Comme la présidente lui avait donné tous pouvoirs, Gabrielle n'avait qu'à signer des bons pour ce dont elle aurait besoin, matériel ou nourriture. Par son efficacité discrète et ses contacts avec des dames haut placées, elle s'imposait ici comme une personne influente. Jamais elle ne se plaignait mais Clémence voyait bien qu'au-delà de ses responsabilités, l'absence de nouvelles de son mari, et de ses parents restés à Creil, agitaient son sommeil et tiraient ses traits. Comment fonctionnait l'acheminement du courrier ? Quelles nouvelles arriveraient, au fil des jours ?
À deux heures, on leur présenta des auxiliaires que sa tante divisa en deux sections : une moitié continuerait à travailler à la lingerie et l'autre viendrait les aider. Clémence leur fit visiter les lieux mais dut écourter ses explications.
Les régiments commençaient à passer.
Voyant l'ambulance ouverte, les soldats venaient demander des chaussettes, un pansement ou une boisson quelconque : thé, café, bière ou lait (on

avait réquisitionné deux vaches pour l'hôpital). Malgré une chaleur torride, Émile servait de son mieux, ne répondant aux hommes que par des mimiques dont beaucoup se moquaient. À la porte du château, on proposait des brocs d'eau et d'alcool de menthe et les plus fatigués entraient. Pauline rejoignit Clémence en courant.

— J'ai reçu une lettre !

Clémence se retint de la lui arracher des mains, Pauline la décacheta. Elles lurent ensemble.

« *Ma douce fiancée,*

Voici quelques nouvelles.

Mon régiment reste épargné du front pour l'instant, nous sommes cantonnés à l'arrière, je ne sais pour combien de temps. La camaraderie sonne ici comme une récompense, il faut voir combien l'adversité soude les hommes. Une masse de chaleur alourdit la haute plaine, mais je peux rester des heures assis, absorbé par la beauté des Alpes, au loin. Seuls les vols de reconnaissance des aéroplanes et le son du canon vers l'Alsace trouent le silence des coteaux verdoyants.

La guerre nous vaudra l'honneur pour nous-mêmes et, en cela, je sais que ma place est ici.

Et toi comment vas-tu ? À quelles tâches t'adonnes-tu, avec ardeur et douceur ?

Je voudrais tant te serrer dans mes bras et surtout, te lire à nouveau « comme avant ». Une lettre, cela peut paraître un détail. Mais qui sait aimer dans les détails, celui-là vraiment sait comprendre la vie.

Depuis mon poste d'observation, je te relis. Mes doigts caressent tes lettres, alors, je te vois, je t'entends.

Mon âme rampe jusqu'à toi, mendie une phrase ou deux. Elles sont si… rayonnantes, si chargées d'amour et de désir.

Je ne trouve pas les mots mais toi, tu les connais.
Écris-les-moi bientôt, je t'en prie.
À toi,
Gustave ».

– Ouh là là ! s'inquiéta Pauline. Il faut répondre.
Les yeux encore rivés sur le papier, sa cousine hocha la tête.
– Laisse-la moi, je te prépare ça.
Le cœur tout secoué, Clémence lutta pour cacher son trouble. Alors qu'elle tournait les talons vers le château, un attroupement anormal la stoppa net.

26

D'un coup, tout s'agita autour d'elle. Seul Émile, le derrière rebondi, provoquait son chaton en riant. Le premier convoi de blessés arrivait. Plusieurs étaient grièvement atteints. Devant la violence de la scène, les filles eurent un instant d'immobilité, les mains collées sur la bouche. Un père de famille souffrait le martyre. Une balle, ayant fait exploser le magasin de son fusil, lui avait emporté une partie de la main. Plusieurs étaient blessés au ventre par des éclats d'obus. L'un d'entre eux, touché à la tête, perdait la raison. Il était si excité que Clémence, avec l'aide d'un infirmier militaire, dut l'attacher à son lit.

– *À l'assaut ! À l'assaut !* hurlait-il.

Plusieurs jambes et bras cassés provoquaient chez les soldats de terribles souffrances. Et le docteur Gircourt qui n'était pas réapparu ! Quelle honte, de les laisser s'affairer ainsi ! Le cœur battant, Clémence et Pauline pansèrent sans relâche. Il fallut aussi soigner de graves insolations. Quelle lutte ! Elles tentèrent des bains froids et en sauvèrent ainsi un grand nombre. D'autres blessés mouraient dans d'atroces agonies. Leurs derniers mots s'imprimèrent en elle, indélébiles. *Maman.*

– *Ma-ma,* répondit Émile en en câlinant un, qui mettait toutes ses forces dans un ultime cri.

Occupée deux lits plus loin, Clémence ne pouvait détourner le regard de la scène. Une stupeur émerveillée la figea. Le soldat rendait son étreinte à Émile et ce dernier, barbouillé de sang et de terre, lui caressait les joues, la tête.

La jeune femme descendit et tourna autour du château, le front plissé. Enfin, elle fit mettre les corps sans vie dans le petit préau mais avec cette chaleur, la décomposition serait très rapide. Elle courut trouver l'infirmière-major.
— Nous ne pouvons les laisser là.
— Allez voir monsieur le maire, demandez-lui la remise.
— La remise ?
— Oui, le local de la pompe. Vous en ferez un dépôt mortuaire.
— Bien madame.
L'infirmière lui sourit. Quand on n'était pas du coin, comment deviner ? Elle prit Clémence par le bras et se pencha.
— *Cantonnement*, lui souffla-t-elle à l'oreille.
— Cantonnement ?
Le visage de la grande dame se ferma.
— Chut, c'est le mot de passe. Vous en aurez besoin.
Clémence se mit en chemin. Un mot de passe ? Que risquait-elle ? La peur lui nouait l'estomac. Tous les dix mètres, des chaînes fermaient la route, les sentinelles la mettaient en joue. La sueur dégoulinait sous son uniforme. Sans le mot de passe, elle y passait.
Après quelques hésitations, monsieur le maire finit par donner son autorisation. Un de ses collaborateurs se chargerait de toutes les démarches. Les colonels demandèrent à ce qu'il n'y

ait pas de service solennel ; le curé donnerait l'absoute et quelques membres de l'équipe conduiraient les malheureux à leur dernière demeure avant le réveil des régiments. Pour reconnaître les corps on mettrait, attachée à la croix, la copie de la plaque d'identité.
Enfin, la clé de la remise dans la poche, Clémence retourna au château. Le canon grondait fort, les habitants étaient repoussés, les Allemands arrivaient.
– Il me faut quatre hommes pour porter les brancards ! cria Clémence.
Plusieurs infirmiers militaires s'avancèrent, on chargea les corps. Arrivés à la remise, elle les enveloppa dans des draps puis les hommes l'aidèrent à les installer.

À son retour au château, l'aliéniste n'avait toujours pas pointé le bout de son gros nez luisant. Le médecin-aide la sollicita pour l'assister et établir les fiches des malades. Le rythme des tâches, effréné, ne lui laissait aucun répit.
Alors que, éreintée par cette journée accablante, Clémence se laissait glisser sur une chaise, une pensée la redressa. Émile ! Depuis combien de temps ne l'avait-t-elle pas vu ? Plusieurs heures peut-être ! Il jouait quand le convoi était arrivé. Ensuite, il s'était occupé du mourant et elle était partie rencontrer le maire. Elle serra les poings.
– Émile !

27

– Émiiiile !
– Oui ?
Clémence se retourna. Deux blessés venaient de réagir en chœur.
– Non, pas vous !
– Émiiile !
Peu de gens l'aidèrent, on était bien trop occupé. Des discrets « c'est l'idiot, le débile » fusaient par endroits. Au bout d'une demi-heure, Pauline accourut.
– Il est tout en haut du poteau télégraphique !
Clémence prit ses jambes à son cou. La hauteur, vertigineuse, lui arracha un cri.
– C'est pas vrai… Descends !
Mais Émile se concentrait. Il tendait la main vers son chaton, agrippé au fer, et usait de toutes ses forces pour le ramener à lui. La scène exaspérait Clémence, qui lui hurla à nouveau dessus. Des morts, elle en avait assez vu pour aujourd'hui. Bien que… Bon débarras ! pensa-t-elle, presque tout haut.
– Tiens donc, dit le docteur Gircourt.
– Ah, vous !
Il leva les yeux.
– Qu'est-ce que c'est que ça ?
– C'est Émile.
– Ne me prenez pas pour un idiot, mademoiselle.
Ils ne sont pas toujours là où l'on croit.

— Je vous prie de m'excuser docteur.
Il s'essuya le front.
Si Émile le voit, il saute.
— Warrender vous fait perdre votre temps.
— Émiiile ! Descends ! … Je vous en prie, docteur, rentrez vous rafraîchir.
— Venez, insista Gabrielle en prenant son bras.
Gircourt, en nage, la suivit dans le château. Clémence souffla, soulagée.
— Émiiile !
Était-ce la culpabilité ou l'affection qui la liait à lui ? Elle le revit, tapi dans le coin de sa cellule, couvert de vermine. Sa colère disparut d'un coup, elle eut envie de pleurer. Les poings toujours serrés, elle le regarda descendre.
Tout autour, ce n'était que noirceur, crainte, mort et lui, il embrassait son poteau, prêt à donner sa vie pour son petit animal. Ce môme, qu'on avait laissé tomber, avait volé à son secours et cet amour dont il était capable la déchirait. N'était-ce pas ça, un soldat ? Il avait peur de Bicêtre et de la douche mais de cela, pas le moins du monde. Il était allé chercher Cado, sans se poser d'autre question que celle que lui dictait son cœur. Parce qu'il avait bel et bien un cœur.
À peine eut il posé le pied par terre que Clémence l'attrapa par les épaules.
— Tu veux retourner au cachot ?
— Cela me semble une bonne idée, se permit d'ajouter l'aliéniste, un verre de bière à la main.
— Vous m'avez fait peur ! dit Clémence.
Émile secoua la tête, la crise de panique le guettait. Il gémit tout d'abord puis se tira les cheveux et s'agita dans une sauvagerie démente. Clémence

l'attrapa et le força à enfouir la tête dans son cou. Elle le serra de toutes ses forces et invectiva le docteur.

– Ce garçon m'a sauvé la vie.

– Il est un danger pour vous et pour lui. Laissez-le moi.

Clémence appuya plus fort sur la tête d'Émile, « chut, là… » Elle sentait sa bave lui dégouliner dans le cou et c'était presque un réconfort. Son regard se durcit.

– Vous le laisser ?

– Oui, chez moi, cela vous soulagera.

– Chut, là… Sauf votre respect, docteur, il sera mieux ici.

– Je pourrais poursuivre le traitement et…

Gabrielle rejoignit le groupe qui s'était formé au pied du poteau.

– Émile est d'une grande aide ici.

– Nous avons besoin de lui, appuya Clémence.

Soudain, un avion dragua la cime des arbres. La plupart des gens crièrent et s'éparpillèrent. Le chaton, la patte haute sur le mollet de son maître, se retrouva aussitôt dans ses bras et se mit en boule. La gorge de Clémence se noua. Plutôt mourir ici, maintenant, que de le laisser entre ses sales mains. Au loin, retentirent plusieurs détonations. Elle leva les yeux au sommet du poteau et son visage s'illumina.

– Attendez !

Le groupe se reforma timidement.

– Il va nous informer sur les positions ennemies ! On s'attend à un envahissement et puisqu'il n'a pas peur, il peut monter là-haut et nous dire ce qu'il voit ! Les communications sont coupées, on ne sera pas prévenu à temps s'il faut fuir !

Tout le monde trouva l'idée formidable, excepté Gircourt :
— Il ne saura pas s'exprimer.
Clémence se posta face à lui.
— Il dessine.
On s'extasia. Émile était bien l'homme de la situation. Devant tant d'ardeur et d'arguments, le docteur, d'un geste las, s'inclina puis ordonna à Clémence de retourner à ses malades. On avait assez perdu de temps.
Jusqu'à la fin de la journée, les cousines pansèrent, soulagèrent et assistèrent les médecins. Les blessures étaient nombreuses, terribles, mais il était trop difficile de localiser les éclats d'obus. Il fallait opérer à l'à peu près.
— Le service radiologique de Marie Curie se met en place, dit Gabrielle. Bientôt, je l'espère, notre hôpital auxiliaire bénéficiera d'un appareil RX.
— Cela ne sert à rien, dit l'aliéniste. On a mieux à faire que de photographier les blessés.
Entre deux soins, on sortit prendre l'air et se rafraîchir.
— *À l'assaut ! À l'assaut !*
Clémence se précipita au château. L'état du soldat empirait. On l'avait détaché de son lit mais ses irrépressibles tremblements et ses hallucinations l'inquiétaient. Elle demanda à Pauline de veiller sur Émile et alla chercher Gircourt.
— Venez voir.
Il s'essuya le front et entra. Elle l'attendit sur chaque marche en serrant les mâchoires. Arrivée en haut, surprenant son regard sur sa croupe, elle se détourna, rouge. Au bout du couloir, on entendait le même cri.

– *À l'assaut !*
Clémence accéléra.
– S'il continue à ne rien vouloir manger, il va s'anémier et dépérir. Il est là.
L'homme, terré sous son lit, tressaillait et gémissait :
– *Celui-ci est pour moi !*
– Il a peur. Au moindre bruit, il fait ça. Je crois, dit l'infirmière, qu'il continue à entendre siffler les obus quand il n'y en a plus.
Gircourt resta à distance et rassembla ses mains autour de sa canne.
– Mmmh.
– Le souffle des explosions a-t-il pu créer des lésions cérébrales ?
– Qu'est-ce qu'on ne ferait pas pour ne pas retourner au combat !
La jeune femme eut un air horrifié. On pouvait être fusillé pour avoir cédé à la panique mais elle était sûre que ce cas-là était grave. Et *monsieur l'aliéniste* était censé apporter une solution.
– Nous ne pouvons ignorer ou réprimer ce traumatisme.
Aidée d'un infirmier, elle fit remettre le traumatisé sur son lit. Gircourt s'avança et l'examina.
– Il simule.
– Je ne crois pas.
– Peut-être faudrait-il essayer les chocs.
Les chocs électriques, tout comme la flagellation ou la friction au gant de crin ne ressemblaient en rien à des essais de thérapies. Clémence s'interposa.
– Cet homme n'a pas besoin d'être puni, mais soigné.
– Allons, allons.

– La guerre ne broie pas que les corps. Elle broie aussi les âmes.
– Cela ne durera qu'une semaine ou deux.
– Ou toute une vie.
– Votre excès de sollicitude vous dessert, mademoiselle Panas.
Gircourt secoua le blessé.
– Reprenez-vous !
Clémence ragea. À quoi s'attendait-elle, en faisant appel à lui ?
Comme un nouveau convoi arrivait, on ré-attacha le soldat.

Alors que la nuit tombait, l'aliéniste avait mis beaucoup d'énergie à opérer mais au bout d'un moment, il ne tint plus et tendit son instrument à Clémence.
– Terminez le pansement seule. Je vais me reposer. Vous êtes admirable de sang-froid et de calme.
– Je... Je vous remercie.
Se pouvait-il qu'un aussi grossier personnage ait, lui aussi, un cœur ?
Sans Gircourt dans le paysage, Émile retrouva sa sérénité. Après le dîner, Clémence et quelques infirmières partirent avec Monsieur le Curé pour la veillée funèbre à la remise. Très vite, la jeune femme piqua du nez et dut se mordre les lèvres pour rester éveillée. Les yeux rivés sur un cercueil, elle élabora son brouillon.

Mon cher Gustave, mon bien-aimé,
Dieu t'envoie et Dieu nous sépare. Ce soir, plus vivante que jamais, je veille nos disparus.
Malgré les cris, les gémissements des blessés et la mort

qui me regarde en face, ton souvenir est une valse qui me hisse et m'entraîne au plus près de toi, loin du conflit et des douleurs.
Mes forces parfois diminuent mais tu es là, tout près.
Notre amour nous édifie mon Gustave. Je ne vis plus que pour te retrouver.
Tout me vient de toi. Ma force, mes rires, mes pleurs, je ne me sens pleinement femme qu'à genoux devant toi, tes doigts dans mes boucles dénouées.
Mes pensées les plus brûlantes t'escortent tout au long de la route.
– Mademoiselle Clémence ? chuchota le curé.
Que Dieu te garde, parce que je te veux pour toujours.
– Mademoiselle Clémence ?
Clémence. Non, pardon.
Ta petite Pauline. Non.
– Mademoiselle Clémence ?
Ta petite Pauline qui ne te mérite pas.
– Mademoiselle Clémence !
Elle sursauta. Le curé lui secouait le bras.
– Oui ?
– Pardonnez-moi d'insister mais… nous rentrons !
– Désolée.
De retour, elle s'effondra sur sa couche. À trois heures du matin, il y eut un décès, puis un autre à cinq heures. Avant que le jour ne soit levé, elle les fit conduire au dépôt mortuaire.
Mon Gustave, est-ce qu'un seul petit éclat d'obus pourrait t'extraire de mon cœur ?

28

Ce matin, Clémence était préoccupée par ce qui se tramait autour d'elle. De l'artillerie venait d'arriver à Moussey. Derrière l'église, qui dominait un peu, étaient postées différentes pièces de canon et derrière l'hôpital, à l'extrémité nord du village, les soldats creusaient des tranchées. Se préparait-on à attendre l'ennemi dans ce col ? Pouvait-on se battre dans ces montagnes ? La population serait-elle évacuée ? Et le château ? Elle courait dans tous les sens, à la recherche d'informations récentes.

Un nouveau convoi de grands blessés arriva et le médecin-aide vint demander à Clémence du linge et des pansements.

En milieu de matinée, Gircourt ne s'était pas encore montré. Les nouvelles étaient de plus en plus mauvaises ; on posta Émile en observation au sommet du poteau télégraphique. Il y monta avec l'agilité d'un petit singe. Quand il redescendit, tous les regards se braquèrent sur lui mais il se contenta de rassurer son chat et, comme un régiment approchait, il s'assit devant le broc d'eau, prêt à servir. Clémence lui releva le menton et désigna le poteau.

— Qu'est-ce que tu as vu ?

— *Ma-ma.*

Elle sortit de sa poche une fiche-malade, la retourna et la lui tendit avec un crayon.

— Qu'est-ce que tu as vu ?

– *Par la Grotte de Saint-Blaise !*
– Une grotte ?
Prenant appui sur ses genoux, il dessina. Malgré les appels des blessés et la charge de travail, une dizaine de personnes restaient là, suspendues à lui comme à une diseuse de bonne aventure.
Sur des pentes abruptes, la forêt occupait une grande partie de l'esquisse. Les arbres, les chemins, les nuages se déployaient sous ses doigts dans une finesse infinie. Selon l'inclinaison du crayon, il fonçait ou floutait les contours, forçant l'admiration. Sur un point précis du bois pourtant, il laissa un blanc puis le remplit de gribouillis.
On s'interrogea. Chacun y alla de son interprétation. Émile s'agitait, ramassait des gravillons et les jetait en direction de la forêt.
– Des animaux ? peut-être des moutons ? tenta un blessé, la tête bandée.
– Des moutons ? vous êtes sérieusement atteint, s'amusa Pauline.
Les rires fusèrent. Émile délaissa la fiche et son regard partit dans le vague.
Comme le médecin-inspecteur général venait visiter l'hôpital, Clémence lui montra le dessin.
– Euh... très bien, très bien.
– Là, qu'est-ce donc ? demanda-t-elle.
– Comment voulez-vous que je le devine ?
Le médecin lui rendit le dessin et, après mille mondanités, repartit, laissant la jeune femme inquiète. Il y avait quelque chose dans la forêt. Soit Émile n'avait pas assez bien vu pour reproduire, soit... Elle ne savait plus quoi penser. À quoi rimait ce tas de gribouillis ?
Un bruit de moteur suspendit ses interrogations.

Une automobile amenait un officier, un lieutenant légèrement blessé à la jambe. Tandis que Gabrielle lui faisait son pansement, Clémence ressortit la fiche et la lui montra, prenant soin de préciser qui était Émile.
– Il a dessiné ça en redescendant de là-haut.
L'officier se dressa sur son brancard.
– De là-haut ?
– Et il a jeté des cailloux vers la forêt.
– Et si… et si c'était une réserve de munitions ?
– Faites voir !
– Là, des obus ! Ou bien… Non. Si !
– C'est confus, lâcha un infirmier militaire.
Le lieutenant scruta à nouveau.
– J'informe mes supérieurs. Dites-lui de surveiller encore. L'ennemi avance, il n'est plus qu'à quelques kilomètres.

Les blessés arrivaient sans interruption. Alors que Clémence et Pauline nettoyaient leurs blessures, deux d'entre eux se mirent à raconter. Leur récit les fit frémir.
– Plusieurs de nos camarades sont tombés, exténués, ils nous suppliaient de ne pas les abandonner car pour eux, c'était la mort certaine mais…
Le grand gaillard s'essuya les yeux. Son camarade poursuivit.
– Mais les allemands étaient à nos trousses, on a dû les laisser là, seuls.
– À leur merci, renifla le premier.
– Sinon, on se perdait du même coup.
– Et puis on a entendu des coups de feu, tout près.
– Nos compagnons ont préféré se donner la mort

plutôt que de tomber au pouvoir de l'ennemi !
– *Grosses brutes épaisses*, dit Émile.
Clémence appuya trop fort sur la compresse, arrachant un hurlement au plus costaud.
– Excusez-moi.
Et dire que leurs proches étaient exposés à tous ces épouvantables dénouements, et peut-être plus encore ! Pauline et Gabrielle n'avaient pas encore reçu de nouvelles de Paul. Et s'il lui était arrivé quelque chose ? Gustave, quant à lui, se disait encore à l'abri… Mais entre sa dernière lettre et aujourd'hui, tout pouvait arriver. Clémence pensa à son frère. Malgré son aversion pour lui, elle ne lui souhaitait rien de semblable.

À huit heures du soir c'était encore un flot incessant de blessés qui arrivait.
– On manque de brancards ! s'affola Pauline.
– Je m'en occupe.
Clémence emmena avec elle Émile ainsi que deux lingères et elles en fabriquèrent à l'aide de branches de sapins, ou de deux fusils réunis par des lanières. Cela ne suffisait pas. Clémence, les bras ballants dans le hall, se trouva à court d'idées.
– *Bête comme chou*, décréta Émile.
Il dégonda une porte.
– Mais enfin !
Le jeune homme s'allongea dessus, elle comprit. Quoi de plus simple ? On en dégonda trois autres. Mais un problème résolu laissait place à un autre. Une fois transportés à l'intérieur, il n'y avait plus de lits pour coucher les soldats. Les uns gisaient dans les couloirs, les autres sur la paille dans le hangar, et les plus valides s'asseyaient sur les escaliers.

Clémence versa du lait dans la gamelle de Cado puis prit Émile dans ses bras.
– Tu es si gentil.
– *Ma-ma.*
– Tu comprends tout.
– *Par saint Vrain.*
Soudain, elle le délaissa et courut vers l'homme qui arrivait à pied. Quand ils le virent à leur tour, des soldats la rejoignirent. Clémence récupéra un maigre paquet.
– Bonjour, et voici !
– Bonjour, merci !
Plusieurs lettres tombèrent sous son empressement.
Alors… non, non, non…
L'ensemble défila à nouveau sous ses doigts, puis une troisième fois encore. Rien. Elle tendit les lettres à un soldat.
– Tenez.
Un petit groupe se forma autour de lui. Clémence rejoignit le château mais les cris, les gémissements des blessés, l'odeur de la mort diminuaient ses espoirs de revoir Gustave. Une lettre… Une toute petite lettre et la joie reviendrait ! Comme leur correspondance passée lui manquait ! Lui écrire la vidait mais dans ces moments, elle adhérait à elle-même.
Émile, accroupi à l'ombre, triait des pois. Elle se mit à sa hauteur et désigna les soldats, le nez dans leur courrier.
– Alors, me diras-tu où sont mes lettres ? Le sais-tu à la fin ? Ce sont celles de mon amoureux, chuchota-t-elle.
Il allongea une jambe et, dans sa brusquerie, les pois se répandirent par terre. D'un air joyeux, il

sortit de sa poche la petite voiture.
– *Vroum, vroum.*
Clémence se redressa et donna un coup de pied dans le seau. Les derniers pois s'éparpillèrent.
– Ramasse, tu ne sais rien faire d'autre.

29

Le lendemain, l'ordre fut enfin donné d'envoyer un soldat en reconnaissance. Trouverait-il quelque chose d'après le dessin ? Le tas de ratures au milieu du chef-d'œuvre avait laissé tout le monde perplexe.
Gircourt arriva vers dix heures, propre comme un sou neuf mais déjà dégoulinant de sueur. Malgré les plaintes des blessés, il but un grand café puis ils rejoignirent la salle d'opération. L'odeur de sang et de pourriture souleva le cœur de Clémence. Trop occupée, elle n'avait rien avalé depuis la veille. En silence, elle aida l'aliéniste à enfiler sa blouse. Depuis qu'il avait fait renvoyer au combat celui que tout le monde surnommait « *À l'assaut* », la jeune femme lui parlait le moins possible et se contentait de l'assister. Le soldat était tombé moins d'une heure après son retour sur la ligne de feu. Quand elle y repensait, ses mâchoires se crispaient. C'était comme pour Émile sur sa paillasse vermoulue ; des hommes fragiles, que les plus forts devaient protéger et au lieu de cela, on les piétinait par d'injustes décisions. Heureusement, Émile s'habituait à la présence du docteur. Les crises de terreur laissaient place à une fuite extraordinaire en haut du poteau, d'où il ne redescendait qu'à force de supplications.
— Tu vas cuire ! lui criait Clémence.
— Allez, viens nous aider ! implorait Gabrielle.

À bout de souffle, il redescendait et ne se décollait plus de son infirmière, jusqu'à ce que Gircourt ait disparu vers sa résidence.
À trois heures, le soldat arriva en courant.
– Une réserve de gribouillis !
Le médecin-aide se planta devant lui.
– Comment ça ?
– … En place des gribouillis, une réserve ennemie !
La nouvelle arracha des bruits de stupeur. Le garçon ouvrait les bras et parlait vite. La réserve contenait des mitrailleuses et des centaines d'obus de tous calibres.
– Merci, vous pouvez disposer.
Le médecin se tourna vers Gabrielle.
– Préparez les blessés alités.
– Cet idiot finira décoré, dit Gircourt en s'essuyant le front.
Tout le monde retourna à son poste et Émile entama une partie de cartes avec trois blessés. La distraction leur faisait oublier pour un temps la douleur.
– Il est très fort, avoua l'un d'eux.
– Trop, dirent les autres.
– Avant d'entamer une partie, leur souffla Clémence, vérifiez le niveau de vos adversaires.

Les régiments passèrent encore, de jour comme de nuit. Pauline et Clémence étaient sur pied à toute heure pour répondre aux demandes incessantes ou apporter des boissons réconfortantes. Les cousines découvrirent la douleur de soigner des enfants atteints de diphtérie. La bonne humeur s'étiolait au fil des heures et des arrivées. La guerre noircissait le filtre de l'enfance et le rire de Pauline, les rares

fois où il résonnait dans les couloirs, sonnait plus grave.
Le mois d'août glissait vers ses derniers jours et personne ne savait combien de temps encore il faudrait tenir ainsi.
Le vingt-quatre, comme les nouvelles étaient de plus en plus mauvaises, on envoya plusieurs fois Émile à son poste. Le chaton l'accompagnait désormais sans crainte. En début d'après-midi, tout affolé, le jeune homme descendit à toute allure. Il dessina l'ennemi et les gens qui partaient, les bras chargés de gros paquets.
— En effet ! Nous aurions reçu l'ordre d'évacuer nos blessés, informa Gabrielle.
La fatigue creusait son visage de cernes violacés. On ne savait pas vraiment si l'information serait confirmée et vers où on se replierait, alors l'hôpital continuait sa mission. Tous les villages des environs évacuaient, on recevait une suite ininterrompue de nouvelles alarmantes.
En milieu d'après-midi, dès qu'elle le reconnut, Clémence se rua sur le facteur.
Alors… non, non, non… Là ! Gustave !

« …J'attends, et je ne sais plus ce que j'attends ».
On s'accroche à notre étroite bande de terre mais elle n'est plus que pointillés. On n'y arrivera pas. Les allemands nous martèlent, nous pilonnent, nous broient, s'acharnent sur nos cadavres déjà raides. On n'y arrivera pas. »

Ses jambes tremblaient, elle contourna le château et se laissa glisser le long de la pierre. Pour la première fois, Clémence le vit mort. Pourquoi les autres, et pas lui ? Mort… La cervelle éparpillée, les jambes arrachées ou les intestins en bouillie, étalés dans une odeur si caractéristique. Mort… Elle non plus, elle n'y arriverait pas. Elle ne l'avait jamais eu rien qu'à elle, ils ne se connaissaient pas, ou si bien par les lettres, mais envisager de le perdre la secouait de chagrin. Elle massa son ventre puis pinça sa trachée, elle étouffait. Le vide ressenti la tirait dans un gouffre sans air. La vue de Pauline la releva dans un sursaut.

– Qu'est-ce qu'il t'arrive ?

– Oh rien…

– Maman nous envoie récupérer du matériel de soin à la mairie.

– Et Émile ?

– Elle veille sur lui. Tu viens ?

– Oui, bien sûr. Tiens.

Clémence lui tendit la lettre et haussa les épaules :

– Elle est arrivée ouverte.

– Ah.

Pauline plaça le pli au milieu d'elles. La relecture prit Clémence à la gorge. Elle voulait tant dire mais les mots restaient coincés. Elle déglutit.

– Tu voudras que je t'aide ?

– Que tu m'aides ?

– À lui répondre !

Pauline arracha un brin d'herbe et le glissa dans sa bouche.

– Ah oui, merci.

– Tu ne t'inquiètes pas trop ?

– Pourquoi ?

– Pour lui !

– Oh, si mais… Que veux-tu !

Alors qu'elles rejoignaient la route principale, elles assistèrent à un spectacle effrayant. Des dizaines de personnes défilaient, chargées, apeurées. Un cheval refusait de tirer une charrette d'où débordaient des matelas, édredons, roues et sacs de jute. Le soleil cognait fort sur des femmes et des enfants assis sur le bas-côté, éreintés. La chaleur plombait l'interminable file. Un groupe de vieillards lambinait. Derrière eux, une marée humaine allait, à pied, valise à la main. Un cri de bébé s'élevait ici ou là. Un homme à bicyclette zigzaguait sur un pneu crevé. Une vision de fin du monde accabla Clémence. C'était sinistre de voir ces pauvres gens fuyant devant l'ennemi. Combien de temps tiendraient-ils ? Où allaient-ils ? Comment Dieu avait-il pu jeter autant d'innocents sur la route du désespoir ? Les cousines tournaient la tête d'un côté, de l'autre. La ligne de réfugiés s'étirait à perte de vue et le flot grossissait. Une femme courait après ses oies. C'était d'une tristesse infinie. Soudain, un avion frôla les arbres dans un indescriptible fracas. On se couvrit la tête, la marée humaine s'agita, comme si on venait de donner un coup de pied dans une fourmilière. Certains se couchèrent, d'autres détalèrent, écrasant les autres sans ménagement.

Les filles tentèrent un autre chemin mais il était partout extrêmement difficile de circuler. Les régiments et le service de ravitaillement prenaient toutes les routes. Leurs autos cahotaient dans un vacarme assourdissant sur les vieux pavés de la ville.

Enfin, la mairie ! Mais il y avait une telle cohue qu'on ne pouvait pas en approcher. Il fallut patienter avant que les cousines, trempées de sueur, ne repartent au château avec le précieux matériel de soin.

À onze heures du soir un violent coup de sonnette réveilla le château. Les Allemands ? Le cœur de Clémence bondit, la sensation qu'il allait jaillir de sa poitrine lui donnait une figure de spectre. Alors que tous restaient en retrait, Gabrielle la talonna jusqu'à l'entrée, suivie d'Émile qui brandit une cuiller en bois.

– *Par saint Cyriaque !*

– Chut !

La main moite, l'infirmière ouvrit.

– Officiers d'État-major. Nous cherchons refuge.

Clémence s'écarta, s'agrippa au heurtoir de la porte et les laissa passer dans un rire bête, se surprenant à frôler, du bout du doigt, l'uniforme français.

– Bien sûr, entrez.

– Merci. Nous sommes affamés.

L'équipe passa une partie de la nuit à prendre soin d'eux. Au petit matin, une dame se présenta avec ses filles. Elle fuyait son château voisin devant l'invasion allemande.

– Nous n'avons plus de place ici, se désola Gabrielle. Prenez le dernier train pour Paris.

La dame remercia, repartit. Blessés comme soignants se regardaient, hébétés. Plus de doute possible, l'ennemi était là.

En milieu d'après-midi, Gabrielle monta les escaliers en courant.

– Nous avons reçu l'ordre d'évacuer immédiatement tous les blessés sur Senones !

– Et nous ? s'enquit Pauline.

— Pour l'instant, on reste.
— Mais c'est de la folie !
— Nous attendons les ordres.
Une véritable agitation envahit les salles. Les filles furent obligées de se mettre en quatre pour maintenir le calme. Les adieux des soldats étaient parfois brusques mais si émouvants. Ils étaient les premiers à avoir été accueillis au château et ils avaient tant souffert. La plupart, de robustes paysans aux idées saines et larges, avaient montré tant de vaillance... Clémence devinait une vraie reconnaissance au fond de leur cœur ; des cœurs d'enfants, et tout cela mêlé lui fit monter les larmes. Chacun ici les avait soignés avec beaucoup de dévouement et d'attachement.
Un soldat offrit à Émile son jeu de cartes en lui tapant l'épaule.
— C'est toi le meilleur.
Le jeune homme l'enveloppa dans sa main, eut un regard brillant et esquissa un pas de danse :
— *Un client de moins à la corporation.*
On ne savait plus s'il fallait rire ou pleurer.
Les gémissements, les voix se firent plus lointains. C'est alors que Clémence réalisa : elle caressa sa cicatrice. On ne détournait plus les yeux à sa vue. On lui souriait, on prenait sa main tendue, on l'embrassait. Depuis quand n'avait-elle pas pensé à sa blessure ? Avant, quand ses parents recevaient du monde et qu'elle entrait dans la pièce, un silence s'installait, très court, à peine perceptible. Un silence qui suspendait une distance entre eux, entre elle et le monde. À la longue, elle ne relevait plus, elle avait appris à vivre dans ce système d'exclusion contre lequel elle ne pouvait rien.

Aujourd'hui, tout cela avait disparu. Ici, elle existait comme avant l'accident, avec sa différence pourtant. La menace ennemie planait bas au-dessus de sa tête, mais n'entravait pas les picotements de joie vécue à cet instant.

Enfin, à six heures du soir, il ne restait plus aucun malade. La dépêche du médecin-inspecteur général tomba.
« *Partez avec vos infirmières. Premier train pour Senones. Valises et paniers de pansements* ».
Gabrielle rassembla tout le monde.
– C'est officiel : départ de l'équipe pour Senones !
Un franc soulagement se répandit et en vingt minutes, les paquets étaient prêts. On les chargea avec le matériel puis on quitta les lieux.
Émile, raisonnable et docile, suivait sans heurt, murmurant à l'oreille de Cado d'incompréhensibles marmonnements. Clémence se retourna une dernière fois vers le château. Et Gustave, comment saurait-il ? L'envie furieuse de ses bras lui éperonna le ventre. Fallait-il vraiment se réjouir ? Un mauvais pressentiment la tenaillait et les miaulements aigus du chat accentuèrent son inquiétude, piquée de lassitude. Depuis quand n'avait-elle pas dormi plus d'une heure d'affilée ?
Elle rattrapa Émile et lui tira le bras d'un coup sec.
– Pose-le un peu ! Tu ne vois pas que tu l'agaces ?

30

Dans la vallée du Rabodeau, qui prenait sa source à Moussey, Senones était montagneuse et couverte de forêts sur la moitié nord. Le canon tonnait d'une façon terrible sur les Vosges. À certains moments, on pouvait croire qu'on se battait là, à la roche du Coquain. Les avions allemands rôdaient autour et au-dessus de l'hôpital. Senones était sur la ligne de feu et les régiments se cachaient pour ne pas être repérés. Les habitants, stupéfaits et terrifiés, avaient passé la nuit debout et beaucoup étaient partis.
Ce matin du 25 août, la ville était complètement envahie. Déjouant tous les plans dressés contre lui, l'ennemi était arrivé par la Trouée de Charmes, point de jonction entre la 1ère et la 2ème armée française. Ce passage, seule plaine entre le Grand Couronné et les contreforts des Vosges, lui permettait de prendre les Français à revers. C'était un tout autre chemin que celui par lequel on l'attendait.
On ne sait par quel miracle, Gabrielle et son équipe eurent le temps de rejoindre les hauteurs. Des fenêtres de l'hôpital, elles voyaient l'ennemi fauché, roulant du haut en bas de la route. Tous ces corps, dans leur chute vertigineuse, formaient une macabre cascade. Les batteries, à l'abri d'un bouquet de sapins, décimaient les hommes au fur et à mesure qu'ils montaient. Alors que les filles

assistaient au désastre, effarées et mutiques, Émile, le nez écrasé sur la vitre, égrenait sa litanie.
– *Par saint Victurnien !*
C'était à se demander si la guerre ne lui lavait pas le cerveau plus formidablement que l'aliéniste. Clémence desserra le nœud dont il avait affublé Cado et les caressa du regard. Comment ce petit être pouvait-il montrer autant d'affection pour un maître qui l'asticotait à longueur de journée ?
Dieu, que Paris et son Domaine lui manquaient ! Ils n'étaient que des jouets entre les mains cruelles et sanglantes des événements. De quoi serait fait l'avenir ? Dans quel enfer se trouvaient-ils ? Que la vie était brutale !
Car on y était. Malgré des pertes considérables et de nombreuses pièces d'artillerie hors d'usage, l'ennemi réussit à passer. C'était fini, fichu. Si, au mieux, elle restait en vie, plus jamais elle ne pourrait écrire à Gustave. Plus jamais elle ne recevrait de lettre de lui. La mort de l'américain lui sauta à l'esprit, il ne s'en sortirait pas. Clémence courut passer son visage sous l'eau et rejoignit Pauline.

Les cousines, toutes pâles, terminaient tout juste la stérilisation des seringues et la préparation des bandes de pansements, quand Gabrielle accourut.
– Tenez-vous prêtes. Il est plus que probable que notre Service de Santé reparte.
– Vers où ?
Elle n'en savait rien. L'incertitude du sort tirait ses traits mais elle ne se plaignait pas.
– Suivez-moi, ordonna-t-elle en sortant de sa poche un trousseau de clés. Nous logeons en ville.

Il n'y a pas assez de place ici.
Les filles et Émile laissèrent les blessés au reste de l'équipe, empoignèrent leurs bagages et descendirent. La présidente de la Croix Rouge de Senones leur laissait son logement à disposition. On s'organisait mais l'ennemi s'installait bel et bien, arrachant des suées glacées aux infirmières.
Le groupe ralentit. Les blessés, les cadavres jonchaient les rues. Face à eux, les allemands, baïonnette au canon, arrêtaient et conduisaient les civils à l'église. Qu'allaient-ils faire d'eux ? Et Émile ? S'ils le faisaient prisonnier ? Après tout, il n'était ni soignant, ni soldat… Elle étouffa un cri et le contraint à se coller à elle. On interrogea sa tante mais, pour l'heure, l'uniforme des infirmières et l'aplomb de Gabrielle inspiraient le respect, leur donnant un droit de circulation contrôlé.
Devant la porte de la maison, on attendit. Gabrielle essaya plusieurs clés. Presque à leurs pieds, gisait le corps sans vie d'un allemand. Clémence jeta des œillades affolées de tous côtés, l'ennemi avait déserté la rue. Quand la porte s'ouvrit enfin, elle laissa le groupe entrer, se jeta sur le mort et déroba son revolver. Les mains moites, elle s'engouffra dans la maison, rejoignit une chambre vide puis, après un dernier regard en arrière, rangea l'arme dans le tiroir de la table de nuit. C'était plus fort qu'elle, cette détention la rassurait. Le conflit s'intensifiait, elle n'avait pas d'autre choix que de braver l'interdit. Elle se força à de longues inspirations, puis rejoignit les autres dans le salon, trempée de sueur. Gabrielle la dévisagea et lui essuya le front.
— Oh… Toi, ça ne va pas.

Clémence éclata en sanglots dans ses bras, entraînant les larmes de Pauline et les *Ma-ma* appuyés d'Émile. Le jeune homme entortilla une boucle rousse autour de son doigt.
– *Folie juvénile !*
Le ton ? l'improbabilité de l'instant ? Les mots ? Leur association ? La tendresse dans le chaos ? La nervosité ? Elle ne sut ce qui la fit éclater de rire et sécher ses larmes.
– Je suis désolée.
Elle se redressa et frappa des mains. Où en étions-nous ? Ah, oui, déposer les bagages, et, vite, retourner à l'hôpital. Tous les quatre se mirent en route et le même spectacle effrayant les saisit à nouveau. Gabrielle imposa un détour pour évaluer la situation.
De la mairie à la filature, tout était plein de blessés. Les trois hôpitaux de la ville, et celui improvisé à l'école des garçons, étaient saturés.
Tout à coup, Clémence sursauta. L'ennemi fit battre au son de caisse :
– Toute personne porteuse d'arme est priée de la remettre immédiatement à l'hôtel de ville. Si les soldats sont maltraités, si on tire sur eux, si on abrite des soldats français... on sera fusillé.
Tout en elle se mit à trembler, la terreur contracta son ventre mais il fallait avancer.
On se pressa à son poste. Le canon grondait toujours et le bruit se répercutait sourdement jusqu'ici. Jusqu'au soir, les blessés arrivèrent sans cesse, on n'avait plus de place. Étant donné le nombre d'opérations à réaliser, Clémence et Gabrielle improvisèrent une salle d'opération dans la cave de l'hôpital. On opéra à la lueur vacillante

d'une vieille lampe, car il n'y avait plus de pétrole. On manquait de tout : plus d'eau oxygénée, plus de teinture d'iode, pas de gants de caoutchouc pour les médecins. Et les mots de l'ennemi qui cognaient sous ses tempes. « *Toute personne porteuse d'arme…* » Le fracas des obus devint tout à coup si terrible qu'on fit descendre tous les blessés à la cave.

— *Placement volontaire,* décréta Émile.

Des hurlements déchiraient les lieux. Ici une cuisse brisée, là une fracture du bassin, là encore un poumon traversé. Les plaies suppuraient, une odeur infecte de pourriture se répandit.

Très tard dans la soirée, Gabrielle obligea Émile et les filles à rejoindre le logement.

— Allez vous reposer. Soyez là demain à l'aube.

— Et vous, ma tante ?

— Ne vous souciez pas de moi. Allez !

Sur la route, on les arrêta plusieurs fois. Contrôle d'identité, regards suspicieux, effroyables frissons mais enfin, on rejoignit la maison. Pauline s'installa dans une chambre seule et Clémence occupa celle aux deux lits simples avec Émile. Au début, il arpenta la pièce en marmottant mais quand il comprit qu'elle resterait là, à côté de lui, il sombra dans un sommeil profond, Cado en boule à ses pieds.

Malgré la chaleur, Clémence n'osa ouvrir la fenêtre. Allongée sur le dos, les yeux grand ouverts, elle laissa défiler chaque minute de cette journée. Soudain, son cœur s'emballa dans une terrible certitude.

Si les allemands contrôlaient tout ici… Se pourrait-il que…

Mon Dieu… Mon Dieu !

Oui, c'était une évidence et malgré l'effroi que lui inspirait cette conclusion, ses paupières, lourdes, tombèrent.

31

– Allez, réveille-toi !
Clémence avait beau le secouer, Émile grognait et se cachait sous les draps. Comme Pauline entamait un brin de toilette dans la salle d'eau, elle se rendit à la cuisine et ouvrit les placards. La faim mordait son ventre. Des gâteaux secs ! Voilà qui conviendrait. Elle partagea le paquet en trois et son regard partit dans le vague.
Nous sommes en plein sur la ligne de front… Senones est occupée. Senones est occupée !
Un biscuit s'écrasa entre ses doigts. Le soleil était levé depuis un moment, il ne fallait pas traîner. Elle retourna bousculer Émile. Replié en boule, et malgré sa grande taille, il prenait peu de place. Le souvenir du même corps efflanqué dans la puanteur de Bicêtre serra son cœur. Serait-il mort, à cette heure, si… pauvre Émile !
– Allez !
Cado et lui s'étirèrent de concert et l'animal réclama des caresses en cajolant son maître. Elle l'aida à enfiler ses vêtements.
– Voilà. Viens manger.
Il se jeta si goulûment sur les gâteaux que Clémence, attablée face à lui, s'attendrit. Soudain, elle tapa du poing.
– Tu en mets partout !
Elle ramassa en le houspillant à nouveau. On n'était pas des animaux ! Puis elle se rassit et croisa les bras.

— Je t'ai à l'œil.
Il se mit alors à recueillir les miettes dans sa main.
— Mais… c'est très bien ça ! applaudit Clémence.
Puis il jeta tout par terre. Elle nettoya encore, sans le gronder. Si. À voir le monde autour, peut-être étaient-ils tous des animaux et le plus humain d'entre eux, c'était lui. Sans parler, il lui disait : « Pas peur des allemands ni de personne puisque tu es là ». Il lui racontait comment les histoires prenaient vie quand on les regardait sous le bon angle. Il lui montrait comment sa lumière avait changé une ombre en homme. Il lui murmurait dans quel écrin on vivait quand on vivait simplement ; lui chuchotait que la passion, ce n'était pas sérieux et elle, subjuguée, elle était presque gênée d'interrompre par des remontrances cette beauté qu'il évoquait sans mots.
— Mince, ton lacet.
Il était bien le prolongement de l'humilité et en se baissant sur ses souliers, elle s'élevait. Plus il lui échappait, plus il la nourrissait. Quand elle leva les yeux, il plongea son regard dans le sien. C'était si rare, si fort, qu'elle en sentit longtemps la caresse.
— Tu sais Émile, à force de croire en toi, je crois en moi.
Il enfonça le doigt dans son nez.
— *Ma-ma.*
Soudain, il considéra son chat, suspendit son dernier morceau et le lui donna. Clémence en resta bouche bée. C'était la première fois qu'il le nourrissait. Par mimétisme ? Par intelligence ? Se pouvait-il qu'il évoluât ?
Pauline arriva, tira une chaise et se jeta sur sa part avec la même voracité.

– Ah ! Merci.
Qu'elle était jolie, ce matin ! Ses cheveux blonds relevés en chignon lui donnaient un port de tête à couper le souffle. Tout était délicat chez elle, jusqu'à l'implantation de la raie naturelle qui barrait son crâne. Clémence griffa sa cicatrice.
– Allons-y.
Ils se mirent en route. Le vent se levait, la jeune femme boutonna la veste de son protégé et remonta son châle. Les allemands les laissèrent passer sans encombre. La ville, fantomatique, avait des allures de fin du monde. Plus aucun civil n'arpentait les rues, on disait qu'ils étaient toujours détenus à l'église. Pour combien de temps ? Dans quelles conditions ?
Avant la montée, Émile accéléra et distança les filles puis, devant l'hôpital, il se mit à bondir d'excitation. Qu'est-ce qu'il lui prenait ? Elle se mit à courir. Les seules fois où elle l'avait vu dans cet état c'était au volant de…
– Mon Dieu !
Il tournait autour des véhicules stationnés. Clémence sentit comme un écroulement en elle.
Des voitures ennemies.
Alors, ce qui la veille au soir n'était qu'un doute se mua en certitude. Les cousines échangèrent des coups d'œil douloureux et entrèrent, aussi blêmes qu'à la descente dans leur propre caveau. Gabrielle vint à leur rencontre, suivie de sept allemands qu'elle leur présenta : quatre infirmiers et trois docteurs, dont un médecin-chef, l'Oberarzt.
Clémence n'entendait rien de ce que disait sa tante. Elle avait la bouche figée vers le bas dans une grimace, et son cœur pulsait dans ses tempes.

Ils vont me pendre par les pieds si je continue à les regarder comme ça.
Mais leur présence lui remuait tant le sang qu'elle ne savait plus faire autrement. Elle tira Émile derrière elle et lui pressa la main : « tiens-toi tranquille ». Il ne bougea pas. La jeune femme scrutait chaque soignant.
Qui tuera Oncle Paul : ton cousin ? Qui tuera mon Gustave : ton père ? Et qui tuera mon frère : le tien ?
Traîtres immondes qu'il fallait saluer ! Elle se tourna vers Pauline, dont le regard effronté restait bloqué sur le médecin-chef. L'Oberarzt était un grand homme blond, d'une trentaine d'années, au visage long et aux lèvres pleines. Le bleu très clair de ses yeux attirait l'attention. S'il n'avait pas été allemand, Clémence aurait jugé ses traits plutôt doux. Quelle horreur ! Le Diable se cachait partout. Les mots de Gabrielle la détournèrent de lui dans un choc.
– Nous soignons et opérons sous leurs ordres.
Clémence sentit son estomac se retourner. C'était dit. Irréel et pourtant vrai. Ils dirigeaient l'hôpital ! Et, conformément aux principes de la Croix-Rouge, l'équipe poursuivait son service, sans distinction d'origine des soldats.
Que deviendraient leurs blessés ? Les achèveraient-ils ? Leur infligeraient-ils pire torture que mille éclats d'obus fichés dans leur corps ? La grimace s'agrandit. Clémence puisa au plus profond d'elle pour remonter sa bouche mais son visage ne se déridait pas. Émile renifla.
– *Sommeil hypnotique.*
Elle broya ses doigts mais il était trop tard.
– *Président de la République.*

– Chuut !
Ciel ! C'est lui qu'on allait pendre ! Ou fusiller ! Elle voulait parler mais les mots restaient coincés. Gabrielle prit le bras d'Émile.
– Il est un peu… spécial, mais d'une grande aide ici.
Les allemands hochèrent la tête. Comment fallait-il interpréter cela ? Presque tous parlaient leur langue mais aucun ne s'exprima. Les vêtements de Clémence lui collaient à la peau. Des gouttes ruisselaient sur son front, elle n'osait pas les essuyer. Comme aucun autre français de l'équipe ne s'y risqua, sa tante commença à échanger sur l'organisation. Rien ne lui faisait peur, en apparence du moins, mais au fond, quelle devait être sa peine… Paul devait tant lui manquer, ils étaient si proches, si complices à Paris… Et aucune nouvelle… Clémence avait le cœur dans la gorge et à cet instant, elle envia l'innocence d'Émile. Elle rêvait de s'attacher aux grelots de sa folie pour moins ressentir l'instant, ne plus réfléchir ; manger, boire et aimer comme Cado et lui, satisfaits d'un petit jouet et comblés d'une caresse furtive.
– Allons, ordonna Gabrielle, il y a beaucoup à faire.
Sa détermination agit sur tous, on se pressa à la suite de l'ennemi, jusqu'aux véhicules. Ils apportaient beaucoup de matériel. Nul doute que seuls les leurs en bénéficieraient ! À cette idée, un immense gâchis anéantit Clémence. Elle allait travailler pour eux ! Mille questions la taraudaient. Ces grands hommes impressionnants la commanderaient, c'était une question de minutes et elle, elle voulait partir en courant et disparaître.

Seule l'attitude de sa tante, petite souris infatigable, la rassurait un peu. Si elle tenait bon, on devait tenir aussi. Gabrielle indiqua la marche à suivre, une chaîne s'organisa pour décharger. Pauline obéissait elle aussi, la mine fermée, au bord de l'implosion.
Pendant l'installation, les allemands se montrèrent corrects et polis. Ah ! Perversité ! Amadouer ses proies pour mieux les serrer et les étouffer…
Quand tout fut prêt, on s'affaira. Les blessés étaient si nombreux ! Quel avenir pour les leurs ? L'Oberarzt répartit les équipes. La douleur et la mort n'attendaient pas. Plusieurs fois, Clémence eut des sursauts de panique.
C'est un cauchemar, je vais me réveiller, au Domaine, sceller mon cheval et traverser ma campagne.
Sans aucune gêne, Gabrielle intervint.
– Monsieur le Médecin-chef, tous les pansements de la veille n'ont pas été faits. Il en reste, en plus des opérations.
– Alorrrs nous commencerons par là. Appelez-moi Hans-Udo, je vous prie.
Allaient-ils soigner… tout le monde ? Les cousines ne cessaient d'échanger des regards ronds d'incertitude. Elles craignaient moins les bombes que les barbares qui les lâchaient.
D'un geste, le médecin-chef invita un de ses infirmiers et Pauline à le précéder.
– Vous m'assisterez, dans la salle du fond.
Sa cousine leva le menton, l'air de dire « je viens parce que je l'ai décidé, non pas parce que vous me l'ordonnez ». Ils s'éloignèrent et, de son côté, Clémence se mit au travail en préparant le matériel pour un autre docteur. Ses doigts tremblaient.

Plusieurs fois, Gabrielle se risqua à donner des ordres aux allemands et, avec les médecins français, leur demanda même conseil sur certaines pratiques. Leur service sanitaire était admirablement organisé, ils ne manquaient de rien. Leur méthode d'asepsie était la même que côté français. Comme eux, ils faisaient beaucoup de pansements secs sans lavages préalables, ils n'employaient pas la teinture d'iode ou très peu ; la gaze iodoformée, chez eux, primait.

— Au secours ! Aaaaah !
Le cri déchira l'hôpital, Clémence en lâcha son instrument.
— Au secours ! Maman !
Elle avait l'habitude des plaintes, des cris. En très peu de temps, elle avait compris ce que chaque intonation signifiait. Ce ton-là ne ressemblait pas aux autres. Il ne disait pas « j'ai mal ». Non. Plutôt... « j'ai peur », « tout, sauf ça ».
Ça y est, ils les achèvent...
Elle quitta la grande salle en courant. Le cri reprit, affreux. Il venait de la salle d'opération de l'Oberarzt, que Pauline assistait ! Clémence ouvrit grand la porte, Gabrielle la talonnait.
À la vue des françaises, le blessé implora :
— Pitié, l'ennemi ! Je suis sans défense !
— Ch'essaie de lui expliquer que che le soigne, dit Hans-Udo en levant les bras.
— Au secours !
— Moi non plus, il ne me croit pas, déplora Pauline.
— Il me semble que che parle français.
Gabrielle et Clémence se postèrent de part et d'autre du militaire ensanglanté.
— L'équipe allemande soigne tout le monde

expliqua sa tante. N'ayez crainte.
Le soldat jetait partout des regards éperdus.
– Calmez-vous, dit Clémence en posant la main sur sa tête.
Le médecin-chef patienta mais il fallut encore attendre un long moment pour convaincre le pauvre homme et le garder immobile.
Tout au long de la journée, les blessés français montrèrent une terreur sans borne quand ils les opéraient mais Gabrielle et les filles rassuraient chacun d'entre eux sans jamais montrer d'appréhension.

Tard le soir, on partagea le dîner. Les allemands engagèrent la conversation, firent passer les plats avec délicatesse et aidèrent à ranger. Les filles ne parlaient pas ou, comprimées de peur, s'en tenaient à la politesse.
Au moment de rejoindre leur logement, un infirmier allemand s'interposa entre elles et l'infirmière-major qui devait les raccompagner.
– Laissez, che ramène, restez en sécurité.
Dans la voiture, Clémence, en indiquant la route, crut qu'elle allait faire une crise d'hystérie. Pauline bouillait, les bras croisés. Seul Émile allongeait des *vroum vroum* joyeux, Cado sur les genoux. Mais n'aurait-il pas été aussi insouciant avec celui qui allait lui coller une balle en pleine tête ? Il ne comprenait rien !
– C'est là… Merci.
L'allemand se retourna. Les filles reculèrent au fond de leur siège. Sa bouche s'étira dans un large sourire.
– À demain. Reposez-vous. Difficile, n'est-ce pas ?

Pauline ouvrit la portière et manqua de s'étaler sur le pavé tant sa cousine la pressait.
– Oui… À demain.
Chacun rejoignit son lit en silence. Malgré la fatigue, Clémence se contorsionnait. La panique lui avait déclenché un mal de ventre terrible et elle n'avait pas mangé grand-chose. Elle se tourna et ramena les genoux sur sa poitrine, se força à respirer et se remémora chaque moment de la journée.
Comment était-ce possible ? Elle n'y croyait pas. C'était une mascarade. On se jouait d'elle, de son équipe. Il n'y avait pas d'autre explication. L'heure allait arriver où ces colosses les attraperaient par le col : « Alors, ça vous a plu ? Vous y avez cru ? Maintenant, vous allez voir ce qu'on va faire de vous ». Les ennemis restaient les ennemis ! Quand viendrait-il, ce moment où ils montreraient leur vrai visage ? Des monstres sanguinaires capables, au corps à corps, de déchiqueter des membres, taillader des visages et achever des hommes à genoux, dans une langue utile qu'à dresser les chiens.

32

Août égrenait ses derniers jours, entre soleil de plomb et passages orageux. La bataille faisait rage. Contre toute attente, un quotidien serein s'installa. Les allemands parlaient si bien la langue que cela aidait beaucoup et tous inspiraient, il fallait le reconnaître, une certaine confiance. Les docteurs français montraient leur savoir et eux partageaient leurs compétences, surtout autour des amputations. Ils étaient très forts dans ce domaine. Les deux équipes travaillaient dans une harmonie si inespérée que Clémence en avait encore des doutes. C'était trop beau, trop lisse. Malgré quelque maladresse, jamais le ton ne montait. Aucune réflexion sur son origine... Même avec Émile, ils se montraient respectueux. Un infirmier, fasciné par son coup de crayon, l'avait pris sous son aile, et cela la soulageait plus que tout. Pourtant, il lui arrivait encore de jeter des coups d'œil suspicieux aux uns et aux autres, persuadée qu'ils allaient retirer leur masque et dévoiler le pire.

Pauline, quant à elle, leur témoignait maintenant une confiance totale. « J'ai jugé trop vite », avait-elle avoué à sa cousine. Elle regrettait ses affronts, qu'aucun ne méritait. Après tout, ils n'étaient pas responsables des tueries qui se jouaient, là, tout près. Son rire résonna à nouveau dans les couloirs. De tous, c'était Hans-Udo qui l'amusait le plus.

Il suffisait d'un mot, de près ou de loin, et son rire partait, saccadé, limpide, communicatif. Avant, Clémence s'y serait engouffrée, insouciante comme au bon vieux temps de l'École mais aujourd'hui, la gêne prenait le dessus.
– Ça reste un allemand, je te rappelle !
– Ici, aucune différence.
– Tout de même…
– Tout de même rien du tout.
– Un peu de pudeur.
Pauline désigna l'espace autour d'elle.
– Nous sommes en terrain neutre.
– N'en fais pas trop…
Pauline eut un regard fuyant, chacune retourna à ses blessés. Clémence se montrait-elle trop rigide ? Depuis toujours, la spontanéité de Pauline la définissait. Elle la revoyait à Longchamp, défilant avec ses plumes dans une démarche chaloupée. Et le feu sauvage dans les yeux de Gustave… Partout… Partout où elle passait, sa cousine essaimait un enthousiasme contagieux. Clémence griffa sa cicatrice.
Serais-je en train de m'aigrir ? de devenir… vieillotte ?

Pour oublier qu'elle œuvrait avec l'ennemi, elle écrivait à Gustave et conservait les lettres dans une boîte à sucre. La dernière datait de la veille au soir, elle s'était assoupie dessus. Ses propres pensées avaient éveillé un désir charnel.
« … Et qu'on s'embrasse debout
Devant la porte de chez nous… »
Où était-il ? Vivait-il ? À force de les relire, elle entassait les anciennes missives de l'américain sur son cœur et ses mots gouvernaient ses pensées.

L'odeur du papier lui manquait. Et leurs premières lettres… Quelqu'un les avait forcément entre les mains !
Le 26 août, de nouveaux blessés arrivèrent par vagues ininterrompues. La journée était accablante. Pourtant, les allemands soignaient comme au premier jour, sans se soucier des nationalités, traitant les victimes sans différence et, devant cette loyauté continue, le cœur de Clémence se réchauffait. Les doutes s'estompèrent puis disparurent.
On a peur de ce qu'on ne connaît pas.
En fin d'après-midi, les cousines assistaient l'Oberarzt, en train d'extraire une balle logée à l'extrémité de l'omoplate, presque sous l'aisselle d'un jeune Alpin.
– Cette guerre est horrible, que de sang ! avoua le médecin, au-dessus de la table d'opération. Che suis heureux d'être docteur, pour ne pas tuer.
Il leva les yeux sur Pauline.
– Scalpel.
Là, en saisissant l'outil, Hans-Udo effleura les doigts de la jeune fille, et tous deux échangèrent un regard appuyé. Clémence en lâcha sa compresse. Puis, comme électrocutés, ils se remirent au travail. C'était furtif, mais elle en était sûre. Le temps s'était suspendu entre eux, les pommettes de sa cousine s'enflammaient. Jamais elle ne l'avait vue rougir. De gêne ? D'attirance ? Jamais… même avec Gustave. Se pouvait-il qu'elle se trompât ? L'instant avait si peu duré.
Un long râle rappela Clémence à la tâche. Il fallait se concentrer et puis, comme d'habitude, elle réfléchissait trop. L'opération était assez délicate.

Le blessé, la mine éveillée, l'œil vif et narquois, lâcha, sous l'action du chloroforme :
– Tue-les, mon vieux, tue-les tous, ces sales Boches, tue encore celui-là qui est en train de me tuer !
Le feu monta aux joues de Clémence, tandis que Pauline et l'allemand prenaient un fou rire. Le médecin-chef la contempla à nouveau, aimanté. Dans les yeux de Pauline, une lueur passa. Un éclair, comme un éblouissement, provoquant en elle un mouvement de transport à peine perceptible.
Ça alors…
L'opération fut longue et pénible. Enfin, le médecin referma sa main sur l'épaule de Pauline.
– Très bon travail, Mat'moiselle !
– Merci…
– Oh, vous aussi, mat'moiselle Clémence !
Il détourna les yeux et chercha à nouveau ceux de sa cousine. Clémence s'épongea le front et quitta la salle.
Les heures s'accélérèrent jusqu'au soir. Entre deux pansements, elle s'éclipsa aux sanitaires, étira son dos, massa sa nuque et délia ses bras raidis. Quel travail… En remontant, elle tomba nez à nez avec Pauline qui sortait de la lingerie, Hans-Udo dans son sillage.
– Ah Clémence ! On n'arrête pas hein…
– Non, on n'arrête pas…
Pauline regarda par terre.
– Hum… À plus tard !
L'Oberarzt avait l'air moins gêné, presque naturel. Clémence les laissa passer. Se pouvait-il que… Tout était si soudain ! Se pouvait-il qu'elle ne veuille

plus de Gustave ? La jeune femme chassa de la main une pensée dont elle se trouva honteuse. Ils remontaient, les bras chargés de linge ; qu'allait-elle imaginer ? Elle se mordit la lèvre. Pauline était un peu émoustillée, voilà tout, mais de là à...

– Regarde ! la héla Gabrielle du bout du couloir, un ancien garde nous a apporté cette superbe langue de bœuf !

– Mmmh !

Depuis combien de temps n'avait-on pas mangé de viande ? Pour le dîner, cela changerait des conserves ! À l'aide d'une buandière, la jeune femme apprit à la cuisiner d'une si bonne manière qu'elle souleva les vivats de tous. Le morceau apporta une gaieté nouvelle autour de la table.

Soudain, un ronflement interrompit sa discussion avec un docteur.

– Oh mon Dieu !

Sa chaise cogna contre le mur en reculant.

– Émile !

Il dormait, la face dans son assiette.

À l'aide de l'infirmier, elle l'allongea sur une couverture à même le sol, plaça des torchons sous sa tête et lui essuya le visage.

– Nous l'avons chargé de tant de corvées... toute la journée.

– C'est une chentil garçon, dit Hans-Udo. Pauline m'a dit cela.

Sa cousine opina en serrant le bras de l'Oberarzt et ils échangèrent un sourire franc. Clémence, interdite, observa leur jeu puis tourna la tête de droite à gauche. Quelqu'un avait-il remarqué leur trouble ? Si sa mère était ici, attablée, Pauline se permettrait-elle une telle familiarité ? Elle débarrassa le couvert

d'Émile, avec la ferme impression qu'un moment de bascule venait de se produire.
— Il avance plus vite avec les pieds qu'avec la tête mais il est gentil, oui.
À nouveau, Clémence surprit leurs regards. À chaque fois, celui de Pauline se dérobait puis revenait. Non, jamais elle ne l'avait vue dans cet état. Là où Gustave perturbait une jeune fille, l'Oberarzt affolait une femme. Depuis quand cela durait-il ? La curiosité la piquait ; dès que l'occasion se présenterait, elle la questionnerait.

Dans la soirée, alors que tous espéraient un peu de répit, on accueillit quinze victimes supplémentaires. Leurs cris réveillèrent Émile.
— *Par saint Samson !*
Clémence le traîna sur la terrasse dominant la ville. La nuit était tombée. Le centre ne formait plus qu'un immense brasier rouge et fumant dont la lueur empourprait le ciel, et le canon tonnait sans relâche.
— Tiens, c'est pour toi.
La jeune femme lui tendit un carnet tout neuf, qu'un soldat lui avait offert pour la remercier de lui avoir trouvé une cigarette. Les yeux d'Émile s'illuminèrent. Il l'ouvrit et caressa le papier à dessin. À cet instant, ses longs doigts n'avaient plus rien de maladroit.
— *Par saint Cado.*
Les joies simples teintaient d'un charme enfantin ce grand cœur étonnant. Ils étaient proches comme deux détenus partageant la même cellule désormais. Elle lui prit la main.
— Allez viens.

Tous deux préparèrent une quantité énorme de café et de bouillon que le jeune homme, son chat dans les jambes, distribua toute la nuit à des régiments de passage, tandis que Clémence assistait un médecin.
Des sortes de boules lumineuses éclairaient l'hôpital. Les Allemands les lançaient de leurs aéroplanes pour repérer les points à bombarder, et les bombes éclataient autour d'eux. Qu'il était lugubre au milieu de cette nuit d'incendie, au milieu des crépitements et craquements sinistres des maisons qui s'écroulaient, d'entendre les plaintes et les soupirs des hommes à l'agonie. Les cousines allaient de l'un à l'autre, essayant de leur prodiguer sinon les soins matériels, pour beaucoup inutiles, mais du moins des gestes tendres et de bonnes paroles. Les rares instants où le sommeil la plombait sur une chaise, Clémence voyait des visages hurlant et sanguinolents se ruer sur elle, l'implorant de refermer leurs plaies béantes. Alors elle se réveillait trempée de sueur, s'épongeait le front et buvait un peu d'eau. Elle voulait être ailleurs mais il fallait être là, à son poste, prête. Un blessé lui demanda :
– Aidez-moi à mourir.
L'idée de récupérer le revolver et de le pointer sur sa tempe la traversa. Elle serra les poings. Elle l'aurait fait, s'ils étaient seuls, si Dieu, si l'équipe ne la voyaient pas, mais personne ici ne perdait son sang-froid. Clémence s'assit à côté de lui et chercha ses mots. Comment convaincre, quand on n'était pas convaincu ?
Ce n'est qu'au petit matin, sur les sommations de Gabrielle, qu'on envisagea un peu de repos.

– L'infirmière-major va vous raccompagner.
– Et vous ma tante ?
– Allez.
Gabrielle poussa les cousines et Émile vers l'extérieur, comme un animal donnerait des coups de pattes affectueux à ses petits. Plusieurs fois, Pauline jeta des regards en arrière, puis tout le monde embarqua dans la voiture.
Une fois rentrés, sa cousine s'effondra sur son lit. Clémence traîna Émile jusqu'au lavabo.
Je m'occupe de lui et je la réveille. Il va bien falloir qu'elle m'explique.
Qu'il était sale ! Des traînées d'on-ne-savait-quoi durcissaient son épi et ses cils.
– Tu ne peux pas aller dans le lit comme ça.
Alors qu'elle l'aidait à se déshabiller, des coups sur la porte la figèrent. Ses jambes se mirent à trembler. On frappa plus fort, elle entrouvrit et, sous la pression des visiteurs, la porte rebondit contre le mur.
Les bottes d'un commandant, accompagné de deux gendarmes, claquèrent sur le carreau.
– Par ordre du chénéral du corps d'armée, perquisition du logement.

33

Le cœur de Clémence s'emballa. « *Toute personne porteuse d'arme sera fusillée* ». La teneur de ces mots prenait sens tout à coup et une effroyable panique l'envahit. Le regard du commandant était dur, accusateur. Les deux autres attendaient. Dix heures sonnaient au clocher. Ah ! Présage de leur condamnation ! Émile et Pauline n'y étaient pour rien et ils allaient y passer eux aussi ! Elle aurait dû penser à eux avant de faire n'importe quoi ! Plus morte que vive, elle osa :

– Nous prend-on pour des espionnes ?

Sa cousine arriva et l'interrogea du regard.

– Ces messieurs viennent perquisitionner chez nous. J'allais leur dire qu'ils perdaient leur temps.

– Ah... Bonjour.

Sans répondre, les trois hommes s'attelèrent à leur tâche. Les gendarmes fouillèrent tout d'abord leurs valises et vérifièrent les portefeuilles.

– Avez-vous le téléphone ?

– Non.

– Mmh.

Puis ils se dirigèrent vers la mauvaise chambre, où les filles les suivirent. Clémence tira sur le col de sa robe, quelle chaleur épouvantable ! Au bout du couloir, on entendait un clapotis. Malgré plusieurs semaines d'apprentissage, dès qu'il se trouvait au contact de l'eau, Émile inondait tout.

Pendant que le chef scrutait les moindres recoins

d'une armoire, Clémence entama une conversation mais le commandant resta silencieux. Le groupe tournait le dos à la fameuse table de nuit. C'était fichu ! On n'avait qu'à tendre la main pour ouvrir le tiroir, quelques magazines dissimulaient à peine le revolver. Elle attendait, toute blanche, le moment fatal.

C'est alors qu'Émile déboula en slip, à quatre pattes. Tout excité, Cado essayait de monter sur son maître, il parvint enfin à s'agripper à sa chemise et s'installa sur son dos. Celui-ci remua les fesses et le chat miaula d'aise, provoquant un éclat de rire des trois hommes. Le plus âgé d'entre eux caressa l'animal, qui s'arrondit sous sa grosse main. Clémence inspira, son cœur allait sortir de sa poitrine. Il fallait se ressaisir ! En un geste, le revolver passa sous sa blouse, formant une excroissance bien trop visible. Si la désarmante sincérité d'Émile toucha les gendarmes, le commandant finit par s'agacer et envoya valser le jeune homme d'un coup de pied dans le ventre. Un hurlement creva sa gorge, son jeu de cartes se répandit au sol et le chat disparut sous le lit. Les filles se précipitèrent pour l'aider à se relever.

— Bien, dit le deuxième gendarme, poursuivons.

Il marmonna. D'autres tâches les attendaient, on n'avait pas de temps à perdre chez les fous. Il ouvrit le bas du chevet puis le tiroir, sortit les magazines et les abandonna au sol. Quand tout le monde se dirigea vers l'entrée, Clémence jeta l'arme par la fenêtre qui donnait sur le jardin. Son reflet dans un miroir lui renvoya une pâleur extrême. L'effort l'avait terrassée. Dans le vestibule, le commandant la fixa avec des yeux de lynx.

– Vous n'avez pas la conscience tranquille, mademoiselle.
Elle soutint son regard, lèvres serrées. Mieux valait ne rien dire que risquer de s'enfoncer. Il resta immobile un instant puis se tourna vers Pauline et toucha sa joue. Il était si près que Clémence crut qu'il allait l'embrasser à pleine bouche. Les yeux de sa cousine roulaient comme des billes mais elle ne bougeait pas. De la chambre, on entendait gémir Émile. Pourvu que ce ne soit pas trop grave…
Les doigts de l'allemand descendirent sur son torse puis remontèrent, s'arrêtèrent sur un sein, sur l'autre. Ses acolytes avaient un sourire lubrique. Pauline repoussa la main du commandant mais il revint pétrir ses fesses et, cette fois, coller ses lèvres aux siennes. Elle se débattit ; il resserra sa poigne.
– Que dites-vous d'une fouille en règle ?
Le feu qui brûlait dans ses prunelles arracha un cri à Clémence, elle s'interposa.
– Vous ne pouvez pas !
– Et pourquoi donc ?
– Je suis la fiancée de l'Oberarzt, dit Pauline.
Le commandant tira sur sa veste, l'œil méfiant.
– L'Oberarzt.
– En personne. Et il vous sera gré de votre respect, mon commandant.
Il recula jusqu'à la porte et les dévisagea tour à tour. Clémence baissa la poignée.
– Bonne journée, messieurs.
– Attendez.
Les filles retinrent leur souffle.
– Je vous ordonne de procurer à l'autorité militaire allemande du blé, des volailles et du tabac.
Il releva le menton de Clémence.

– Sous peine d'être fusillées.
Les filles écarquillèrent les yeux puis Pauline ouvrit les mains.
– Nous aurons tout pour ce soir.
– À la mairie, à seize heures.
– Seize heures ? s'insurgea Clémence, c'est trop tôt !
– Seize heures.
La porte claqua.
– *Crétinerie,* dit Émile, plié en deux à l'angle du couloir.
– Ça va ?
Il se remit à asticoter son chat, alors, Clémence s'abandonna dans un fauteuil et mit les mains en corbeille sous son visage.
– La fiancée de l'Oberarzt.
Pauline lui tourna le dos.
– Tu avais une autre idée ?
– Tu sais très bien de quoi je parle.
– …
– Qu'est-ce qui se passe avec lui ?
– Rien.
– Ton fiancé se bat et toi…
– Et moi quoi ?
– Tu batifoles avec l'ennemi !
Pauline pivota d'un coup.
– Tu ne fais pas mieux.
– Comment ça ?
– Tu soignes bien leurs blessés pendant qu'eux tuent les nôtres !
Clémence bondit du fauteuil.
– Ça n'a rien à voir !
– Bien sûr que si !
– Mais non !

– Si ! On ne choisit pas ce qui nous tombe dessus.
– On choisit comment se comporter.
Pauline frappa sur l'accoudoir.
– Je l'aime, Clémence. Je l'aime !
– Mais tu le connais à peine et… il est trop vieux !
Pauline se posta devant la fenêtre.
– En fait…
– Quoi ?
– Tu ne peux pas comprendre.
– Si…
– Non, tu ne comprends pas. C'est malgré moi !
– Tu trahis Gustave !
Sa cousine haussa la voix.
– C'est ça, tu ne peux pas comprendre, parce que tu n'as jamais aimé personne !
– …
– Je l'aime… Je sais que c'est fou. Jamais je n'ai ressenti ça tu comprends ?
– Non, je ne peux pas comprendre.
Pauline avança vers Clémence, son ton s'adoucit.
– Ce n'est pas ce que je voulais dire.
– Mais tu l'as dit. Habille-toi Émile, on y va.
– Tu n'as pas vécu ça alors…
– Qu'est-ce que tu en sais ? HABILLE-TOI !
Pauline souffla. Sa cousine attrapa Émile par le bras et lui enfila ses vêtements en le retournant comme un pantin.
– *Tourneboulé.*
Tout le monde sortit dans un silence de plomb.
Tu ne peux pas comprendre…

Encore rouge de colère, Clémence décida qu'avant de rejoindre l'hôpital, on rechercherait les vivres promis.

Après la journée de bataille de la veille, Senones était en ruines. Émile et les filles traversèrent un amoncellement de pierres et enjambèrent des tas de poutres en toussant : les maisons achevaient de se consumer et dégageaient une fumée âcre, qui prenait à la gorge. C'était un miracle que leur logement soit encore debout. Des vitres en morceaux jonchaient les rues ; les éclats d'obus et la décharge qu'envoyait le bruit du canon les avaient toutes brisées.
Malgré leur différend, les filles se rapprochèrent, dans la complicité triste de ceux qui partagent leurs maux sans parler. Sur les trottoirs défoncés et ensanglantés, Émile marchait sur la pointe des pieds en tirant sur son épi et chuchotant sa litanie. Les autos allaient et venaient dans une vitesse vertigineuse, car il fallait évacuer tous les blessés au plus vite, et il y en avait tant. Les quelques rares personnes que l'on trouvait dans la rue avaient des figures toutes empreintes des émotions de la veille et des horreurs d'aujourd'hui.
Pauline s'assit sur les décombres et se mit à pleurer. Clémence lui pressa la main ; sa cousine se jeta dans ses bras.
— J'ai peur tu sais !
— Ça va aller.
— Avec lui… je me sens en sécurité.
— Je comprends.
— C'est vrai ?
— Oui, je te promets… je comprends.
Pauline serra plus fort ses bras autour d'elle.
— Je te demande pardon.
— Moi aussi.
Émile, en s'avançant, écrasa les pieds de Clémence

et cajola Pauline. Il comprimait et libérait ses épaules d'une telle manière que les filles retrouvèrent le sourire.

Deux heures plus tard, toute ragaillardie, la petite troupe avait réussi à trouver, en plus des vivres pour les allemands, une quinzaine de pains pour l'hôpital. On ne refusait rien aux infirmières. En route, Émile en dévora un entier, puis les filles déposèrent le tout à la mairie, où se trouvaient les deux gendarmes.

– Rapportez la même chose demain, ordonna le plus grand.

La patience de Clémence s'effritait. N'allait-on jamais les laisser tranquilles ? Elle ravala une réflexion, tandis que Pauline promettait.

Comme le canon tonnait du côté de la route, elles décidèrent de couper à travers champs. Émile et Cado s'en donnaient à cœur joie dans les herbes hautes. Au bout de quelques dizaines de mètres, Clémence tendit le bras sur le côté, forçant sa cousine à s'arrêter.

– Regarde, là-bas… Qu'est-ce que c'est ?

34

Des nuages chargés s'amoncelaient au-dessus du village. Face à eux, à quelque distance dans la prairie, s'étalaient les couleurs de l'uniforme français.

— Un soldat.

Couché sur le côté, l'homme leur tournait le dos. Il remua.

Le groupe avança mais un officier surgit, arrachant aux filles un cri de stupeur. Sans qu'on les leur demande, elles présentèrent leurs papiers. Comme l'allemand dévisageait Émile avec suspicion et dégoût, Clémence expliqua. Elle respirait par saccades et la moiteur ambiante accentuait son manque d'air. L'officier détourna son attention sur le sac de pains.

— Ouvrez.

Pauline obtempéra.

— Réquisition.

La jeune femme le lui tendit, Clémence déplia son doigt vers le soldat.

— Cet homme est blessé.

Il la toisa en ricanant.

— Et alors ?

— Il doit être soigné.

— Il mourra ici.

Clémence essaya d'approcher mais l'autre l'en empêcha.

— Mais pourquoi ?

– Il a désobéi aux ordres.
Au loin, ses gémissements lui déchiraient le cœur.
– Vous n'avez pas le droit.
– J'ai le droit de vie ou de mort sur cet homme.
– Depuis quand est-il ici ?
Trois doigts se levèrent.
– Trois heures ? demanda Clémence.
L'allemand sourit.
– Trois jours. Retournez à vos pansements maintenant.
– Nous devons l'emmener.
L'officier eut un geste d'agacement mais, alors que Pauline ne pipait mot, sa cousine plaida et supplia, en vain.
Les épaules voûtées, Émile et les cousines reprirent la route. C'était la première fois que Clémence devait abandonner un blessé à son sort. Mourir à l'hôpital, ce n'était pas pareil…
Le jour du départ pour Moussey, alors qu'elle ne savait rien de ce qui l'attendait, elle n'avait pensé qu'aux soins pratiques. Elle s'était demandé : saurai-je, dans l'urgence, réaliser telle ou telle tâche ? Très vite, elle s'était rendu compte que le plus important, même si on n'avait pas assez de temps pour cela, c'était d'aider à mourir. Une prière partagée, un souvenir d'enfance, des mains mêlées, l'image d'une petite sœur qu'elle renvoyait, et, toujours, ces « mamans » éperdus, ces mamans, qu'on remplaçait comme on pouvait, qu'on ne remplaçait jamais.
– *Ma-ma.*
Clémence se retourna, l'œil humide. Voilà qu'il lisait dans les pensées celui-là ! Elle lui ébouriffa les cheveux.
Pauline posa la main sur l'épaule de sa cousine.

– Tu as fait ce que tu pouvais.
– Les agonisants… C'est le pire.

Dès leur arrivée, elles s'attelèrent à nettoyer, panser, soulager. Pauline et Hans-Udo œuvraient ensemble, tout bonnement inséparables. Le travail ne manquait pas, on courait partout. Plusieurs fois, Clémence surprit leurs regards. Elle avait un air pétillant et paisible auprès de lui… Mais c'était un allemand ! Au-delà du manque de respect pour Gustave, au-delà du bonheur qu'elle éprouvait… C'était honteux, Clémence ne s'y faisait pas. Elle serra les poings.

À midi, Pauline partit avec lui, des infirmiers et des brancardiers, chercher des blessés allemands.
À leur retour, toute collée de sang et de terre, elle claqua la portière de la camionnette dans un air de triomphe.
– Hans-Udo a permis que nous emmenions avec eux deux dragons* français !
Et c'est bien normal, ravala Clémence. Un docteur devait-il choisir qui il ramassait ? Qui il ramenait en « terrain neutre ? »
Comme ils rapportaient des médicaments et de l'essence, l'équipe partagea un instant de joie, et Clémence se détendit. La mort rôdait si près autour d'elles, pouvait-on se fâcher aujourd'hui pour des histoires de cœur ?
Elle attira sa cousine à l'écart :
– Demande-lui, toi, d'aller le chercher.
– Qui ça ?
– Le blessé de la prairie !

*Un « Dragon » désignait un militaire qui se déplaçait à cheval mais combattait à pied (régiment de cavalerie). Ici, 2ème régiment de dragons (2e RD)

– Je ne préfère pas.
Clémence retint une remarque. Pauline avait déjà permis de sauver les dragons ; demander davantage pourrait l'embarrasser, il ne fallait pas la mettre dans une situation où elle se sentirait redevable. D'ailleurs… Quelle était *vraiment* sa relation avec le médecin ? L'aimait-il, lui ? Et s'il était mal intentionné, s'il… profitait d'elle, le temps de la guerre ? Clémence étouffa un cri. S'il était faux, sournois… Que savait-on *vraiment* de lui ? Une question jaillit dans son esprit et elle sut tout de suite qui interroger.
– Bon, n'en parlons-plus, dit-elle à Pauline.
Elle se séparèrent. Clémence entra dans une salle, dans une autre. Où était-il ? Elle le trouva à l'étage, au fond de la grande salle, occupé à refaire un bandage. Cet infirmier, proche du médecin-chef et qui manifestait tant d'affection pour Émile, lui inspirait confiance.
– Dis-moi…
– Oui ?
– Je voulais faire un cadeau à… l'épouse de l'Oberarzt. Connaîtrais-tu ses goûts ?
– Un cadeau ?
– Oui, pour remercier son mari de sa… disponibilité. Je trouvais cela plus correct de lui offrir quelque chose à elle.
L'infirmier déroula sa bande.
– Il est veuf.
– Ah…
– Elle a été emportée par une pneumonie il y a deux ans.
– Mince… Alors nous le remercierons directement.
– D'accord.

Elle le laissa à ses soins.
Marié… Il avait été marié. Avait-il des enfants ? Clémence entama un demi-tour puis se ravisa. On avait eu assez de la perquisition et le sort réservé aux espions la pétrifiait d'avance. Déjà, cette idée de cadeau… en plein conflit… Qu'elle était sotte !

Dans l'après-midi, alors qu'elle assistait un médecin français, de terribles explosions se succédèrent. D'après les blessés, ponts et rails sautaient et la gare était fermée. L'hôpital se trouvait coupé du reste du monde. À cette idée, un sentiment de claustrophobie envahit Clémence. Elle massa sa gorge. C'était comme si sa trachée se rétrécissait. Prise de vertiges, elle s'excusa et fila s'éponger le visage. Quelle longue et pénible journée… Et ce blessé, qui ne quittait pas ses pensées. Était-ce à cause de son isolement au beau milieu de la prairie ? De ses plaintes lancinantes ? Elle en avait pourtant tant entendu ! Pourquoi celui-ci occupait-il son esprit ? Trois jours… Les hommes à l'agonie, vraiment, c'était le pire. Elle se tapota les joues et retourna à son poste. D'autres attendaient et, à l'heure qu'il était, la mort l'avait sans doute déjà terrassé.
Une flopée de blessés ennemis arriva, presque tous plus gravement atteints que les français. Malgré elle, un sentiment de pitié la saisit, alors, elle comprit Pauline, pour qui l'uniforme ne voulait plus rien dire. Dans le silence d'une prière, elle demanda pardon à ce Dieu lointain, de ne pas se sentir plus patriote.
Après le dîner, Gabrielle frappa dans les mains.
— Ouste ! Vous rentrez dormir.

L'équipe de nuit allait prendre le relais et il fallait, pour tenir, se reposer. Hans-Udo proposa de les raccompagner. Clémence observa sa tante : ne soupçonnait-elle donc rien ? Ou bien ne le montrait-elle pas. N'y avait-il qu'elle, qui savait ? Hans-Udo ouvrit la portière avant à Pauline et Clémence s'installa à l'arrière avec Émile, qui baillait en se râclant la gorge. Il se mit à toucher à tout, Clémence lui tapa la cuisse. Il sursauta.
– *Folie affective.*
– Laissez, c'est une chentil garçon.

D'ordinaire, ceux qui les déposaient s'arrêtaient devant la porte, moteur en marche, et repartaient aussitôt mais ce soir, le médecin se gara un peu plus bas, coupa le contact et descendit.

35

Dans le vestibule, on échangea des regards gênés.
— Alors c'est ici que vous lochez ?
— Oui, répondit Pauline, la présidente de la Croix-Rouge nous prête sa maison.
Hans-Udo en fit le tour, tandis qu'Émile s'affalait sur son lit. Clémence lui retira ses chaussures.
— Attention ! Le boutis…
Sa cousine et le médecin rejoignirent la cuisine.
— Vous voulez… une tisane ? Je n'ai rien d'autre à vous offrir.
— Afec plaisir.
Les casseroles tintaient. Comment se comporter ? Elle ne se voyait pas partager leur verveine et l'épuisement l'irritait. La voix claire de Pauline résonna.
— Tu en prendras aussi ?
— Oh non ! j'aide Émile à se débarbouiller et je vais dormir.
Aussitôt sous les draps, le jeune homme se mit à ronfler. Clémence remplit la gamelle d'eau, attendit que Cado grimpe près de son maître puis s'éloigna. Au bout du couloir, elle salua le couple de la main.
— Bonne nuit ! répondirent-ils en chœur. La fatigue avait disparu, son cœur battait fort. Elle retourna dans sa chambre et, prenant garde de ne pas faire de bruit, ouvrit la fenêtre et s'y accouda. Les regarder minauder… non merci. Mais fallait-il les laisser seuls ? Cela n'y changerait rien.

Elle maternait déjà Émile, les soldats... Assez de n'être qu'une maman ! Qu'il était inconvenant de la part de Hans-Udo de s'arrêter ce soir ! Quel rustre ! L'envie lui prit d'aller le trouver et de le pousser vers la sortie. Merci beaucoup, à demain, au revoir. Tout près, le canon grondait. Malgré la chaleur, elle crocheta les volets. Un brin de toilette l'apaisa un peu. Elle se changea et, sur la pointe des pieds, alla se cacher au plus près d'eux. Ils ne parlaient pas.
Ne pas avancer plus, ne pas avancer plus... Juste un œil.
Debout contre la cuisinière, l'Oberarzt embrassait Pauline, dans le cou, sur les joues, sur les lèvres. Son chignon se déroula sous ses doigts, dévoilant une sensualité insensée.
– Comme tu es belle...
– Hans...
Pauline resserra les mains sur son dos, sur sa nuque. Il déboutonna le haut de sa robe et laissa errer ses lèvres sur sa gorge. La main aplatie sur la bouche, Clémence ne respirait plus. C'était superbe et dégoûtant. Dans son ventre, le désir montait avec la contrariété. Gustave... Si Gustave les voyait ! Comment pouvait-elle...
Hans-Udo recula vers la pièce bureau, baissa la poignée et referma derrière eux dans un souffle rauque.
Elle courut jusqu'à leur porte, se sauva dans le couloir, revint s'y coller. Depuis quand n'avait-elle pas regardé par le trou d'une serrure ? Comment résister ? C'était si excitant. Le médecin dévorait Pauline et elle, assujettie, rejetait la tête en arrière sous ses caresses. Leur visage exprimait un tumulte ardent.
Mon Dieu, elle s'égare, je dois...

Elle posa la main sur la poignée et la retira. Et si elle envoyait Émile les déranger ? Mais oui ! Non. On ne savait de quoi l'Oberarzt serait capable... Elle scruta encore.
Élancés, sculpturaux, leurs êtres formaient un sublime tableau. Le feu montait dans le corps de Clémence. Face à elle, c'était un miroir et non une peinture. À sa place, là, tout de suite, que ferait-elle ? Sous les bombes, dans l'urgence, si sa vie était menacée et que Gustave était là, amoureux fou, offert, que ferait-elle ? Oui… Bien sûr qu'elle lui aurait proposé une tisane, bien sûr que… Elle déglutit. Bien sûr qu'elle lui offrirait cette danse, nue sur un monde en ruines. Comme elle comprenait leur amour pressé !
Et puis, le couple, en reculant, sortit de son champ de vision. Fin de la pièce, rideau. Seuls des gémissements étouffés piquaient son imagination, décuplant son envie. Clémence resta un instant encore, l'œil grand ouvert, avide d'images. Avec l'envie mordante, l'espoir revenait. Où était-il cette nuit ? Oh, le courrier n'arrivait plus, ne partait plus ; elle ne lui écrivait plus ces jours derniers et ces moments manquaient à sa vie, mais elle le retrouverait ! Comme elle l'aimait, comme elle le voulait ! S'il revenait vivant, si Pauline… Aurait-elle… une chance ?
Elle secoua la tête et retourna dans sa chambre. Il fallait penser à ne plus y penser et c'était une lutte comme une autre. Chacun avait son lot ici-bas.

Le lendemain matin très tôt, elle tourna autour de Pauline, sans rien dire d'autre que des banalités. Sa cousine affichait une mine radieuse.

On frappa à la porte.
– Che suis garé là, dit Hans-Udo.
Clémence sortit. Le véhicule avait changé de place. Elle n'avait rien entendu, il avait dû repartir tard… Dans la voiture, il tendit à Pauline un petit paquet de biscuits qu'avait cuisinés une lingère. Elle les distribua.
– *À brûle-pourpoint,* dit Émile en sautillant de joie.

L'hôpital fourmillait. On se salua vite, l'équipe de nuit put vaquer à un peu de repos, mais Gabrielle restait sur le qui-vive. À quel moment se reposait-elle ?
– Quatre-vingt-quatorze opérations en cinq jours… informa-t-elle.
Tous les docteurs, allemands et français, opéraient en même temps, jour et nuit, mais, malgré la courte distance entre la ligne de front et l'hôpital, certaines amputations ne réussissaient pas, probablement faute d'asepsie. Le nombre de morts s'avérait effrayant. L'Oberarzt râla.
– Afec des apparrreils radiologiques, on pourrait localiser les éclats d'obus et éfiter de nombreuses amputations.
– Ça ne changerait rien, soutint son confrère, le visage marqué.
Si ! Cela changerait tout ! Depuis qu'elle avait rencontré Marie Curie, Clémence était persuadée des bienfaits et de l'efficacité de ses installations. Si seulement elles y avaient accès, ici…
En début d'après-midi, Hans-Udo s'empressa de préparer du matériel de soin. À la tête d'une équipe de brancardiers volontaires, il partait vers le plateau ramasser les blessés.

— Je viens aussi, dit Pauline.
Le médecin refusa tout net. Gabrielle appuya. Les projectiles pleuvaient là-bas, c'était trop dangereux et on avait besoin d'elle pour la réquisition de vivres. Les cousines se regardèrent. Il y avait aussi ceux de la mairie à fournir et il ne fallait pas y déroger. Clémence se gratta le front. Blé, volailles, tabac.
— À tout à l'heure, dit l'Oberarzt en fixant Pauline.
Par la fenêtre, celle-ci suivit des yeux la camionnette, jusqu'à ce qu'elle ne soit plus qu'un petit point dans le paysage.
— On y va, dit Clémence.

Le ciel se chargeait de nuages noirs, le vent se levait. La jeune femme voyait partout autour d'elle les images de sa cousine dans les bras de l'Oberarzt. Plusieurs fois, elle ouvrit la bouche mais la pudeur la bloquait. Parler de quoi ? Pauline se fâcherait si elle savait que, à genoux devant la serrure, elle avait vu… Elle inspira un grand coup et se recentra sur le moment présent.
— Tu crois qu'il est toujours là ?
— Qui ça ?
— Le blessé.
— J'espère pour lui qu'il est mort.
— Viens, on coupe, comme hier.
— Mais bien sûr ! l'officier sera ravi de nous revoir !
Pauline poursuivit sur la route alors que Clémence bifurquait vers la prairie.
— Si, viens...
— On verra au retour !
— Non, au retour on nous prendra nos provisions.
— Bon… de loin alors.

Pauline dut courir pour revenir à sa hauteur. Le chemin se resserra puis s'effaça. Comme la veille, Émile sauta, aussi haut, aussi fou que les herbes. Cado disparaissait puis bondissait à son tour dans la verdure. Plus Pauline protestait, plus Clémence accélérait. Il y avait des jours où elle se sentait singulièrement responsable de chaque blessé, impatiente de prodiguer les meilleurs soins et celui-là en méritait autant que les autres.

– Dépêchons-nous !

– Tu vas nous causer des problèmes.

– Si on nous menace, tu diras que tu es la femme de l'Oberarzt. La case « fiançailles » est déjà cochée.

– Pourquoi tu dis ça ?

– Je ne suis pas débile.

Clémence s'arrêta et fit face à Pauline.

– Tu ne devrais pas aller si vite.

– On s'aime.

– Il y a des étapes à respecter.

Pauline plongea un regard grave dans le sien.

– Nous serons allemandes, c'est une question de jours. Et si on ne le devient pas, un obus nous tombera en pleine figure alors les étapes…

Clémence prit sa main.

– C'est juste que j'ai peur pour toi.

– Ne t'inquiète pas !

Elle sautilla entre les herbes. Clémence la rattrapa.

– Tu es comme ma sœur et plus encore. Je ne veux pas…

Pauline arracha une fleur et la déposa dans les boucles de sa cousine.

– Moi aussi j'ai une sœur !

On avança encore un peu.

Le blessé gisait au même endroit, couché sur le

même côté. Il ne bougeait plus. Clémence eut une grimace de douleur.
– Halte-là !
Les filles sursautèrent. Lui ! La veille, il était plus loin…
– Encore vous !
– Excusez-nous, nous ne faisons que passer pour réapprovisionner l'hôpital, débita Pauline.
Une plainte monta jusqu'à elles. Mon Dieu, il vivait encore ! Personne n'avait dû le nourrir ni lui donner à boire… La soif, la soif… Il n'y avait pas pire torture.
– Nous laisserez-vous l'emmener maintenant ? s'enquit Clémence.
– Passez votre chemin.
– Mais…
L'officier arracha la fleur de ses cheveux et la piétina. Émile la ramassa.
– *Crétin !*
Le militaire sortit son arme et la pointa vers lui.
– Oh non ! Veuillez l'excuser ! Laissez-le, il soigne vos blessés !
Il jeta Émile au sol et tira en l'air.
– Vous avez de la chance d'être infirmières.
Elles déguerpirent, Émile dans leurs jambes, persuadées que les coups de feu allaient les faucher mais seul le rire menaçant de l'officier les atteignit.
Loin sur la route, elles ralentirent.
– Tu vois hein ? s'énerva Pauline.
– Désolée.
Sa cousine fronça les sourcils.
– Tu te rends compte, il est encore vivant…
– C'est horrible.
– Tu as raison… Les mourants, c'est le pire.

La voir aussi sensible qu'elle au timbre de l'agonie réconforta Clémence.
– On reviendra le chercher.
Pauline hésita, jeta des regards alentour.
– C'est trop risqué.
Clémence insista. Le soir, très tard, beaucoup d'officiers buvaient à l'abri, dans des tavernes improvisées. Il était peu probable que celui-là fût encore dans les parages.
– ...D'accord.
– Cette nuit.
– Pffff.
Les filles se dépêchèrent. On commença par rechercher les provisions du commandant, et les gendarmes les réceptionnèrent à la mairie. Heureusement, on ne leur demanda rien pour le lendemain. Quelle aubaine ! Enfin, les bras chargés de toutes sortes de vivres pour l'hôpital, elles entamèrent la route du retour. Dans la montée, en zigzagant autour de Cado, Émile lâcha son panier.
– *Par saint Nolff ! Arriération !*
Les boîtes de conserves roulaient de plus en plus vite, on les rattrapa dans des éclats de rire.
À peine la porte franchie, la mine de Pauline se ferma. Elle vérifia toutes les salles, jusqu'à la cave.
– Ah, maman. Ils ne sont pas encore rentrés ?
– Du plateau ? Non, ils ne devraient plus tarder.

La journée glissa vers une effroyable soirée. Du feu, des balles, la perspective, pour les hommes, de la captivité ou de la mort. Et Hans-Udo qui n'était toujours pas revenu... Ce n'était pas normal. Pauline se rongeait les ongles au sang, Clémence ne savait comment la rassurer. Une peine immense

gagna son cœur. Pour la première fois, elle la voyait vraiment inquiète. Comme elles se retrouvaient à la cuisine, elle la prit dans ses bras. L'idée qu'elle rompe ses fiançailles ne l'enchantait même plus. Sa cousine avait raison. Avec la tournure que prenait le conflit, elles seraient bientôt allemandes et Gustave, éparpillé au fond d'une tranchée. Elle eut un long soupir de tourment partagé.
La nuit descendait. L'espoir les quittait, ou presque. Il en restait un à sauver.

36

À une heure du matin, réunies à la buanderie, Clémence fixa Pauline, d'un air engageant et pénétré.
– On y va, ça te changera les idées.
– Je préfère attendre qu'il soit rentré.
– Ça passera plus vite comme ça.
– ... C'est trop dangereux et... regarde cette pluie !
L'averse battait les toits, n'en finissait pas. Clémence remplit une gourde.
– On y va.
– Oublions-le, pensons à ceux qui sont ici.
– On y va.
– Un mort de plus... Qu'est-ce que ça change ? C'est trop risqué !
– Il a peut-être une femme, des enfants, une fiancée.
– Elle en trouvera un autre !
– Tu n'irais pas, pour ton fiancé ?
– Ça dépend lequel, pouffa Pauline.
Clémence sourit à moitié, puis elle roula un drap et l'enfonça dans sa poche.
– Moi, pour ton fiancé, j'irais.
– Bon bon... On essaiera.
– Viens.
C'était le bon moment. Les filles laissèrent Émile à Gabrielle qui, devant la détermination de sa nièce, n'insista pas. N'importe quel blessé méritait d'être pris en charge.

— Faites attention tout de même…

Abritées sous un poncho militaire, elles se jetèrent dehors et entamèrent les premiers mètres à la lueur des bâtiments éclairés. La pluie freinait leur avancée. Des éclairs brisaient le ciel mais la campagne dormait. L'eau ruisselait sur leur toile de protection. Une odeur d'humus, de bois et de poudre mêlés envahit leurs narines. La noirceur du temps rendait profonde l'obscurité.
Clémence parla à voix haute.
— Héroïque soldat, es-tu toujours de ce monde ?
Pauline lui envoya un coup de coude.
— Tais-toi ! As-tu perdu la raison ?
— Es-tu passé de vie à trépas ? Dieu te bénisse !
— Arrête ! Si Dieu existe, il n'est pas ici.
Le faisceau blanc de leur lampe découpa la nuit. Elles ne devaient se trouver qu'à une centaine de mètres du lieu quand, tout à coup, un bruit les figea. Pauline éteignit sa torche, Clémence pointa la sienne en direction du buisson. Un lièvre s'en échappa, les filles reprirent leurs esprits. La lampe passa sur un chemin, s'enfonça dans la prairie et s'arrêta sur le soldat.
L'homme implorait. Sa tête renversée trahissait une innommable douleur, il se tenait la cuisse. Quand Pauline éclaira son visage, Clémence chancela, plaqua la main sur sa bouche. Elle tenta de le regarder avec distance mais n'y parvint pas.
— Toi ? Comment est-ce possible…
La lampe de Pauline dévia entre ses yeux.
— Tu le connais ?
— Clémence ? Clémence… geignit-il en ouvrant la main.

Son nom, prononcé dans un souffle, traversa son cœur de tristesse. Elle s'accroupit.
– C'est Honoré...
Le halo jaune balaya plus près encore.
– Ton frère ?
– Mon frère...
Dans ses yeux brillait la mort. Honoré libéra des sanglots si misérables, si désespérés, que toute sa rancœur s'envola, d'un coup. Tout défila. L'humiliation au Domaine « *Les deux genoux, et les mains en prière... Redis toute la phrase et commence par : Ma Clémence chérie* ». Ses regards noirs sur le perron de l'Hôtel, son rire grinçant, son air supérieur et méchant sur le trottoir. Tout s'effaçait. Elle devenait le rocher auquel il s'arrimait, plus rien ne comptait que frère et sœur.
– Clémence...
Il lui en avait tant fait voir et elle, elle avait été si dure. Elle chassa les mèches qui lui collaient au visage, lui caressa la joue et lui donna à boire. Ensuite, Pauline lui prit la main, le rassura, tandis que sa cousine cassait deux branches et fabriquait, à l'aide du drap, un brancard de fortune. Une odeur de viande pourrie se dégageait de lui. La nausée menaçait les filles, elles se forcèrent à respirer par la bouche. Il souffrait d'une façon épouvantable. Depuis le genou jusqu'à la cheville, la jambe était complètement ouverte, laissant l'os à nu. La crête du tibia était très endommagée et le péroné fracturé. De grosses mouches avaient pondu sur cette chair pantelante et, les œufs ayant éclos, la jambe ne présentait plus que l'aspect d'une horrible fourmilière, grouillante d'asticots.
Quand on entreprit de le déplacer, il poussa

d'affreux gémissements. De grosses larmes glissaient sur ses joues.
– Tu es là... ne cessait-il de répéter.
Sur le chemin du retour, son poids mit les cousines en nage. Plusieurs fois, elles durent s'arrêter, souffler et redoubler d'efforts pour entamer la montée vers l'hôpital.
À leur arrivée, personne ne leur posa de question, tous s'affairaient. Gabrielle accourut.
– Ma tante... C'est mon frère !
– Ton frère ? Mettez-le ici !
Émile colla son visage à quelques centimètres de la jambe en bouillie et agita les bras comme un petit enfant découvrant sous une pierre un nid grouillant.
– *Saint-Gildas-des-Bois !*
Gabrielle lui fit laver les mains, lui tendit deux pinces et lui montra le bon geste. Le jeune homme s'attela sans sourciller à retirer les asticots, ce qui soulagea l'équipe, débordée. Il devait y en avoir plus d'une centaine. Clémence laissa passer une terrible envie de vomir. Comment Diable faisait-il pour ne laisser paraître aucune émotion ? Gabrielle se pencha sur la jambe.
– On va devoir l'amputer. Pour cause de gangrène.
Clémence poussa un cri.
– Vous êtes sûre ?
– Attendons le médecin-chef mais... j'en ai bien peur.

Quand le jour se leva, Hans-Udo et son équipe n'étaient toujours pas revenus. Pauline avait rongé tous ses ongles, elle dénouait et renouait son

chignon en tirant sur ses mèches. Sa cousine la regardait faire du coin de l'œil.
Elle l'aime… Elle l'aime vraiment.
À huit heures, avec Clémence, elle recouvrait de paille une partie du sol pour accueillir de nouveaux blessés, quand un des brancardiers accourut, en guenilles, les bras griffés.
– Nous sommes tombés dans une embuscade !
– Où sont les autres ? s'affola Pauline.
– Notre médecin-chef…
– Quoi ?
– Il a été tué !
– …
– Et les autres emmenés comme prisonniers ! J'ai réussi à m'enfuir mais…
L'homme se laissa glisser contre le mur. Gabrielle lui proposa du café mais au moment où elle attrapait une tasse, Pauline s'écroula, inanimée. Sa mère la releva et lui tapota les joues.
– Tu es épuisée ma petite ! Ou bien… Est-ce la frayeur de la nuit ?
Clémence recula, réalisant soudain que sa tante, noyée sous les tâches, ne savait pas. L'Oberarzt… Mort ! Mais alors… Gustave… Elle se pinça les lèvres. Comment pouvait-elle avoir une telle pensée, alors que Pauline venait de perdre l'homme qu'elle aimait ? La jeune femme laissa sa cousine au soin des autres, disparut dans le couloir et claqua la porte au nez d'Émile qui la suivait.
On programma l'amputation d'Honoré pour le lendemain. Sa sœur le lui annonça, la voix entrecoupée de tremblements.
– Hélas !... poussa-t-il. Cela vaut mieux que le pré, la douleur et la soif.

Un nouveau jour se leva sous un ciel gris et fumant. C'est alors que, l'opération à peine terminée, une nouvelle les glaça d'effroi.

37

– Par ordre du commandant !
Trois allemands venaient de débarquer. À la vue de celui qui aboyait, Clémence recula. Émile s'agrippa à sa robe et se mit à lui tourner autour.
– *Aliéniste à tête chauve !*
Le docteur Gircourt…
– Arrête !
– *Psychologue de laboratoire !*
… Trait pour trait…
– Ça suffit !
Il va nous faire fusiller !
Elle l'attrapa et chuchota :
– Ce n'est pas lui, arrête !
Les militaires attendaient, indignés. Émile se tirait les cheveux dans des grognements.
– Calme-toi ou tu retournes au cachot !
Il eut un sursaut et courut se tapir dans un coin. L'homme se râcla la gorge, Clémence s'excusa, son cœur battait dans ses tempes.
– … Par ordre du commandant !
Toute l'équipe écouta, au garde à vous, dans un silence impressionné. Seule Pauline, les yeux rougis, avait le regard vide.
Deux convois de blessés, qu'ils appelaient leurs prisonniers, devaient partir dès le lendemain pour l'Allemagne ! Tous serrèrent les poings. Pas ça… Honoré n'était pas en état ! La plupart des autres non plus… Comment seraient-ils traités ? Les trois

allemands les plantèrent là, demi-tour, à demain.
On traversa la soirée puis la nuit dans un monstrueux désordre. Les infirmières passaient d'un blessé à l'autre et les rassuraient alors qu'elles-mêmes ne l'étaient pas. Ces soldats, si courageux sur la ligne de feu, pleuraient à l'idée de partir là-bas. Très peu dormirent. Honoré lutta puis tomba de fatigue. Sa sœur le veilla. Le reverrait-elle ? Comme elle aurait aimé lui parler ! Que s'était-il passé dans la prairie ?
Pourquoi cette fichue morsure avait-elle à ce point détérioré leur relation ? N'importe quelle blessure inspirait l'entraide, sinon la pitié et non la haine ! Comment en était-il arrivé à ces mots, à ces regards... Et elle, qui s'était vengée... Dans son sommeil, Honoré s'agita. Elle passa un linge humide sur son front. Non, il n'était pas en état.

Un soleil timide se leva, voilé de longs nuages étroits. On aurait dit que la nature hésitait à accompagner ce nouveau jour. On se hâta. Une dernière tasse de café, un vêtement à enfiler sur une épaule encore à vif, deux jambes de pantalon pour une seule. Le départ éprouvait les soignants, contraints de charger eux-mêmes des hommes invalides et souffrants.
Au moment d'emmener son frère, Clémence se pencha et colla sa joue contre la sienne.
– Je suis tellement désolée !
– Devant la fatalité, nous ne pouvons rien.
– Honoré...
Elle l'embrassa, il l'attira à elle et la serra de toutes ses forces.
– Merci. Merci aussi à ma cousine. Si tu les revois,

donne mon bon souvenir à nos parents.
– Je n'y manquerai pas.
Clémence lui essuya les yeux.
Un moteur vrombit, puis un autre. Elle rejoignit Émile un peu plus bas. Devant le véhicule où l'on empilait les derniers prisonniers, il se tenait debout, placide. On ne savait quelle litanie il marmonnait... Il comprenait. C'était grave et il le comprenait.
Le convoi cahota, arrachant des cris aux plus mal-en-point, puis disparut. Un long moment, elle resta pétrifiée devant le vide, les yeux mouillés, les mains en prière. Si Honoré revenait... Si... Formeraient-ils, à eux quatre, la famille qui existait, jadis ? Retrouveraient-ils l'Hôtel, le Domaine ? Après tant de malheur, peut-être y accueilleraient-ils son oncle, sa tante et Pauline ! À elle aussi, il devait la vie. Par cette nuit terrible, elle l'avait transporté, au péril de la sienne. Même Émile l'avait secouru ! Alfred serait fier, il l'aimerait à nouveau, tout changerait ! Réunis à la campagne, sur la grande terrasse ensoleillée ou près de la cheminée... Comme ils seraient heureux, tous ensemble !

Début septembre, le canon grondait toujours et l'hôpital accueillait les blessés sans répit. Le nouveau médecin-chef, un homme sec et repoussant, donna le ton dès son arrivée.
– Nous soignerrrons les nôtrres d'aborrd.
Tout le monde s'exécuta, le cœur en détresse. Il fallait opérer, panser, sauver l'ennemi pendant que, tout près, les leurs râlaient et mouraient faute de soins. Les agonisants... Les obus pleuvaient de

toutes part, sans cesse. Souvent, Pauline se postait à la fenêtre et restait là, les bras ballants, jusqu'à ce qu'on la rappelle à l'ordre. Clémence n'osait pas lui poser de questions, elle se contentait, jour après jour, de mots rassurants, d'étreintes compréhensives et de sourires tristes. Comme son rire lui manquait ! Seul Émile brassait l'innocence, chassant par moments ce nuage noir massé sur leur quotidien. Sur un coin de lit, dans une jovialité permanente, il jouait aux cartes, égrenant d'improbables noms de saints, ou dessinant une fiancée à partir d'un portrait.
Sous ses doigts, l'humanité renaissait.
Un matin, sur une double page de son carnet, il croqua le nouveau médecin-chef, l'affublant d'un groin, d'oreilles de singe, et prolongeant son derrière d'un excrément moulé et fumant, dans un formidable trompe-l'œil. Clémence le lui arracha en jetant des regards affolés tout autour. Elle accompagna sa morale d'une mine choquée, mais il se tapait la cuisse en s'esclaffant. Elle se mordit les lèvres puis, n'y tenant plus, laissa éclater son rire. À la dérobée, elle montra l'œuvre à Pauline. Sa cousine eut à son tour des saccades à peine retenues, et comprima sa taille en disant :
– Ce n'est pas drôle ! Ah Ah, ce n'est pas drôle !
Plus Émile caquetait, plus elle se tordait. Les larmes sortirent avec les secousses, libératrices. Gaieté, douleur, tout émergeait en même temps. Leur rire sonnait comme un pied de nez à la guerre, un pied de nez à la mort de Hans-Udo.
La vie continuait.

Le lendemain, 8 septembre, de retour au logement,

alors qu'elles n'étaient qu'à quelques rues de la maison, le danger les surprit. Les cousines protégèrent d'un coup leur tête en hurlant. Clémence leva les yeux au ciel et attrapa Émile par le bras. Des projectiles dirigés sur un avion français traversaient la ville. Ils les évitèrent de justesse en se cachant sous un porche, attendirent, repartirent en courant et arrivèrent à bon port haletants mais indemnes.
La porte était ouverte, et tout sens dessus-dessous. Le piano et les tableaux volés, le cabinet de toilette massacré, les armoires dévalisées, les lits éventrés. Les filles échangèrent des regards choqués. Elles savaient où tout cela finissait. Les allemands emportaient le mobilier pour les tranchées et pillaient les œuvres d'art qu'ils envoyaient chez eux. Le soir, ils ripaillaient dans les caves et chantaient victoire. Il s'y passait des scènes terribles.
Émile, qui ne reconnaissait plus le lieu, fila se mettre en boule avec son chat. Devant l'étendue du désastre et l'insécurité ambiante, Clémence proposa qu'on reste loger à l'hôpital.
— Mieux vaut coucher par terre qu'ici.
— Tu as raison.
On fit demi-tour.
Là-bas, ils trouvèrent Gabrielle, un journal à la main, la mine défaite. Les filles se jetèrent dessus.
Le 2 septembre 1914, les troupes françaises du génie avaient fait sauter le pont de Creil pour limiter la progression des allemands. Ces derniers avaient envahi la rive droite dans la nuit du 2 au 3. En représailles à la résistance de l'Armée française, de nombreuses habitations étaient incendiées, à l'image de la rue Gambetta. La rue où vivaient

leurs grands-parents ; celle où Pauline passait ses vacances. Sa tante posa un doigt tremblant sur la photo. On y voyait la mercerie de sa mère, détruite. La contre-attaque de l'armée française avait permis de libérer la ville le 6 septembre et de repousser la ligne de front à 60 kilomètres au nord, vers l'Aisne. Mais comment savoir s'ils étaient en vie ? L'article et ses illustrations ne laissaient présager aucun espoir.

Dans l'heure, Gabrielle apporta un courrier à son supérieur. Elle y réclamait, entre mille politesses, l'autorisation de partir pour l'hôpital de Creil avec sa famille.

Le médecin-chef chiffonna sa demande en lui riant au nez.

— Ah ! Et qui fous remplacerait ?

38

L'hôpital vidé des leurs, ne restaient que des allemands. Gabrielle perdait espoir. Paul, ses parents... Sa gaieté légendaire s'éteignait. Pauline et elle n'agissaient plus que par mécanisme. Même aux sanitaires ou à la lingerie, toutes trois n'osaient plus rien se dire. N'importe quel mot devenait suspect. Déchirée de colère, Clémence avait dû se résoudre à détruire ses lettres jamais envoyées. Et Émile... Si les blessés ne le réclamaient pas pour les distraire, on l'aurait déjà abattu. La terreur régnait, partout.
Ce matin, l'ennemi avait fusillé des soldats français avec ceux qui les avaient logés et, après avoir trouvé des cartouches chez les fermiers voisins, ils avaient envoyé leurs deux fils comme prisonniers en Allemagne. Le nombre de paysans s'amenuisait. Tous les avaient tant aidés pour l'approvisionnement... Sans eux, qui les nourrirait ? Et l'instituteur, ce gentilhomme ! Condamné à dix ans de forteresse pour avoir donné un faux état civil à un soldat qui voulait se faire passer pour un habitant du pays...
Senones succombait.
Le dos tourné à un officier atteint à la jambe, Clémence imbibait des compresses. Quand verraient-ils arriver les français ? Bon sang... Où étaient-ils ? Les serres de l'Aigle les coupaient de tout, aucun courrier ne leur arrivait.
Le gradé tonitrua :

– Nous avons pris Nancy ! Nous sommes à douze kilomètres de Paris !
L'infirmière se retourna d'un coup. Paris ? Comment était-ce possible ! Ses parents, l'Hôtel... La transpiration auréola son vêtement. Elle commença à nettoyer la blessure et des scènes d'orgie envahirent son esprit. L'ennemi forçait sa mère, massacrait le mobilier, vomissait sur les coussins du salon... Elle serra les dents, mobilisa une énergie folle pour ne pas lui cracher à la figure. Paris...
L'officier brandit son poing.
– Nous voulons les Vosges !
– Vous êtes trop gourmands.
– Non pas des gourmands, mais des gourmets !
Son rire finit dans une toux.
L'air déconfit de Clémence l'amusait, il lui tapa l'épaule.
– Vous serez bientôt allemande.
Décidément... Jamais !

Mi-septembre, artillerie, caissons, mitrailleuses et voitures de ravitaillement ne cessaient d'affluer. Tout déménageait vite, sans discontinuer. Dans les rues et jusque sous leurs fenêtres, la fusillade battait son plein. Les cousines fixaient les hommes couchés en tirailleurs, la plupart ne devaient pas avoir plus de dix-huit ans. Si leur mère, leur sœur les voyaient là... Leurs traits enfantins rappelaient à Clémence ces agneaux marqués d'une croix rouge et conduits à l'abattoir, jadis, dans une propriété proche du Domaine.
Elle attira Pauline à la cuisine, sortit un journal de sa poche et le déplia. Son doigt s'écrasa sur une ligne.

– Regarde.
Les allemands renonçaient à investir Paris !
– L'ennemi serait... repoussé ?
– On dirait bien...
– Chut.
Des pas vers elles. Le journal disparut sur une armoire, elle prépara du café. Les pas s'éloignèrent, elles se dévisagèrent en soupirant de soulagement. C'est alors qu'on annonça l'arrivée d'un corps d'armée française de plusieurs dizaines de milliers d'hommes. L'équipe reprit espoir. Gabrielle renouvela sa requête pour Creil. Elle suppliait que les filles et elle soient employées au service des leurs. « C'était bien légitime », écrivait-elle. Excédé et la mine de plus en plus soucieuse, le médecin-chef l'informa que sa dernière demande passerait au général du corps d'armée.
– Vous aurez la réponse d'ici peu.
– Je vous remercie.
Pour la première fois depuis longtemps, sa tante affichait un vrai sourire. Rien n'était perdu ! L'exil serait moins dur là-bas, quelle consolation ce serait, de soigner leurs soldats ! Et puis... si ses grands-parents avaient survécu, Clémence pourrait enfin faire leur connaissance ! On entama l'après-midi dans une joie difficile à contenir, d'autant que, vers quinze heures, trois patrouilles françaises traversèrent la ville comme des flèches. Des éclaireurs ? Deux heures plus tard, leur joie se changea en inquiétude. Les français n'étaient qu'une poignée.
– Deux cents ! railla l'officier.
On se posta aux fenêtres. Deux cents... Alors qu'à trois kilomètres à peine, les allemands cantonnaient

avec plusieurs régiments ! Ils avaient de l'artillerie, une supériorité en tout... Les français allaient se faire massacrer. Gabrielle et les cousines, trop angoissées, ne se couchèrent pas.
Au milieu de la nuit, Pauline vomit et, très pâle, s'endormit sur un brancard. Gabrielle attrapa une bassine et un linge, mais Clémence insista pour nettoyer, incapable de détourner les yeux de sa poitrine. Se pouvait-il...

Au petit matin, une fusillade nourrie balayait les rues. Clémence se précipita à la fenêtre, Émile se pencha sur son épaule et lui donna la main, comme un petit enfant sur le chemin de l'école. Plusieurs balles sifflèrent à leurs oreilles.
— *Par saint Evroult !*
Elle se décala, l'attira hors de portée mais l'une d'elles traversa la vitre et le faucha dans une violence inouïe. Projeté contre le mur, il tomba, raide.
Elle rampa jusqu'à lui et s'agenouilla, la bouche ouverte dans un cri qui ne sortait pas. Le sang recouvrait son visage, ses cheveux. D'où venait la blessure ? Elle chercha sans toucher, ne trouva pas.
Le médecin-chef entra.
— Tout le monde fa bien ? Ah.
Clémence tira sur son pantalon.
— Je vous en prie, aidez-moi !
L'homme eut tout d'abord un regard détaché. À quoi pensait-il ? Le temps pressait, chaque millième de seconde comptait ! Émile était indispensable ici ! Il travaillait dur et lui aussi riait de bon cœur à ses pitreries. Sans lui, l'innocence déserterait leur vie, c'était tout ce qu'il leur restait

pour supporter l'insupportable.
– Pitié !
Le docteur lui souleva les jambes.
– Venez.
Elle l'attrapa par les aisselles. Cado les suivit dans un miaulement inhabituel. Des traînées de sang maculaient le couloir.
Mon Dieu…
Les larmes roulaient sur ses joues, les scènes de leur vie défilaient. Le Domaine, ses mots : « Débile ! Je te déteste ! », le curé, Bicêtre, son regard désespéré, ses *ma-ma* douloureux ou joyeux, ses fou-rires.
Il n'avait pas repris connaissance ; les larmes redoublèrent.
– Là. Foyons ça.
À peine Clémence eut-elle commencé à éponger que la blessure apparut, sur l'avant du crâne. Le médecin prit son pouls et, s'approchant de la plaie, constata que la balle avait traversé le côté de la tête. Elle soupira. Pas d'extraction à prévoir. S'il survivait, quelles seraient les séquelles ? On scruta le long de la fracture. Les fragments osseux pouvaient-ils laisser penser que le projectile n'avait abîmé que la boîte crânienne ?
Pauline et sa mère accoururent, seule Gabrielle parla.
– On nous a dit… Comment va-t-il ?
– Il est inconscient, dit Clémence.
– Si vous avez besoin…
– Non, occupez-fous des nôtres.
Elles refermèrent sans bruit. Le docteur, dans une concentration totale, passa un long moment à soigner la brèche. Selon l'expression de son visage, Clémence perdait ou reprenait espoir. Enfin, elle lui

banda la tête et cette image lui renvoya soudain celle du cachot.
— Surfeillez-le, s'il se réfeille il pourrait confulser.
Après un tel traumatisme, les convulsions représentaient une complication fréquente. L'inquiétude lui tordit le ventre. Hémorragie, infection... mort... Les risques étaient nombreux. À nouveau, le bruit des armes la redressa. Une autre balle traversa la grande salle, affolant tout le monde.
On ne pouvait pas rester là.
— À la cave ! Tous ! somma le médecin-chef.
À peine descendait-on les derniers blessés que le canon tonna, faisant trembler les murs. Les filles se bouchèrent les oreilles, cachèrent leur tête dans leurs mains. Un instant, Clémence pensa être ensevelie sous des décombres. On passa toute la journée enterré, au milieu des rats. Cado les pourchassait sans relâche et l'œil rond de Clémence suivait le bal de ces bêtes repoussantes. Les bouchers ne tuaient plus, on n'avait plus de bétail.
Si ça continue, je les cuisine en civet.
Suite à une longue accalmie, on remonta. Émile, la figure toute blême, ne se réveillait pas. Un sang vif souillait son bandage. Dans ces conditions... c'était peine perdue. Son cœur se gonfla à nouveau de tristesse. À l'aide de sa tante, elle le réinstalla sur son lit.
Une fumée épaisse noircissait le ciel. Les incendies avaient repris, détruisant de nouvelles maisons. Une quinzaine de victimes arriva. L'odeur qui se dégageait des blessures entraîna Pauline au-dessus d'une bassine. Elle ne s'arrêtait plus de vomir.
Oui, il se pouvait bien que... Mais alors...

Toute la nuit, Clémence veilla Émile. Enfin, bercée par le ronronnement de Cado, elle s'endormit sur un coin de lit.

Une voix familière la réveilla à l'aube.

– *Ma-ma,* jappait-il, les yeux embrumés.

Ces deux syllabes la noyèrent de ravissement. L'envie de se jeter sur lui et de le couvrir de baisers la démangeait mais il ne fallait pas le brusquer. Elle effleura son épi, lui prit la main et sa voix s'étrangla.

– Mon petit Émile…

Il ne pleurait pas, ne parlait plus et ce silence, comme une lame de fond, souleva son cœur de pitié. Vivre auprès de lui, c'était plonger en eaux troubles, braver les remous, bénir l'éclaircie et redescendre dans la vase, dans l'imprévisible. C'était un garçon qu'elle pressentait sans le saisir et cet inattendu permanent l'aidait à grandir, à relativiser. Il vivait ! Il vivait dans les lointains rivages de l'enfance et, auprès de lui, par une partie de cartes ou une course-poursuite improvisée, elle goûtait au bonheur fugace de les rejoindre à son tour et d'habiter un peu les sommets de l'insouciance.

– *Haut-de-forme.*

Clémence laissa les larmes se mêler au rire. Un soldat. C'était un soldat, comme les autres. Coincé sur un lit ou dans son monde, quelle différence ? Lui aussi avait dû réinventer sa vie, puisque le destin l'avait décidé ainsi.

– *Figure boursouflée.*

Le médecin vint interrompre les retrouvailles et l'ausculta.

– Il n'est pas tiré d'affaire. Il a perrdu beaucoup de

sang. Possible que dans les chours qui fiennent…
— Nous sommes aujourd'hui, docteur.
Il hocha la tête et poursuivit ses visites. Clémence le regarda s'éloigner. Les allemands… Plus ils perdaient du terrain, plus ils redevenaient humains.
Émile dormit beaucoup, la laissant persuadée qu'il ne se réveillerait plus, mais vers seize heures il mangea de bon cœur une infâme bouillie. Il en mettait partout et Clémence s'en délectait, la plâtrée ainsi étalée mouillait ses yeux de joie.

En fin d'après-midi, occupée dans la grande salle, elle tendit l'oreille.
Là-bas… On répondait au canon.

39

Dans les jours qui suivirent, l'état d'Émile s'améliora. Comment pouvait-on se rétablir aussi vite ? Le médecin-chef secouait la tête, les bras au ciel et les soldats soutenaient qu'à force de réciter ses litanies, Dieu l'avait épargné. Certains touchaient son épi « porte-chance » et il répondait par un mot cocasse ou une mimique bouffonne. Par moquerie ou amitié, tous riaient, substituant ainsi un peu de légèreté à la souffrance. Clémence dut se fâcher pour qu'ils le laissent se reposer mais les allemands claudiquaient quand même jusqu'à son lit, cartes en main, impatients d'en découdre avec ce joueur hors pair.
À l'extérieur aussi, le danger s'éloignait à petits pas. Les projectiles se dirigeaient sur les batteries allemandes et atteignaient moins la ville, déjà morte. Personne cependant ne mettait le nez dehors. Les obus passaient dans un bruit de sirène et tombaient à quelques centaines de mètres à vol d'oiseau, soulevant d'énormes couches de terre. Furieux de voir ses positions découvertes, l'ennemi multipliait les perquisitions. Il poussa ses recherches jusqu'à l'hôpital.
Ce jour-là, devant l'équipe raidie d'inquiétude, trois allemands, les yeux noirs de colère, allongèrent un pas vif dans le couloir. Gabrielle et Clémence arrivaient en face.
— Montrez-nous la cave !

Elles firent demi-tour et descendirent. Les bottes battaient les marches, brutalisaient leurs oreilles. Clémence patienta à côté de sa tante. La peur contractait ses muscles. Tous savaient comment l'ennemi s'amusait avec les filles du pays ; heureusement, sa tenue d'infirmière inspirait un peu de respect. Les militaires marmonnaient, il y avait forcément un téléphone souterrain quelque part ! Clémence les suivait des yeux, les bras le long du corps. Quatre fois qu'ils cherchaient au même endroit... L'un deux se planta devant Gabrielle.
— Le téléphone !
— Il n'y en a pas ici.
La voix assurée de sa tante impressionna Clémence. Qui pouvait contester quelqu'un de si ferme ? Rien que sa posture rendait les mots irrévocables. Ils refirent le tour de la cave. Comment Diable communiquaient les français, sans le téléphone ? On avait distribué à chaque civil, après avoir vérifié leurs papiers, une carte d'identité barbouillée de toutes sortes de sceaux : celui du commandant de la place, celui du général du corps d'armée... On contrôlait tout le monde, tout le temps. N'importe qui, trouvé sans ce précieux talisman, finissait chez le commandant, si bien qu'aucun étranger ne pouvait s'introduire dans les lignes ennemies. Alors, comment faisaient-ils ?
Le médecin-chef descendit, la blouse souillée. À son tour, il jura, on n'avait pas de téléphone. Tout le monde remonta, Gabrielle et sa nièce à l'arrière. Sur l'avant-dernière marche, s'assurant que tout le monde était assez loin, Clémence chuchota.
— Je me demande bien comment ils font...

Gabrielle eut un sourire mutin.
– Le Rabodeau.
Sa nièce fronça les sourcils.
– La rivière ?
– La rivière…
Selon l'aveu d'un brancardier, les français y lâchaient des bouteilles, indiquant ainsi les abris de canons ou de mitraillettes. Son débit rapide et ses algues lisses les conduisaient à bon port en un temps record.
– Comme c'est intelligent ! dit Clémence.
On se hâta de rejoindre les autres. Les trois allemands avaient déjà quitté les lieux.

Fin septembre, les français conservaient leurs positions mais ne semblaient pas avancer. Depuis qu'elles ne logeaient plus en ville, les filles n'échangeaient que sur leur travail : bandages, compresses, anesthésies, amputations. Depuis la mort d'Hans-Udo, Pauline avait comme… changé de voix. Plus monocorde, moins chantante, presque étranglée. La douleur transpirait par tous ses pores. Dès qu'elle en avait l'occasion, Clémence détaillait son corps changeant. Ses seins s'alourdissaient, les nausées ne la quittaient pas.
À bout de patience, elle profita d'un déchargement de matériel pour lui parler. À part elles, il n'y avait personne autour des véhicules. C'était maintenant ou jamais.
Clémence attrapa une caisse.
– Tu as des nausées et tu as pris de la poitrine.
– …
Pauline prit les paniers et resta plantée, le regard sur les anses. Clémence posa la charge.

— Vous avez… enfin je veux dire…
— Oui.
— Ta maman est au courant ?
— Non.
— Tu dois lui en parler.
— Hors de question.
— Tu ne pourras pas le cacher longtemps.
— Si.
— Et quand il naîtra ?
— Je le tuerai.
Clémence buta sur la caisse.
— Tu ne peux pas, c'est l'œuvre de Dieu et…
— Je me fous de Dieu. Je le tuerai.
Clémence aplatit son torse contre son dos et l'entoura.
— Ne dis pas ça...
Elle renifla.
— C'est trop dur sans lui.
— Et Gustave ?
— Il se fera tuer comme les autres.
— Mais… s'il revient ?
Sa cousine releva le menton.
— Alors il m'épousera.
Clémence recula, un sentiment violent l'envahit. Voilà qu'elle se permettait de *décider* pour lui ! Cette jeune femme qui se tenait devant elle, elle ne la reconnaissait plus. Un irrévocable glissement s'opérait dans son esprit. Si Gustave revenait sain et sauf et que sa cousine ne lui disait pas la vérité, elle s'en chargerait. Assez de sacrifices ! Partie ainsi, la vie n'allait pas durer. Ce qu'on donnait à Pauline n'était rien d'autre que ce qu'on lui ôtait, à elle. Le visage fermé, elle transporta la caisse jusqu'à la cuisine. Pauline la suivit sans rien

ajouter. Que dire de toute façon ? Elle avait toujours ce qu'elle voulait !

Octobre fila, sans que l'équipe n'ait de répit. Au milieu du mois, les allemands déploraient une grande quantité de blessés. Ils étaient repoussés et tous les hommes réquisitionnés pour enterrer les morts.

La population manquait de tout. Le boulanger n'avait plus de farine, l'autorité ennemie devait en faire venir d'Allemagne. On attendait. Clémence eut une grimace de dégoût. L'idée de cuisiner les rats l'effleura à nouveau. S'il le fallait, elle s'y résoudrait. À la guerre comme à la guerre... C'était vrai, cette fois.

Le courrier recommençait à fonctionner, mais mal. Gabrielle et Pauline n'avaient aucune nouvelle de Paul. Et Gustave, était-il seulement en vie ? Se pouvait-il qu'une de ses lettres se soit perdue ? Clémence pouvait accepter tous les sacrifices, mais pas celui-là. L'invincible espoir de le revoir la maintenait alerte. Beaucoup d'autres reviendraient, pourquoi pas lui ? Dans le creux de son cœur, elle s'imaginait contre son torse nu et c'était si bon, de se retrouver après toutes ces épreuves et de se raconter les faits vécus.

Fin octobre, enfin, une pile de courrier arriva, ouvert. Dans le lot, un pli s'adressait à Pauline, un autre à sa mère. Gabrielle déchira l'enveloppe, son visage s'illumina.

– Ma demande est acceptée ! Nous partons au service des nôtres !

Une voiture devait les conduire à la gare la plus

proche, où ils prendraient le train pour Creil. Pourvu que ses parents…
Quant à Pauline, aussitôt lue, elle délaissa sa lettre.
– Alors ? demandèrent-elles en chœur.
– Il combat sur le front à Compiègne…
Gustave… à Compiègne ! Clémence cessa de respirer.
– Fais voir !
La lettre ne contenait que trois lignes. Compiègne… Dans sa tête, tout se resserra. Les cartes de France de Sœur Saint-Sulpice se déroulaient, le nord s'agrandissait. Creil-Compiègne… Si ses souvenirs étaient bons, les deux villes se trouvaient dans le même département. Combien de kilomètres les séparaient ?
À voir sa fille figée sur place, Gabrielle lui prit les mains.
– Ils ne peuvent pas écrire librement. Tout le monde redouble de vigilance. Il s'est contenté du minimum, par obligation ! Comme l'ennemi perd du terrain, il décèle des messages cachés partout. Souviens-toi ces sentinelles postées à tous les coins de rue, et ces pauvres gens en train d'arracher des pommes de terre, arrêtés pour avoir, soi-disant, fait des signaux avec leur pioche. Bientôt, pour aller chez l'épicier, il faudra un passeport !
Clémence conforta sa cousine à son tour mais sa voix flottait au-dessus d'elle. Elle parlait sans conviction, le cœur pourtant emballé d'excitation.

Alors que les cousines rassemblaient dans leur valise le peu d'effets personnels qu'il leur restait, Clémence jetait des regards déterminés sur les murs de l'hôpital. Avec cette libération, cette joie de

partir si près de lui au service des siens… Malgré un conflit qui s'enlisait…
Rien ne serait plus comme avant.

40

Le jour du départ, Clémence ne cessait d'observer sa tante. Comment pouvait-elle ignorer l'état de sa fille ? Le marathon quotidien à l'hôpital et l'inquiétude pour les siens l'avaient-ils à ce point aveuglée ? Après tout, on pouvait bien s'épaissir sans... Elle frissonna. « Mère célibataire », comme disaient les assistantes sociales. À moins que Gustave... L'avenir l'étranglait tour à tour d'illusions et de désespoir. Elle changea sa valise de main et laissa la bise d'automne, pénétrante, lui insuffler un peu d'optimisme.

Sans incertitude, pas d'espoir.

Le train se mit en marche. Avec le paysage, le passé défila, une page se tournait. Un sentiment de sérénité l'envahit. Une joyeuse troupe de l'Armée coloniale égayait le fond du wagon et, face à elle, Émile alignait ses cartes dans une partie dont lui seul connaissait les règles, puisqu'il les avait inventées. Comment pouvait-on se contraindre au jeu de manière aussi complexe et se trouver démuni, une fourchette à la main ? Cado, enroulé dans son poil, n'ouvrit l'œil que pour sauter à l'assaut d'un ruban. Clémence caressa la pièce de soie. Le ruban... Un mystère. Elle n'arrivait pas à écarter Émile des suspects. Il eut un rire de gorge en retournant un as de carreau. Clémence lui tapota la cuisse.

– Chut !

– *Ma-ma.*

L'émotion la gagna. Par sa faute, la mort avait bien failli l'emporter… Si elle n'était pas restée devant la fenêtre pendant la fusillade… Enfin, ils étaient là et quel chemin parcouru depuis l'Asile ! La fierté gonfla son cœur : celle d'avoir cru en lui, en ce qu'il pouvait devenir. Un soignant courageux, un garçon sensible, prêt à aider ou à mordre selon qu'on le considérait homme ou animal. Sa cellule, son regard désespéré… Les images remontaient, s'amassaient dans sa tête et restaient là, chiffonnées, en plein milieu. Le tas prenait toute la place. Clémence se tourna vers la vitre et sourit. Le train entrait en gare. Il était mieux dans cet enfer-là que dans l'autre.

On se leva puis on s'écarta pour laisser passer tout le bataillon africain. Émile se redressa et tapa des deux mains sur son siège.

– *Je fais du tam-tam, sur le cul de ma bonn' femme.*

Comme les Sénégalais dévoilaient leurs dents blanches dans des secousses communicatives, Pauline éclata de rire, tandis que Clémence, lèvres serrées, inspirait de honte.

– Ça va pas ?

Elle lui attrapa le bras.

– C'est pas joli, on ne dit pas ça !

Les hoquets de Pauline devenaient incontrôlables. Émile s'agita avec elle. Même Gabrielle riait sous cape. Ça commençait fort. Soudain, Clémence le dévisagea. Ça alors… C'était la première fois qu'il faisait une phrase, avec un verbe… et des rimes !

L'infirmière-major, une grande dame charpentée, les accueillit sur le quai. Gabrielle se pressa,

écourta les salutations d'usage et lui donna le nom de ses parents.
– Ils vivent dans la rue Gambetta, ma mère y avait ouvert la mercerie.
– Désolée je ne peux pas vous renseigner, je viens d'arriver.
– Si cela ne vous gêne pas, je m'y rendrai au plus tôt.
– Venez, vous déposerez vos effets et nous questionnerons le reste de l'équipe.
L'hôpital d'évacuation de Creil se situait près de la gare, si bien qu'Émile, Gabrielle et les filles suivirent à pied cette grande dame avenante et sûre d'elle.
– À quelle distance serons-nous de la ligne de front de Compiègne ? demanda Clémence.
– À peine trente kilomètres.
Pauline baissa les yeux.
L'infirmière expliqua que Marie Curie et sa fille, Irène, étaient arrivées ici le premier novembre. Avec l'aide d'Antoine Béclère, la physicienne avait réussi à créer un service de radiographie mobile. Un des modèles, la voiture E, était en service dans la commune, quartier des Cavées.
Clémence en lâcha son bagage.
– Vous voulez dire que… nous allons travailler avec Marie Curie ?
– Oui.
Pauline et Gabrielle se laissaient porter, la mine soucieuse, tandis que Clémence sautillait partout. Elle intégrait l'hôpital où Marie Curie servait ! Une révolution était en marche, des savants possédaient un savoir capable de sauver des vies ! Ses parents, en cédant leur véhicule, avaient réalisé malgré eux

une belle action.
L'infirmière s'adressa à Gabrielle avec passion.
– Votre nom est connu ici. Grâce à votre aide, grâce au Patronage National des Blessés et des particuliers, Marie Curie a réussi à installer plusieurs postes !
La scientifique se rendait sur le champ de bataille et procédait à la radiographie immédiate des blessures. Son système évitait bon nombre de complications et d'amputations. Quand on opérait sur place, les bénéfices étaient tels ! Elle n'abandonnait pas un cas avant que toutes les chances de survie soient épuisées.
Au moment où elles arrivaient, Marie Curie se garait. Les filles abandonnèrent leurs affaires et se précipitèrent. Elle ramenait, depuis l'intérieur des lignes, des hommes et des garçons couverts de boue et de sang. Clémence ne put masquer une moue de dégoût. L'un d'entre eux n'avaient plus de visage. S'il était... là, le reconnaîtrait-elle ? Pauline partit en courant, une main sur la bouche, mais vomit avant d'avoir pu contourner le bâtiment. Pour la première fois, Gabrielle s'attarda sur sa silhouette épaissie, fronça les sourcils et tourna les talons vers les cris.
L'équipe et les nouveaux arrivants se présentèrent à la hâte. On s'affaira. Malgré les mêmes blessures, les mêmes gémissements qu'à Senones, une joie diffuse étreignit Clémence. Des français. Rien que des français !
Sur l'ordre de l'infirmière-major, elle fut affectée dans l'équipe du docteur Raillard, un médecin militaire.
– Bon courage, lui souffla sa voisine.

Son sourire en coin piqua sa curiosité.
Aussi bien à l'arrière qu'au front, les hôpitaux militaires comptaient très peu d'appareils à rayons X et les médecins n'étaient pas habitués à leur utilisation. Alors que le directeur de l'hôpital était, selon l'infirmière, ouvert au progrès, Clémence allait devoir composer avec ce médecin, très peu convaincu de leur utilité.
— Au fait, je m'appelle Alice. Et toi ?
— Clémence. Mais… que peut-on remettre en question, qui vienne de Marie Curie ?
— Justement, il se méfie tout court de la radiographie, mais alors… pratiquée par une femme…
— Incroyable…
Alice eut un sourire espiègle.
— Raillard est mauvais en géométrie, or, la géométrie est indispensable pour lire les clichés. Avec lui, Marie Curie multiplie les démonstrations. Elle ne hausse jamais le ton et lui apprend la technique, lui répète de ne pas oublier les gants, les lunettes de protection, le tablier… Tu vas voir !
Clémence resta perplexe. Quel culot ! Avant la guerre, dans un journal qui traînait au salon, elle avait même lu des éloges d'Einstein à son endroit. Viendrait-il, ce jour où l'on considérerait hommes et femmes à égalité ? Le conflit aiderait peut-être à éveiller les consciences. Dans les usines, aux champs, ici… on ne remplaçait pas un homme par quatre femmes mais bien par une seule !
On leur demanda de s'activer ; elles se séparèrent avec un petit signe de la main.
— À plus tard !
Avant de rejoindre son poste, Clémence emmena Émile à la cuisine et le présenta à une petite dame

rondouillette et pétillante d'énergie.
– Vous pouvez lui confier des tâches simples, répétitives.
– Oh ben c'est pas c'qui manque !
– Vous verrez, il est d'une efficacité redoutable.
– Viens là mon garçon. Toutes les pt'ites mains sont les bienv'nues !
La femme tira une chaise. Émile leva un regard apeuré vers Clémence. Elle lui expliqua, le rassura et le fit assoir. Cado se coucha à ses pieds, et, rassuré par la voix bienveillante de la dame, le jeune homme relâcha les épaules.
– À tout à l'heure ! articula Clémence, fort.
Il ne répondit pas, c'était bon signe.
Enfin, elle rejoignit sa salle, et on lui demanda tout d'abord d'observer, en retrait. Clémence ne savait pas où regarder. La machine, les rideaux opaques, les grosses lunettes… Le dispositif radiologique la laissait perplexe, mais avec un peu de temps, elle comprendrait son fonctionnement.
Le docteur Raillard s'adressa à la scientifique.
– Sauf votre respect, vous êtes sotte, de ne pas déposer de brevet sur le radium. Vous seriez riche !
Clémence en eut le souffle coupé. Lui parlerait-on sur ce ton, si c'était un homme ? La voix de Marie Curie, sous son masque de froideur, se fit douce et claire.
– Le radium ne doit rendre riche personne. C'est un élément. Il appartient à l'humanité tout entière. Je préconise ici une radio des membres inférieurs.
– Un projectile qui ne semble pas occasionner de perturbation doit être laissé en repos.
– Je suis pour l'extraction systématique.
– La question ne peut être discutée sous une forme

aussi absolue, ma chère et…
— Évidemment, il ne faut pas extraire s'il n'y a pas d'urgence, plutôt que de le faire dans de mauvaises conditions ou avec un matériel insuffisant. Mais là, il faut extraire. Quand la blessure est récente, il y a toujours un intérêt certain à le faire, surtout avec l'aide inestimable de la radiologie.
— On ferait mieux d'amputer. Allez-vous longtemps vous réduire au simple statut de photographe, ma chère ? Vous êtes médecin !
— J'en doute quand je vous entends.
Clémence se mordit les lèvres. Il ne valait pas mieux que Gircourt, alors qu'elle… Quelle femme ! Quelle patience, quel respect pour la vie humaine… Ses yeux allaient de l'un à l'autre. Comment osait-il entrer dans un conflit aussi ridicule ? Il se comportait comme un garçonnet dans une cour d'école.
Le blessé poussa un affreux gémissement. La scientifique prit les choses en main mais le soldat se tortillait sur la table d'opération. L'appareil-röntgen l'effrayait.
— Cet… examen va faire mal ?
Marie Curie lui caressa le bras.
— Vous allez voir, ce n'est ni plus ni moins que si on vous prenait en photo.
Les mains de la scientifique couraient avec efficacité autour de lui. Tout alla vite. Elle s'empara de l'écran radiographique, le plaça à la bonne distance du membre, le positionna du mieux possible. Ces gestes avaient l'air familiers, elle les réalisait presque mécaniquement.
— Ne vous tracassez pas, le ménagea-t-elle encore. Il ne reste plus qu'à tirer un calque de l'image pour

le chirurgien, et tout ira bien.
– Comment… Comment cela fonctionne-t-il exactement ? osa Clémence.
– Venez mademoiselle, je vais tout vous expliquer.
Clémence fit le tour de la table en retenant son souffle. Hors de question d'en perdre une miette. Elle écouta, admirative : Marie Curie projetait de former des manipulatrices en radiologie. Qu'elles soient de simples jeunes filles, infirmières ou femmes de chambre, avec les bases de mathématiques élémentaires, de physique et d'anatomie, elles contribueraient à sauver la vie de milliers d'hommes.
L'excitation pulsait dans ses tempes. Une femme était en train de changer le monde.

En fin d'après-midi, une fois les urgences réglées, et comme personne ici ne pouvait la renseigner, sa tante s'assura qu'on pouvait se débrouiller un moment sans elle, et partit avec Pauline. Imaginer ses grands-parents si près… « Madeleine et Marius », dit Clémence à voix haute. Quel étrange sentiment ! Et quel gâchis… Les Panas de Prinveaux avaient coupé tout lien avec les gens de rang inférieur, proches ou non ; Eugénie avait oublié d'où elle venait. Sa cousine lui rapportait des souvenirs heureux et peignait un couple uni et débordant de tendresse. Se pouvait-il qu'ils aient péri, ce jour de septembre où les allemands avaient incendié leur rue ? Aujourd'hui, Creil était libérée et l'ennemi replié au nord-est du département mais, d'après l'infirmière-major, les séquelles violentes de cette occupation agitaient encore les esprits. Clémence redressa les épaules. Elle était vivante et Marie Curie avait besoin d'une solide assistante. Marie Curie ! Elle n'en revenait pas. La guerre apportait son lot de surprises, heureuses ou malheureuses.

En fin de journée, le directeur de l'hôpital prêta son violon à un soldat.
— Gardez-le, le temps de votre convalescence.
Les notes montèrent, puissantes, vibrantes. C'est sur cet air nostalgique que Gabrielle et Pauline rentrèrent, le visage ravagé de chagrin. Les premiers mots de leur récit nouèrent la gorge de Clémence.
Selon le rapport départemental, on avait retrouvé leur grand-père mort, le trois septembre, au carrefour de la rue Gambetta et de la rue Carnot. Selon un témoin auditionné, Marius avait le crâne défoncé. Des coups de hache ou de crosse avaient pu produire une telle blessure. Gabrielle hoqueta :
— Papa a mis les Allemands en joue avec sa pipe.
Pauline s'essuya les pommettes, son visage disparut dans le cou de sa mère.
— Et Madeleine ?
— Elle vit dans la cave, où elle s'est réfugiée au moment du bombardement. J'ai insisté pour qu'elle me suive à l'hôpital mais elle a refusé.
Leur grand-mère, malgré le poids des décombres, s'était même forgé un deuxième passage vers le sous-sol, de peur que le premier se retrouve condamné.
Pauline leva les yeux vers sa cousine.
— Tu veux aller la voir ?
Un bonheur diffus inonda Clémence. Sa cousine la tira par le bras, comme avant.

– Attends.

Elle emmena Émile à la buanderie et accompagna ses mots de gestes précis.

– Tu plies ce linge et tu restes ici. Je reviens vite. Bon... Si tu as fini, tu peux aller dessiner, là-bas.

– *Ma-ma.*

Plus besoin de le menacer. Tant qu'elle l'assurait de son retour, il se montrait raisonnable et docile. Si besoin, il pouvait retrouver Gabrielle dans le grand dortoir, où les pansements allaient l'occuper un moment.

Clémence jeta sa cape sur les épaules et suivit Pauline à l'extérieur.

– Tu vas voir, Grand-mère est extraordinaire.

Le mot lui fit tout drôle. Elle n'avait appelé « Grand-mère » qu'une femme acariâtre et aussi suffisante que son fils, Louis-Henri. Une femme qu'elle voyait peu, au cours de dîners mondains à l'Hôtel ou aux parties de chasse au Domaine. Une femme qui lui tournait toujours le menton pour la voir du bon côté, et qui ne lui parlait que d'un monde qui allait mal. Son père non plus ne montrait pas beaucoup d'affection envers cette mère capable de le rabaisser en public pour un invisible pli sur son pantalon.

Sur la route, Pauline passait du rire aux larmes mais, pour sa cousine qui découvrait un pan inconnu de son histoire, elle emprunta une voix de guide touristique. La place de la gare, l'abreuvoir, les bateaux dans l'écluse... Creil était une petite ville ouvrière charmante. Clémence marchait un peu en retrait, poussant des « Oh ! » ou des « Ah ! » selon les anecdotes. Malgré la mort, malgré ce petit d'ennemi qui poussait en elle, Pauline faisait face et

lui rappelait de ne pas se laisser abattre. Clémence inspira l'air frais de novembre à pleins poumons. Depuis quand n'étaient-elles pas sorties sans danger ?
Plus elles s'en rapprochaient, plus les traces de bombardements et d'incendies défiguraient le centre. Un interminable amas de pierres bordait la rue de la République et la rue Miss Edith Cawell. Quand les filles débouchèrent rue Gambetta, Pauline accéléra le pas jusqu'à la maison qui jouxtait la mercerie, et ses yeux se mouillèrent. Quelle tristesse ! On avait déblayé les ruines par endroit, mais plus rien ne subsistait de la maison où la jeune femme avait passé des jours heureux.
— Grand-mère ?
Les cousines hésitaient. Il ne fallait pas la brusquer, lui laisser penser que l'ennemi revenait.
— Grand-mère ? appela Clémence à son tour.
Un « oui » lointain sortit des décombres. Les filles descendirent. Une seule ampoule, dont le fil pendait au milieu de la voûte, éclairait le lieu, glacial. Les températures continuaient à chuter, elle ne pouvait pas rester ici ! Madeleine avait cependant aménagé son coin avec chaleur. Quatre chaises entouraient la table, des cadres ornaient les murs et l'unique meuble. Le lit était fait, et, sur le réchaud, une odeur de ragoût montait de la casserole.
Alors que Clémence restait en retrait, Pauline l'entoura de ses bras et l'embrassa.
— Je te présente Clémence.
— Ça alors ! Approche donc.
C'était une femme massive. Ses cheveux bruns, fournis, entouraient des yeux rieurs, que

prolongeaient des rides déjà marquées. Elle se leva ; Clémence la dépassait d'une tête. Sa grand-mère leva la main et lui caressa une joue puis l'autre. Avec des gestes doux, ses doigts glissaient dans les sillons ou sur le côté lisse sans distinction. Clémence referma les mains autour des siennes.

– Je suis désolée pour votre mari. Pour... Grand-père.

– Pauline m'a beaucoup parlé de toi.

– Elle m'a parlé de vous aussi.

– Tu as le même regard que mon Marius. La même bouche aussi.

– Ah oui ?

– Quand tu parles, j'ai l'impression qu'il est là.

Clémence serra ses mains plus fort. Comment contenir le flot qui montait dans sa gorge ? Si elle parlait, elle pleurait. Pauline se mit à arpenter la cave.

– Grand-mère, vous ne pouvez pas rester là !

– Venez à l'hôpital, vous serez au chaud.

Madeleine se rassit.

– Je suis bien ici. Avec les voisins, nous allons reconstruire.

– Le froid vous tuera.

– Je viendrai si c'est trop dur.

En attendant, les cousines promirent de la visiter chaque jour, avec ou sans Gabrielle. Quel gâchis, se dit Clémence sur le chemin du retour. Comment sa mère avait-elle pu couper les ponts avec une femme aussi attachante ? Un jour, si elle osait, elle lui demanderait ce qui les avait tant éloignées. La simple raison d'une différence sociale ne la satisfaisait plus.

Arrivée à l'hôpital, Pauline partit s'allonger pour soulager ses reins douloureux mais, à peine installée, Gabrielle vint la trouver, accrocha son regard et lui fit signe de la suivre. Mère et fille disparurent au bout du couloir, puis la mère devança la fille dans le cagibi. Clémence attendit un peu, avança sur la pointe des pieds et colla son oreille. La dernière fois qu'elle avait écouté aux portes… Autant ne plus compter ! Ce temps lui paraissait proche et si lointain. Gabrielle attaqua sans détour.

– Tu as couché avec l'Oberarzt ?

– …

– À quand remontent tes dernières menstrues ?

Pauline chuchotait, Clémence n'entendait pas.

– Tu es enceinte.

– …

– Si tu revois Gustave, dis-lui la vérité. Dis-lui que le père est mort. S'il est prêt à t'accepter avec cet enfant, on vous mariera. Sinon… Sinon tu l'assumeras.

– …

– Je ne sais pas ce que l'avenir nous réserve. Mais je t'aiderai et j'espère que ton père n'en souffrira pas, s'il revient.

– Papa…

– Après tout ce qu'il aura vécu.

Clémence haussa les sourcils. Gabrielle était décidément une femme intelligente et moderne.

Quand elle retrouva Pauline en bas, elle lui chuchota :

– J'ai tout entendu.

Le visage de sa cousine se plissa de reproche puis se détendit dans un air mutin.

– J'aurais fait pareil.
– Au moins, s'il ne revient pas… tu ne seras pas à la rue.
– Qui ça ?
– Gustave !
Pauline se massa les reins. Mesurait-elle sa chance, dans ce monde qui rejetait les filles comme elle ?

41

Des semaines chargées s'enchaînèrent. On vivait dans la peur mais en harmonie.
Toutefois, on craignait moins pour sa vie. Les combats ne se déroulaient pas sous les fenêtres, comme à Senones, mais les hommes revenaient dans le même état, grièvement atteints. Certains disaient qu'il y avait tant de morts sur le front qu'ils se protégeaient des tirs derrière les cadavres. La censure faisait rage, jusqu'au ridicule : les journaux se voyaient interdire la publication de solutions à des parties d'échecs, de crainte qu'elles ne transmettent un code à l'ennemi.
Un froid tenace gardait tout le monde près des poêles. Madeleine avait accepté de venir s'installer à l'hôpital et on lui avait aménagé une petite salle au dernier étage. Qu'il était doux pour les filles d'avoir leur grand-mère si près ! Le soir, à la lueur d'une bougie, elles l'écoutaient raconter sa jeunesse, Marius et la Mercerie.
Seul Émile aimait sortir par ce temps glacé. Malgré les gronderies, il soulevait du pied des tas de feuilles pourries, Cado bondissait dedans, ressortait coiffé d'automne et son maître se jetait sur lui, l'excitant de plus belle. Le jeune homme servait sans relâche, l'équipe gagnait du temps à la cuisine, à la lingerie ou auprès des blessés. Des moqueries fusaient toujours, ici ou là, mais on se le disputait pour jouer ou dessiner. Quand le temps

se faisait long et douloureux, le plus jeune des soldats attrapait son violon et, au son de notes mélancoliques ou entraînantes, une véritable émulation créative naissait autour de ses croquis. Qu'il était drôle et touchant de voir ces hommes s'essayer au dessin !
Pauline se traînait, Clémence l'encourageait à se reposer et secondait Marie Curie pour deux. Depuis début novembre, comme le personnel compétent faisait défaut, la scientifique formait elle-même les manipulateurs radiologiques. En peu de temps, et au prix d'un travail intensif et d'une vive intelligence, l'infirmière avait assimilé la technique dans tous ses détails. Malgré des conditions précaires, -relatives au personnel autant qu'à l'appareillage-, Marie Curie se donnait le droit d'y croire comme un homme y croirait. Cette femme l'éblouissait. Au départ, elle l'avait trouvée sévère, avec son front volontaire et ses sourcils froncés. Mais ici, l'armure de l'austérité se fendait et si son air restait grave, sa bienveillance envers les victimes montrait toute sa sensibilité.
Clémence se trouvait forte, presque belle. Personne ne prêtait attention à sa cicatrice. Les armes, en abîmant les autres, pulvérisaient la norme, celle qui comptait tant à leur âge : l'apparence.

Un nouveau jour se leva. Alors qu'on entassait les soldats dans les salles communes, les gradés bénéficiaient de pièces à l'écart. Un vent violent sévissait depuis la veille et sifflait jusque dans la petite salle où Clémence pansait un officier.
– Si je connaissais le pointeur des obus qui nous arrivent, avoua-t-il dans un long gémissement, je le

féliciterais et lui paierais une bouteille de champagne !
La conversation se mua en monologue. Avec le temps, Clémence avait compris que l'écoute demeurait une partie essentielle des soins.
– Voilà, il faut vous reposer maintenant.
L'officier immobilisa sur le mur un regard contrarié.
– Je n'ai pas sommeil.
Clémence se gratta la tête.
– Un garçon invincible aux cartes, cela vous amuserait-il ?
Un éclair de vivacité passa dans son œil.
– N'espérez pas converser avec lui, mais il vous battra.
– Envoyez.
Elle descendit à la lingerie et les bras lui tombèrent devant l'amas qu'Émile devait plier. Pourquoi n'y avait-il pas touché ?
– Émile ?
Son front se plissa. Elle appela encore puis monta à l'étage.
– Émile ? Émile !
En traversant la grande salle, la jeune femme interrogea tout le monde. Non, on ne l'avait pas vu. Depuis combien de temps ? On ne savait pas.
– Et son chat ?
On haussa les épaules. Clémence jura entre ses dents et poursuivit l'exploration du bâtiment. Personne. Ça n'allait pas recommencer ! Elle sortit, écuma les environs, longea le Rabodeau, rentra à nouveau et courut jusqu'en ville. L'inquiétude l'humidifiait de sueur.
À la nuit tombée, il n'était toujours pas rentré.

Aux alentours de vingt-deux heures, Clémence cherchait toujours, quand le camion de ravitaillement freina si sec devant l'hôpital qu'il manqua de percuter le mur. Le conducteur, un soldat qu'elle aimait beaucoup pour son grand cœur, en descendit, le souffle court. Il revenait du front, l'air décontenancé.
– Y a vot' gamin qui s'était caché à l'arrière et…
– Mince ! J'aurais dû y penser !
Clémence se rua sur la portière en secouant la tête. Elle était responsable. Il l'avait sauvée et elle l'avait traîné là, incapable de le protéger.
– Mon Dieu…
C'était comme un éboulement dans son cœur. Le militaire leva les mains au ciel.
– Navré… On était parti ravitailler et, là-bas, il a bondi du camion ! Il s'est mis à courir partout vous voyez… Trop près des tirs.
– …
– On l'a ramené mais… L'est mort.
Elle ne bougea pas. À quoi bon s'agiter, brasser des mots inutiles. Une fièvre toute singulière s'enroula en elle. Sa vie, leur relation… c'était hors du commun. Existait-il, sur Terre, deux êtres qui s'aimaient autant ? Tous les blessés, tous les morts se ressemblaient, sauf lui. Quelle serait son existence, sans celui qui en sublimait les contours de ses bruits familiers et caressants ? Clémence n'arrivait pas à faire autrement que contempler ce tas d'amour sans vie. Ce n'est pas parce que c'était grave que ce n'était pas beau. Comment continuer ? Comment être là, capable ? Devant ce grand garçon ramassé contre la tôle, un sentiment déchirant la happa. Ce qu'elle avait devant elle, c'était le plus

grand fragment d'Humanité qu'on lui ait donné à voir.
— Pauv'gosse, dit le soldat, en serrant l'épaule de Clémence tout contre lui.
Cette chaleur lui fit du bien.
Dans une volonté farouche, elle bondit dans le véhicule, se blottit contre Émile et lui recoiffa l'épi. Le jeune homme avait le même regard vide et désespéré qu'au cachot. Que dire ? Que plus jamais il ne se réveillerait ? Comment lui expliquer, comment lui faire comprendre ?
Cado gisait sur ses genoux, inanimé et son maître caressait ses poils collés. Non, il ne comprenait pas.
— Je suis tellement désolée, dit Clémence.
— …
— Il est mort. Il faut que tu comprennes.
— *Ma-ma.*
On les emmena dans la grande salle. Quelques blessés approchèrent. Certains gardèrent le silence, d'autres interrogèrent, réconfortèrent. Mais Émile, Cado au creux des bras, ne réagissait pas. Que ressentait-il ? Comment endurait-il cette épreuve ? Clémence en avait le cœur brisé. Petit animal mort sous les balles… Quel manque il allait lui causer ! Il le palpait, le caressait, titillait ses oreilles. La troupe autour d'eux avait un regard compatissant. Elle lui prit le bras.
— Il est mort… Je suis désolée.
Elle esquissa un geste pour le lui retirer mais il se braqua, le serra. Comment faire ? Il n'arrivait pas à s'en séparer. Soudain, il posa Cado sur son épaule.
— *Manifestations fonctionnelles.*
Le chat glissa puis tomba dans un ploc glaçant.
— *Par saint Nymphase.*

Le jeune homme écarquilla les yeux mais recommença. Le même bruit le choquait maintenant. Deux grosses larmes roulèrent sur ses joues. Il les essuya, renifla et se jeta contre Clémence.

– *Ma-ma.*

Puis il partit en courant, revint avec une besace et y encapuchonna son compagnon. Son regard ardent, presque furibond, ne se détournait pas de l'animal. Clémence sortit son mouchoir.

– Tu sais, on ne peut plus le garder.

– On pourrait lui faire une petite cérémonie, hasarda un blessé.

D'autres encore, clopin-clopant, se joignirent à lui.

– Oui, il est là pour nos morts, on doit le soutenir pour le sien.

– Il faut l'enterrer.

– C'était un petit soldat lui aussi.

– Tombé au front.

– On va lui faire une sépulture.

Devant tant de sollicitude de la part de si grands gaillards, Clémence étira un sourire de reconnaissance.

Presqu'à l'unanimité, on décida de s'y mettre tout de suite. Dehors ? Par cette nuit noire, le froid et ceux cloués au lit… impossible. Il fallait rester ici. Pierre, le ravitailleur, descendit chercher une ancienne boîte à munitions et la plaça sur un tabouret. Pauline glissa un linge dessous et Gabrielle de petits lumignons tout autour. Au lever du jour, on l'enterrerait derrière l'hôpital. Émile assistait, muet, à ces élans de minutie. Restait à savoir comment on transfèrerait Cado de ses bras au cercueil. Seule une poignée d'hommes marmonnait, outrée.

Enfin, tous ceux qui le pouvaient approchèrent en procession et entourèrent le piédestal. Personne ne dit rien. Clémence non plus ne savait pas par où commencer.
Au bout d'un moment, un blessé sollicita Émile et réussit à installer Cado dans son rectangle.
— Là, il va dormir là.
Émile voulut le reprendre, le soldat le fit reculer d'une main ferme mais affectueuse :
— Nous sommes réunis pour saluer la mémoire de Cado. C'était vraiment un chat… épatant.
D'autres suivirent.
— Nous te saluons et te souhaitons de trouver le repos éternel.
Émile se tenait droit, le visage renfrogné.
— Adieu, gentille bête à bon Dieu, dit un paysan.
Clémence entourait ses épaules. Pauvre Émile, en plein tumulte. Retrouverait-il un jour cette joie simple qui éclairait son visage dès l'instant où petit Cado pointait ses moustaches ? Cet amour qui n'avait cessé de croître entre eux depuis leur première rencontre la ramenait à l'essentiel. Les animaux n'étaient-ils pas un trait d'union entre le visible et l'invisible ? En serrant plus fort ses épaules, elle se promit d'être plus attentive à eux. Grâce à lui, elle avait découvert une nouvelle manière d'aimer. Il s'avança.
— *Par saint Cado.*
— Amen.
Clémence le ramena en arrière. Fusèrent tout d'abord des rires discrets, même les filles se mordaient les lèvres.
— *Activité anormale du lobe frontal.*
C'était… ses premiers mots, à Bicêtre ! Avec cette

pensée, tout lâcha, plus rien ne pouvait arrêter son rire. Suivit celui de Pauline, entraînant les autres. Les soldats se cachaient le visage dans leur vêtement.

– *Convulsion des muscles.*

Et cela ? Quand avait-il dit cela ? Ah, oui... Elle avait tant ri ! C'était hier... et si loin. Les bruits retenus autour d'elle se muèrent en une liesse générale, une agitation qui disait : « *la vie continue, vieux, et tu nous fais rire alors on rit* ». Émile jeta tout d'abord des regards étonnés autour de lui, puis, comme contaminé par cette drôle de joie, il se mit à danser.

Le jeune blessé sortit son violon et on virevolta au son de notes engageantes. Les uns tournaient autour d'une canne, d'autres en tenaient un qui ne valsait que sur une jambe. Émile attira Clémence dans un joyeux *Ma-ma,* et tourbillonna en lui écrasant les pieds. Le souvenir de leur danse, le jour de ses dix-sept ans, remonta, et une joie immense déferla. Ils étaient là, libres, en pleine guerre, à l'enterrement de Cado et si c'était à refaire, elle referait tout.

Un blessé profita de l'inattention d'Émile pour refermer la boîte et la disposer à l'écart. Soudain, plusieurs soldats changèrent de tête.

Un officier arrivait, bringuebalant sur ses béquilles.

– Qu'est-ce que c'est que cette foire ?

On se dispersa, étouffant un dernier gloussement et, bientôt, les ronflements couvrirent le silence de la nuit.

Clémence aida Émile à se coucher, il dormait déjà debout.

Elle ne ferma pas l'œil.

Dans les jours suivants, il faudrait le surveiller de près. Ça ne se passerait pas aussi légèrement qu'au son du violon, il chercherait Cado partout. Il y avait la mort puis le deuil et chez lui, rien, décidément, ne ressemblait aux autres.

42

Des paquets de neige alourdissaient les branches des arbres.
À la première heure, un blessé assez vaillant pour s'y atteler avait enterré Cado aux abords d'un champ.
En ce matin vif, malgré les douleurs et la guerre, seul Émile comptait. Dès son réveil, il avait retourné sa couverture, fureté sous les lits, et il arpentait maintenant la cour de stationnement à quatre pattes, insensible au froid. L'air de rien, tous l'épiaient, dont Clémence, depuis la fenêtre. Pauline dormait encore. Comment se pouvait-il qu'un aussi petit être bouleverse à ce point le rythme féminin ? Derrière la cloison, elle entendait chanter, siffler et rire. Dans la salle des lavabos, les valides s'aspergeaient d'eau et jouaient comme des enfants. Boitant, leur serviette sous le bras, ils oubliaient là leurs souffrances. D'autres, selon leurs blessures ou leur position, n'avaient pas cette chance. Les infirmières leur préparaient alors une cuvette avec un peu d'eau chaude qu'elles plaçaient sur un tabouret près de leur lit.
Clémence fit rentrer Émile, l'aida à se changer et l'accompagna dans la petite salle où d'autres l'attendaient pour la leçon. Elle avait instauré ce rituel quelques jours auparavant et le nombre de volontaires l'avait étonnée. Beaucoup de soldats, fermiers ou issus de classes sociales défavorisées,

maniaient mieux la mitraillette que les lettres de leur prénom. Quel meilleur moyen pour tuer le temps qu'apprendre à lire et à écrire ? Ce rôle d'institutrice la comblait. Elle frappa dans les mains, obtint en trois claquements un silence général et ouvrit son livre : *Leçon de choses*.

– « LE », article simple masculin singulier.

Émile tapi dans un coin, écoutait. Comme il était lumineux et gai hier ! Comme il était triste et sombre aujourd'hui !

Clémence passa de l'un à l'autre, tout habitée par cette nouvelle mission. Soigner le corps ou l'esprit, que valait l'un sans l'autre ? À considérer cette petite classe assidue et attentive, son regard partit dans le vague. À Senones, auprès des blessés allemands, là où les obus pleuvaient de tous côtés, elle se sentait éparpillée. Ici, elle était au contraire rassemblée, à sa place, utile.

Chacun y mettait du sien. Depuis sa blessure, Émile faisait des progrès considérables en langage et compréhension. C'était à croire que la balle avait réveillé des facultés enfouies. Les médecins n'y comprenaient rien. À Bicêtre, Gircourt aurait noté dans le diagnostic un basculement de « idiotie complète » à « débilité mentale légère » mais Clémence préférait mettre les progrès sur le compte de l'affection dont tous l'entouraient. Il lisait presque sans bégayer et commençait à faire des dictées de mots usuels. Son écriture passable, un peu lourde, attendrissait sa maîtresse. Il réalisait désormais des additions et soustractions simples. Et dire que là-bas, il s'était uriné dessus pendant la lecture récréative… Elle frissonna. La petite salle d'étude devait revêtir pour lui une autre allure que

celle de l'hospice. Ici, on riait, on apprenait, on s'aimait sans se le dire, parce qu'on avait les articles mais pas les mots. La cuisinière leur apporta même de petits pains tout chauds.
À la fin de la leçon, Clémence fit ranger les feuillets et les crayons.
– Je vais vous lire le poème de Victor Hugo, « Après la bataille ».
Puis elle se tourna vers Émile.
– Tu nous dessines ce que tu entends ?
– *Ma-ma.*
Elle se leva et accompagna sa voix de gestes plein d'assurance.

Mon père, ce héros au sourire si doux,
Suivi d'un seul housard qu'il aimait entre tous
Pour sa grande bravoure et pour sa haute taille,
Parcourait à cheval, le soir d'une bataille,
Le champ couvert de morts sur qui tombait la nuit.
Il lui sembla dans l'ombre entendre un faible bruit.
C'était un Espagnol de l'armée en déroute
Qui se traînait sanglant sur le bord de la route,
Râlant, brisé, livide, et mort plus qu'à moitié.
Et qui disait : « À boire ! à boire par pitié ! »
Mon père, ému, tendit à son housard fidèle
Une gourde de rhum qui pendait à sa selle,
Et dit : « Tiens, donne à boire à ce pauvre blessé. »
Tout à coup, au moment où le housard baissé
Se penchait vers lui, l'homme, une espèce de maure,
Saisit un pistolet qu'il étreignait encore,
Et vise au front mon père en criant : « Caramba ! »
Le coup passa si près que le chapeau tomba
Et que le cheval fit un écart en arrière.
« Donne-lui tout de même à boire », dit mon père.

Après un instant d'émerveillement sidéré, on se pencha sur l'esquisse. En trois dimensions, Cado allongeait la patte vers le ruban de soie. Malgré ce qu'il avait déjà prouvé, la finesse des traits, des moustaches aux coussinets, stupéfia la classe. L'expression dans le regard, le bleu profond des yeux… Il vivait.

— *Cado l'est plus.*

Clémence en eut la gorge nouée. Émile retrouverait-il ce caractère taquin qui attendrissait et amusait tout le monde ?

Tout à coup, un bruit de moteur raidit le groupe. On s'agglutina à la fenêtre. Accompagnée de son équipe, un médecin, un manipulateur et le chauffeur, Marie Curie rentrait du front. Clémence bondit et courut dans le couloir. Comme les fois précédentes, l'infirmière retenait son souffle, étonnée qu'ait pu prendre racine en elle un sentiment si excessif et persuadée qu'un jour ou l'autre, on ramènerait Gustave criblé d'éclats.

À chaque fois que le véhicule arrivait, la scientifique en sortait couverte de boue. Combien avait-elle traversé de privations pour en arriver là, sur la ligne de feu ? Que restait-il de sa Pologne natale éclatée en morceaux ? Elle était ici, tout entière livrée à son pays d'adoption et Clémence en était si retournée qu'elle travaillait dur pour lui être utile.

Tout d'abord pétrifiée, les épaules rentrées, la jeune femme se relâcha.

Il n'était pas là.

Pas de lettre, pas de nouvelles.

Et pourtant… Des blessés, il en arrivait de Compiègne. Pas un n'avait croisé le légionnaire.

43

– Aïe !

– C'est une piqûre, ça pique, s'agaça Clémence.

Le blessé se renfrogna. L'infirmière lui serra l'épaule.

– Excusez-moi.

Elle soupira. Émile devenait ingérable, comme au début, boulevard Auguste-Blanqui. Il avait des accès de folie, n'écoutait plus et n'amusait plus personne. Dès qu'on avait le dos tourné, il fuguait. Ce matin, elle l'avait retrouvé dans une rue, effrayant une dame âgée qui portait ses paquets. « Il faut lui retrouver un compagnon », avait dit Pauline. Oui, mais lequel ? Où le trouver ? Et puis… Auraient-ils le même lien ? Pour l'heure, elle l'avait enfermé à la lingerie et se demandait dans quel état elle allait les retrouver, les piles et lui.

Enfin, les soins terminés, elle descendit le libérer mais à peine eut-elle passé une marche que le bruit se répercuta dans ses oreilles. Il forçait sur la poignée. On ne pouvait pas continuer ainsi. Quand elle ouvrit, il partit se cacher sous la table, les mains autour des genoux. Elle se frotta le menton. Et la pile… Il n'y avait pas touché. Clémence s'accroupit. Comme il faisait peine, muré dans son manque.

– Ce n'est pas facile au début, on ressent un grand vide et puis… le temps fait son œuvre.

Rien à faire, il boudait. Le temps… quelle notion en

avait-il ? Et elle, qu'en savait-elle ? Pauline les rejoignit : il fallait partir chercher le pain. À les voir tous les deux dans cette posture, elle se mit à pleurer, comme la veille, quand, par inattention, sa bande à peine enroulée s'était déroulée à ses pieds. Elles en avaient ri mais à cet instant, elles échangeaient des regards contrits. Clémence se leva et souleva Émile.

– Bon, allons-y, ça te changera les idées.

Tous trois s'éloignèrent mais le jeune homme les devança tant que les filles s'époumonèrent.

– Émile !

Voilà qu'il accélérait et écartait les bras en mimant un avion.

– *Notre Dame d'Avioth !*

Le rouge monta aux joues de Clémence, qui le rattrapa. Sa poigne sur sa chemise le retourna d'un coup.

– Tu vas te calmer et écouter un peu ?

– *Vrouuum !*

– Je te ramène au cachot !

Émile eut un sursaut, revint se placer entre les filles et leur donna la main.

– Là, doucement.

On déplora encore quelque pantomime mais on finit par récupérer le pain sans rougir de honte et on repartit pour l'hôpital. Depuis quand ne l'avait-elle pas menacé ? Pourvu qu'il s'apaise… Bon sang, elle n'avait pas que lui à penser ! Et Pauline qui se remettait à pleurer !

– Qu'est-ce qu'il y a ?

– Je ne sais pas.

Clémence éclata de rire et sa cousine s'engouffra dans cette brèche qui apaisait leurs nerfs. Émile,

tout étonné, se mit à se trémousser sur le pavé. Leurs sacs de pain à terre, Pauline se tenait le ventre et sa complice alignait des idioties, attisant ce rire débordant.
Brusquement, un vrombissement immobilisa le groupe puis le pressa sur le bas-côté. Clémence ramassa tout ; la voiture approchait à une vitesse folle. Avait-on idée de rouler si vite ? Alors qu'elle maintenait son protégé contre le mur, elle étouffa un cri à la vue de celle qui les doublait.
Marie Curie !
L'infirmière réajusta sa musette et allongea sa foulée. Émile fusa dans son sillage, montrant par de petits cris sa joie de piquer une telle accélération en toute légalité. Quelle distance encore, avant l'hôpital ? Qui ramenait-elle, cette fois, de l'enfer du combat ? Pourquoi pas lui à la fin ? Pourquoi pas ! Clémence courut si vite que la cour de stationnement s'encadrait déjà devant elle.
Marie Curie se garait.
Un pressentiment, un je-ne-sais-quoi… Son sang afflua vers son cœur, rythmant les derniers mètres jusqu'à la voiture.
C'était lui.
Quand Pauline comprit, elle jeta partout des regards éperdus, mit son doigt devant la bouche et se cacha derrière le mur.
– Surveille Émile ! lui cria Clémence.
Sa cousine lui attrapa le bras, s'élança et disparut derrière l'hôpital.
Le véhicule avait subi des dommages, tant à l'intérieur qu'à l'extérieur. Deux brancardiers transportèrent Gustave, à demi-conscient. Clémence talonna la physicienne, le cœur battant.

L'appareil embarqué avait un fonctionnement défectueux et, l'ampoule détériorée, Marie Curie n'avait rien pu voir à la radioscopie. Il fallait l'opérer ici, en urgence. Gustave était dans un tel état... Les yeux fiévreux, les vêtements en lambeaux... Où avait-il été touché ? Quelles étaient ses chances de survie ? Trois jours auparavant, un soldat était mort, quelques heures après l'opération sous les rayons.
— Ah, vous voyez ! avait accusé le docteur Raillard. Vos radios...
La moutarde était montée au nez de Marie Curie.
— Il a perdu trop de sang. Les radios n'ont rien à voir avec ça.
Oh non, Gustave ne pouvait pas mourir comme ça, comme les autres.

L'infirmière prit une grande inspiration et entra dans la salle d'opération. En qualité d'assistante, elle devait maîtriser son émotion et se montrer à la hauteur. Endormi sur la table, l'américain respirait de manière lente et régulière. D'après le docteur Raillard, c'était sans espoir, mais celui-ci racontait toujours n'importe quoi. Même s'il avait été obligé de reconnaître les résultats spectaculaires de la radiologie, à laquelle il ne comprenait pas tout, sa fierté prenait toujours le dessus.
L'espoir animait Clémence.
Marie Curie, les traits tirés, observait les clichés. Elle aurait pu être à cet instant dans l'Arcouest, à l'abri avec ses filles, attendant que tout passe, mais elle était là et allait le sauver, il ne pouvait pas en être autrement.
Gustave avait le torse criblé d'éclats. Pour reconstituer

une image en volume, il fallait au moins deux points de vue différents, c'était « la base », selon elle. Clémence scrutait elle aussi, l'œil vif. Deux clichés parfaitement réglés pour traquer les fragments de métal ; des formules algébriques pour les débusquer. La radiographie naissante n'avait pas encore su convaincre tous les chirurgiens de son utilité, mais pour un esprit scientifique, comme Marie Curie, férue de précision et de mathématiques, c'était un jeu d'enfant. La médecine n'était plus seulement l'affaire des médecins.

– Allez-y.

Le chirurgien introduisit son instrument dans la plaie.

– Deux centimètres sur le côté, dit Marie Curie.

– ...

– Cinq centimètres au-dessous.

– ...

– Oui, c'est ça.

Le chirurgien hésitait, il leva son regard sur elle.

– Allez-y.

Marie Curie superposa la radio au-dessus du torse.

– Là.

– C'est incroyable ! s'emballa Clémence.

– Magique, se moqua Raillard.

– Scientifique, rétorqua la physicienne.

– Regardez, s'extasia Clémence : un, deux, trois, quatre, cinq, six... Une demi-douzaine d'éclats, tous situés exactement là où elle le disait ! Sans son appareil, vous l'auriez tué six fois...

– J'avoue que c'est intéressant.

– Brancardiers, préparez le suivant ! somma marie Curie.

La grande salle était surchargée, on transféra Gustave sur un lit d'appoint, dans une pièce exigüe au bout de laquelle s'entassaient balais et produits d'entretien. Clémence laissa passer l'agitation ambiante et ferma la porte. La douceur de ses traits, la largeur de ses mains… Son sommeil profond lui donnait des idées. Elle effleura chaque parcelle visible de sa peau : ses épaules dénudées, son torse bandé serré. Sa beauté empoignait son cœur, la suspendait au-dessus de lui, hors du temps. Le silence de son repos et la menace d'une voie sans issue décuplaient son amour. C'était lui, qu'elle voulait. Elle secoua la tête et se tapota les joues mais l'homme l'aimantait. Son odeur de transpiration et de sang le ramenait à l'état de mâle, une envie sauvage labourait son ventre. Sa main remonta le long de la jambe, pétrit la cuisse. Chacune de ses lettres défilait, dans une écriture courbée, assurée ou hésitante. Quand elle se remémorait les jolies formules d'ouverture, « Clémence » prenait la place de « Pauline » et, à y réfléchir, elle trouvait son prénom plus accordé au sien que celui de sa cousine. Sur un faire-part beige, au toucher granuleux… « Clémence et Gustave », que cela sonnait bien !
Ah ! Il était endormi et il faudrait pourtant qu'elle se réveille. Elle se brûlait au feu de son souffle et n'arrivait pas à s'en décoller. Au moment où elle déposait un baiser sur la commissure de ses lèvres, Pauline ouvrit la porte. Clémence sursauta.

44

– Il… il sent le chloroforme dis-donc.
– …
Clémence attira sa cousine dans le couloir et referma la porte.
– S'il se réveille il faudra lui dire.
Pauline donna un coup dans la plinthe.
– Non.
– Si !
– …
– Je peux lui parler moi, ou du moins dégrossir. Sinon tu vas encore te mettre à pleurer.
Sa cousine enfonça le doigt dans son ventre.
– Moi aussi j'aimerais dégrossir et pourtant… Rien ne compte autant que ce petit être.
Clémence étira un sourire crispé. Un jour oui, un jour non. Vraiment…Quel avenir avec un enfant sur les bras ? Et elle… flanquée d'Émile. Elle soupira. Ne se trouvaient-elles pas dans la même barque à la dérive ?
– Je lui expliquerai.
– Mais qu'est-ce qu'il va dire…
– Je ne sais pas.
Pauline se cacha le visage, les larmes jaillirent.
– Hans-Udo… On s'aimait tant… Ne lui dis pas hein ?
Clémence fronça les sourcils devant son air hagard. Ces derniers temps, son état décuplait ses émotions mais là… la situation l'anéantissait. Pauline se

laissa glisser contre la cloison. Le canon les touchait dans leur chair, la réalité les avait jetées si loin de ce qu'elles s'étaient imaginé. Quelle heure sombre de leur vie !

– Je vais te chercher un peu d'eau.

Quand sa cousine revint, elle se redressa, but d'un trait et une colère monta d'un coup, brute, désorganisée.

– Pourquoi cette guerre à la fin !

Clémence jetait des regards furtifs vers la porte, tandis que Pauline débitait des propos inconsidérés sur Dieu, le conflit, la sauvagerie des hommes, et Gustave. Lui aussi était sûrement comme les autres, tiens. Pourquoi en serait-il autrement ?

– Tu sais bien qu'il est différent. Peut-être que…

– Je ne veux pas de sa pitié.

– S'il t'aime…

Pauline donna un coup de poing dans le mur.

– Je veux qu'il m'aime !

Clémence serra les dents. Depuis le bout du couloir, Madeleine avançait vers elles. Elle entoura les épaules de sa petite-fille et lui essuya les yeux.

– Alors ! Viens là, tu vas me raconter.

Sous la chaleur des joues de sa grand-mère, ses larmes redoublèrent. Enfin, elles s'éloignèrent, mais Pauline se retourna.

– Tu me dis hein ?

– Oui oui.

Clémence se rua sur la porte.

Gustave dormait. Comme dans ses lettres, il était loin et toujours là. Tout un monde dans son monde. Elle lui caressa les cheveux. Et s'il ne se réveillait pas ? Elle avait déjà vu ça, à Senones…

Elle ne pouvait pas rester là et puis au moins, les tâches qui l'attendaient tueraient un peu le temps. Il était plus de treize heures. Elle rejoignit Émile à la cuisine, où il rinçait des pommes de terre sans envie, sous la surveillance étroite de la responsable.
— Rien ne le console, dit la dame toute ronde.
— J'espère que ça passera.
Plusieurs membres de l'équipe les rejoignirent pour déjeuner. Pierre, le soldat qui avait ramené Cado, donna une accolade amicale à Émile et s'attabla quelques minutes à peine. Déjà, il repartait ravitailler. Gabrielle demanda des nouvelles de Gustave.
— Il n'est pas encore réveillé.
— Tu as fait sa fiche malade ?
— Oui, juste après l'opération.
Elle sortit le feuillet de sa poche. Gabrielle la gratifia d'un sourire.
— Surveille-le bien.
— Comptez sur moi.
Clémence lui confia Émile et remonta.

Les tempes mouillées de sueur, Gustave montrait des signes de réveil. Seuls ses doigts bougeaient mais pour elle, c'était un grondement de tonnerre. Elle s'assit auprès de lui et retint sa respiration. Le légionnaire gémissait mais il s'apaisa et se rendormit. Elle se leva, allait et venait maintenant dans cette étroite pièce. Le pas cadencé des soldats dans les rues, le bruit des régiments en marche, le cliquetis des armes, le feu des mitraillettes… Tout cela n'était rien au regard du tumulte intérieur qui l'emportait. Pourquoi ? Elle le connaissait à peine !
Une demi-heure plus tard, il ouvrit les yeux.

Son regard, tout d'abord vaseux, s'anima.
– Clémence…
Elle prit sa main. Au moins, il n'avait pas perdu la mémoire.
– Comment te sens-tu ?
– Plus de forces…
Gustave se toucha le torse, la douleur lui tordit le visage.
– Attention !
– Qu'est-ce qu'il s'est passé ?
Elle raconta. Les éclats d'obus, Marie Curie, les radios, l'opération.
Une lueur de vivacité le traversa. De l'étonnement ? De la joie ?
– Marie Curie ? La dame de la voiture ?
– Oui.
Il se mit à chercher partout, ne voyant plus rien d'autre que ce qu'il ne trouvait pas. Elle était là et lui était devenue tout à coup étrangère. Et Pauline ? Pourquoi ne lui demandait-il pas de nouvelles ? Il savait très bien à quel point elles étaient proches. S'il… S'il l'avait oubliée ?
– Où est ma veste ?
Elle jeta des regards alentour.
– Aucune idée. Tu sais, Pauline travaille ici.
Il avait très bien entendu, cela se voyait à sa tête.
– Ma veste…
– Tu as froid ? Tu…
– Ma veste…
Il s'agitait mais ses muscles ne lui obéissaient pas. L'incapacité de se mouvoir le fit grimacer. Comme il se tortillait, Clémence se leva.
– Ne bouge pas, tu pourrais saigner.
Mais il tournait la tête, prenait appui sur ses mains.

– Il me la faut.
– Calme-toi ! Je vais voir si je la trouve.
Clémence descendit, perplexe. Et s'il savait, pour Pauline ? S'il savait, et qu'il ait décidé, par colère, de l'ignorer ? Elle se gratta la tête. Qui aurait pu l'informer ? Personne ! Quelque chose clochait. Où chercher cette fichue veste ? Elle se dirigea tout d'abord vers la voiture, à l'intérieur de laquelle le mécanicien s'affairait.
– Bonjour…
– Bonjour Clémence !
– Auriez-vous trouvé la veste de Gustave ?
– Gustave ?
– Le légionnaire américain.
– Ah oui ! Je m'en souviens de celui-là…
Clémence se pencha dans l'habitacle.
– Alors ?
– Non, il n'y a plus rien ici.
– Aïe !
Clémence passa la tête au-dessus de la sienne.
– Que faites-vous ?
– Je répare !
– Ah…
– Fallait tout refaire de toute façon.
– Bon courage !
Au petit trot, elle rejoignit la buanderie. Un tas de vêtements en pitoyable état, croûtés de boue et de sang, s'amoncelait en attendant d'être lavé. Elle fouilla. L'odeur lui souleva le cœur. Au bout d'un moment, une lingère lui vint en aide.
– Qu'est-ce que vous cherchez ?
– La veste de Gustave, l'américain.
– Ah oui.
Elle tira un vêtement épais et le lui remit.

– La v'là !
– Merci !
Clémence traversa l'hôpital en courant, remonta jusqu'à la petite salle et arriva, transpirante. À la vue de ce qu'elle lui apportait, Gustave eut un soupir de soulagement. Ses yeux brillaient. Elle lui toucha le front et, comme il étirait le bras, elle déposa doucement le vêtement au plus près.
– Tu as froid ? Tu ne préfères pas une couverture ?
À grand peine, l'américain tâta la poche, y glissa la main et afficha une mine tranquille. C'était comme si, avec ce geste rassurant, les forces lui revenaient. Clémence n'osait plus rien dire. Il la regarda en coin.
– J'ai eu peur… d'avoir perdu quelque chose.
Elle fronça les sourcils.
– Mais quoi donc ?
– Est-ce que tu peux me laisser seul ?
Elle se releva et prit son bras, presque du bout des doigts.
– Oui, je t'embête juste quelques minutes, pour voir un peu ton état.
Ça alors, il la congédiait ! Sans rien lui demander ! Après tout elle aussi se battait, et risquait sa vie pour des hommes comme lui ! Mais non, rien d'autre ne l'intéressait. Clémence nota tout sur la fiche-malade et prit une voix douce.
– Repose-toi. Dans quelques heures, tu pourras manger.
– Merci.

Gustave dormit toute la journée. Plusieurs fois, Clémence avait pensé fouiller sa veste mais il la tenait trop près et s'il la surprenait, la honte la tuerait. Elle arpentait l'hôpital comme un lion en cage. Et s'il avait une autre fiancée ?

Dès qu'elles se croisaient dans la grande salle, Pauline ne cessait d'invectiver sa cousine.

– Alors ?

– Pas encore.

Clémence s'agaça entre ses dents, partit chercher des compresses et, arrivée en bas, ne sut plus ce qu'elle venait y faire. Quand pourrait-elle lui parler ? Comment réagirait-il ? Elle trépignait, ne se reconnaissait pas. Vers dix-huit heures, elle sermonna un blessé qui essayait de se lever. Son doigt s'enfonça si fort dans l'épaule du soldat, qu'il se retrouva allongé.

– On vous a dit de ne pas bouger !

45

L'ombre de la nuit s'étendait sur l'hôpital. Le froid sévissait, beaucoup de soldats toussaient, on déplorait de graves infections pulmonaires.
Émile ronflait, débordant sur le matelas de Pauline. Après lui avoir lu un conte en lui entortillant l'épi, cette dernière s'était endormie à ses côtés. L'équipe de nuit avait pris le relais, permettant à Gabrielle de sombrer à son tour.
Clémence bâcla le rangement du stock de médicaments et prit la direction de l'étage. Gustave… ici. L'émotion était trop grande pour elle seule. Elle marchait vite, malgré la charge délicate qui l'attendait. Dans la soirée, l'histoire d'une buandière, lynchée pour avoir fricoté avec l'ennemi, était venue à leurs oreilles, depuis une discussion entre blessés. C'était arrivé là, à deux pas, à l'école des garçons transformée en hôpital. Pauline et Clémence avaient eu un regard entendu et, à l'écart, Gabrielle et elles avaient décidé de garder le secret sur l'identité de l'enfant, même auprès de Gustave. On ne savait pas comment il réagirait, on ne pouvait pas s'exposer au moindre risque. De vraies menaces planaient tout autour. Quelle direction prendrait le conflit ? La rage de l'ennemi terrorisait tout le monde. « Heureusement qu'on a quitté Senones », avaient-elle soupiré. Ici, à part elles, personne ne savait.

Clémence frappa à la porte du cagibi et entra sans attendre. Gustave tira sa veste, recouvrant quelque chose à la hâte. La jeune femme s'avança, le front plissé. Qu'est-ce qu'il cachait ? Pourquoi cette tête si étonnée ?

– Je meurs de faim.

– Attends, je dois vérifier ta température, ta tension...

– Est-ce que mon état va s'améliorer ?

– Tu as perdu beaucoup de sang.

– Je me sens guéri.

– Rien n'est encore gagné.

Un regain d'énergie pouvait laisser place à une dégradation générale. Hémorragie, infection... Un douloureux espoir la soulevait et la jetait aussitôt dans la pénombre du doute.

Une fois à la cuisine, elle s'attabla et mit à jour sa fiche-malade, pendant que le plat réchauffait. Quand elle le rejoignit, les bras chargés d'un plateau garni, Gustave s'empressa de renouveler le même geste, avec la même vivacité. Qu'y avait-il sous son vêtement ? C'était vexant à la fin. Elle se mordit les lèvres pour ne pas laisser échapper de réflexion et l'aida à se redresser.

À voir son visage abattu, il souffrait. L'effort serrait sa bouche, la blessure mettrait du temps à guérir mais il reprenait des forces. Le temps était venu d'avoir une discussion, d'autant que les nerfs de sa cousine commençaient à lâcher. Elle pleurait pour un oui, pour un non et ne contrôlait plus du tout ses émotions. Elle s'assit à ses côtés.

– Ça va ?

– Oui, merci pour le repas.

– Gustave... Pauline voulait t'avouer quelque chose et...

– Je le sais déjà.
Il prit une grande fourchetée de purée ; Clémence lui décocha un regard estomaqué.
– Tu l'as vue ?
– Non mais…
– Mais quoi ?
– Tout finit par se savoir.
Le cœur de Clémence battait fort.
– C'est vrai.
Gustave leva les yeux vers elle.
– Je ne suis pas très… étonné.
– Pourquoi ?
– J'ai eu des doutes parfois.
– Des doutes ?
– Sur sa sincérité.
– Mais… c'est-à-dire ?
Gustave jeta un œil vers le précieux tas si intrigant.
– Je ne sais pas…
– Quel… genre de doutes ?
– Qui c'est, l'autre ?
Il la fixait, dans une insistance presque accusatrice.
Clémence se leva.
– C'est… à elle qu'il faut le demander.
– Tu le sais hein ?
– Non.
Son sang courait dans ses veines, charriait la gêne, rougissait ses joues. Gustave gémit en essayant de se redresser davantage, en vain.
– Ça ne se fait pas.
– Je crois que certaines situations peuvent nous amener à…
Son regard se durcit.
– On ne l'a pas forcée ?
– Non.

– Alors. Elle a choisi voilà tout.
Clémence se rassit sur son lit.
– Tu… Tu ne l'aimes plus ?
– J'aime celle qui m'a écrit avec tant de fougue, celle qui a éveillé, par la magie des mots, un innommable désir, mais ce n'est pas Pauline. Pauline n'existe plus.
Une tristesse le plombait. Une déception immense, qui avait l'air de lui fourrager le cœur peut-être plus profondément que les éclats d'obus. Il ne méritait pas ça !
– Je suis désolée.
– J'ai besoin de savoir.
– Ça ne changerait rien.
– Ça changera tout !
Qu'ajouter ? Que faire, sinon compatir ?
– Comment est-ce possible ? demanda-t-il en effleurant son bandage.
– Quoi donc ?
– De voir à travers le corps.
– À travers le corps ?
– Oui, avec la radiologie.
– C'est la science.
– Si elle permet de voir à l'intérieur, on doit pouvoir distinguer l'âme, les sentiments, les émotions.
– Mais non, tout ça c'est dans le cœur, dans le cerveau… Ce n'est pas visible.
– Invisible…
– Si on pouvait les localiser comme les éclats de shrapnell…
Gustave déplia la main sur sa poitrine.
– Et pourtant, c'est là.
– …Ce serait trop facile.
– Il faut que je la voie.

— Pauline ?
— Oui.
— Elle dort.
— Alors tu veux bien lui dire de venir, quand elle se réveille ?
— Oui… Bien sûr.
Clémence l'aida à terminer son repas, le regard fuyant. Elle en avait assez dit ! Sa cousine devait prendre ses responsabilités, elle inventerait bien ce qu'elle voudrait. Déjà qu'elle l'avait forcée à lui mentir...
Dans le couloir, le plateau vide sur une main, un sourire à peine retenu s'étira sur son visage.
J'aime celle qui m'a écrit avec tant de fougue… Pauline n'existe plus.
Presque aussitôt, son humeur s'assombrit. Sa cousine avait perdu Hans-Udo, traînant maintenant les conséquences d'un seul péché : celui de l'avoir follement aimé. La guerre avait changé la donne et à sa place, elle en aurait fait autant malgré le poids de la religion. Pauline ne méritait pas qu'on la blâme. Dans d'autres circonstances, elle aurait prévenu Gustave, rompant leurs fiançailles sans hésiter. Elle était comme ça, Pauline, spontanée, entière et déterminée.
Clémence nettoya, rangea la vaisselle et quitta la cuisine. Son pas traînait sous la fatigue. Enfin, elle remonta la couverture d'Émile et se laissa tomber tout habillée sur sa couche.
Tout de même… la roue tournait en sa faveur.

46

– Quoi, là, tout de suite ?
Pauline se frotta les yeux et se cacha sous la couverture. Clémence, penchée sur elle, attendait qu'elle émerge.
– Oui. Il veut te voir !
Elle la tira par le bras. La lumière froide de l'aube baignait le lieu, trop difficile à chauffer avec ses grandes ouvertures. Tout en filant se débarbouiller, elle questionna encore.
– Qu'est-ce qu'il a dit ?
– Il veut en savoir plus.
– Ah… Mais qu'est-ce qu'il a dit ?
– Il savait déjà.
Le savon glissa au sol.
– Mais… c'est impossible !
– Je sais.
Les filles se dévisagèrent. Gabrielle ? Impossible. Marie Curie et son équipe ? Non plus, elles ne connaissaient pas leur lien et cette femme était bien trop discrète pour les ragots. Quelqu'un d'ici ? Mais qui ? Sur le front ? Incompréhensible.
– Et alors ?
– Rien, il veut te voir.
– Tu ne lui as pas dit hein ?
– Pour Hans-Udo ?
– Chuuut !
– Bien sûr que non !
Pauline s'arrosa le visage dans des grognements,

l'eau glacée lui redonna des couleurs. Elle brossa ses cheveux et les releva en chignon. Sans artifice, une mèche à peine libre et elle était superbe. Si la grossesse en fanait certaines, la jeune femme retrouvait petit à petit son air pétillant et frais. Les nausées s'estompaient, son appétit grandissait. Elle avala un morceau de pain et, la démarche alourdie, monta.

« *Pauline n'existe plus…* » Et s'il changeait d'avis, en la retrouvant ?

Clémence tournait la tête dans tous les sens. Émile et le petit groupe l'attendaient pour la classe mais elle sautillait d'un pied sur l'autre en bas de l'escalier. Après un bref instant, elle se rua dans la cuisine, attrapa un verre, ouvrit trop fort le robinet et éclaboussa partout. La cuisinière recula.

– Vous allez bien mam'zelle Clémence ?

– Euh… Oui, c'est-à-dire, j'ai une urgence. Pouvez-vous surveiller mon groupe, le temps que j'arrive ?

– Ah ? oui.

La cuisinière dénoua son tablier. Clémence partit comme une flèche, revint dans le même élan et lui colla un livre.

– Lisez-leur ça ! Je n'en ai pas pour longtemps !

– D'accord.

L'infirmière se rua dans l'escalier, trottina sur la pointe des pieds à l'approche du cagibi et colla l'oreille à la porte, avec la même montée d'angoisse que les fois précédentes.

Gustave parlait fort.

– Alors tu avais besoin de Clémence, pour me dire tout ça ?

La joue abîmée contre le bois, elle haletait. Il avait toujours dit « ta cousine », même en sa présence, comme on parlerait d'un absent alors qu'il est là, lui conférant, peut-être sans le vouloir, une infériorité notoire. Son nom, de sa bouche, accéléra les battements de son cœur.

– Clémence m'a proposé alors...

– J'aurais tellement aimé que ce soit toi qui me les dises, ces mots.

– C'est vrai, je n'aurais pas dû.

– Enfin, il est trop tard maintenant.

– Elle est tellement douée pour ça et…

– « Pour ça » …

Il avait eu un rire contenu, méprisant ? Ah ! Écouter sans voir… Quel supplice !

– Gustave… Je suis désolée.

– Que lui as-tu répondu, quand elle t'a proposé ? « *Ah, merci ! Ça m'enlève une belle épine du pied ! Quelle corvée ! Je serai débarrassée* ». C'est ça ?

– Si j'avais su que ça te mette dans cet état, je te l'aurais dit moi-même.

Clémence mit la main devant sa bouche, certaine que sa respiration trop agitée pouvait la faire remarquer. Gustave toussa et parla plus fort.

– Quoi donc ? Que m'aurais-tu dit que tu ne savais m'écrire ? Quelques mots suffisent, la poésie n'est rien si on se force à l'inventer. Elle n'est plus poésie d'ailleurs.

Un silence s'installa. Clémence s'éloigna de la porte, essuya ses mains moites sur sa blouse et revint aussitôt.

– … Poésie ?

– Tu as trahi ma confiance et tu as cru que je ne le verrais pas.

– Mais… Si !

– Qui est-ce ?

– …
– Je suis concerné, non ?
– Qu'est-ce que ça changerait ?
– Je veux absolument lui parler.
– Mais… non !
– Je t'en supplie. Dis-moi.
– Non !
– Mais pourquoi ?
– Parce que ! Tu ne sauras jamais qui c'est !
Pauline avait haussé la voix. Clémence imaginait son air assuré. Plutôt mourir que se compromettre. Gustave avait risqué sa vie contre les allemands… Quelle trahison ! Elle ne lâcherait rien.
– Bon. N'en parlons plus. Vivons notre vie, chacun la nôtre.
– Chacun la nôtre.
Il toussa encore. Clémence se pinça les lèvres. Quelle tête avaient-ils, tous les deux ? Pourquoi ce sentiment si flou ? Qu'est-ce qui lui échappait ? Une drôle d'impression, vague, la saisit. Quelque chose venait de finir et quelque chose venait de commencer.
– La vie peut s'arrêter, d'un moment à l'autre. Restons amis.
– D'accord.
Un silence suivit. Se regardaient-ils ? Se fuyaient-ils ? Fichue porte !
– Tu as pris de l'embonpoint, ça te va bien.
– Ah… ça ne va pas s'arranger.
– Pourquoi ?
Un sursaut redressa Clémence. Quelqu'un marchait vite, dans sa direction. À peine eut-elle le temps de se décoller de la porte qu'une infirmière la héla.
– Je te cherche partout ! On a besoin d'une assistante.

Elle la suivit, le souffle court. « *Pourquoi ? ...* » Quelle question ! Qu'allaient-ils se dire d'autre ? « *Restons amis* ». Quelle drôle de tournure prenaient les événements... Se pouvait-il que... Ne plus y penser. Voir ce que la vie, tortueuse, lui réservait, et provoquer un peu la chance, plutôt qu'attendre qu'elle lui tombe dessus.

Tout le jour, l'équipe fourmilla. Le cas de deux blessés s'aggravait, tissant sur le moral des autres un linceul d'effroi. Le jeune soldat sortit son violon mais un autre le fit taire. Il fallait encore rassurer, soigner, calmer. Les cousines n'avaient même pas eu le temps de se voir. Aujourd'hui, les tâches répétitives lassaient tout le monde. L'hiver arrivait... Quand tout cela finirait-il ?
En fin d'après-midi, Clémence frappa à la porte de Gustave, sa fiche à la main et un breuvage contre la toux dans l'autre. C'était son petit moment de bonheur à elle, un instant de répit, et elle comptait bien le savourer.
Cette fois, elle attendit.
– Entrez.
Un pas après l'autre.

47

– Comment tu te sens ?
Clémence l'aida à boire mais la douleur figeait ses traits.
– Comme un légionnaire en morceaux qui vient de rompre ses fiançailles.
Elle s'assit sur son lit, la mine compatissante. Gustave avait l'air fatigué et triste. Sa toux s'intensifiait, lui déchirait le torse. Pourvu que son état s'améliore… Dieu qu'elle aimait sa voix, ses mains, son regard pensif. Elle posa sa fiche, se tourna vers lui et attrapa un coin de la bande.
– Je vais la retirer pour nettoyer et la refaire.
– Merci…
Il tourna la tête sur le feuillet, fronça les sourcils et le saisit d'un coup.
– Fais voir !
Son doigt serpentait sur l'écriture penchée et déliée, si caractéristique de la jeune femme. Ses yeux maintenant allaient et venaient de la fiche à Clémence. Le papier tremblait sous ses doigts. Elle se pencha, y jeta un œil.
– Qu'est-ce qu'il y a ?
– C'est… c'est quoi ?
– Eh bien, c'est pour noter…
– C'est ton écriture ?
Les yeux de Gustave oscillaient toujours de l'un à l'autre. Des gouttes de transpiration perlaient à son front.

– Mais oui !
Il la fixa. Une lueur spéciale se glissa dans sa rétine. Il ne détourna plus les yeux. On aurait dit que l'Infini l'avait touché. Bernadette à Lourdes n'eut pas été plus transfigurée que lui maintenant. Comment définir ce regard neuf, différent ?
– C'est toi…
– Moi qui quoi ?
Clémence lui toucha le front. Les éclats d'obus pouvaient-il causer des changements d'attitude aussi incompréhensibles ? Perdue dans son espace silencieux, elle se demandait : « a-t-il toute sa tête ? » Il immobilisa son attention sur la fiche et à nouveau, observa l'infirmière, puis il posa la main sur la sienne et l'emprisonna. Le contact lui brûla tant la peau de désir qu'elle la retira et se détourna. Le bond dans sa poitrine lui donnait chaud.
Il reprit sa main.
– C'est toi…
– Oui c'est moi pourquoi ?
Que se passait-il ? Car non, il n'avait rien de celui qui avait perdu la raison et pourtant… Ce n'était plus le même. Son air fatigué et triste avait disparu. Une source souterraine, la volonté de vivre peut-être, irriguait son être. Quelque chose le vivifiait. Le même sentiment d'incompréhension que derrière la porte la saisit. Cette fois, elle ne retira pas la main et se força à respirer. Cette façon de la dévisager, de lui sourire… Il ramena une boucle épaisse derrière son oreille et elle, pétrifiée, ne bougea pas. Jamais on ne l'avait regardée ainsi. C'était fou, c'était si bon.
Au-delà de la stupéfaction, un flot d'harmonie se déversait entre eux. Pourquoi ne la voyait-il pas,

avant ? Pourquoi ne voyait-il qu'elle, désormais ? Il lui semblait que, de source longtemps tarie, elle devenait un inépuisable fleuve. Elle se sentait géante, superbe, puissante. Elle ne luttait plus contre rien. Il venait à elle. Ou bien… Quelle confusion !
Gustave essaya de se redresser mais la bande ne tenait plus. Clémence retira à nouveau la main de la chaleur de sa paume et finit de la dérouler. Il fallait passer devant, derrière et cette proximité la jetait dans une envie folle. Elle l'enlaçait pour le délacer, son souffle chaud attisait son feu. Il fouilla dans ses boucles, caressa sa nuque, referma le poing dans sa masse rousse.
– C'était toi…
Leurs lèvres se touchaient presque, tout en elle tremblait. Les mains de l'homme, que le plaisir de découvrir multipliait, pétrirent ses épaules, remontèrent dans le cou, se refermèrent sur son visage, serrant sans différence le côté lisse ou abîmé. Il lui tourna la tête et laissa glisser sa bouche dans les sillons. Chaque endroit touché la disloquait d'envie et de stupeur mêlées. C'était trop. Trop d'attention, trop pour une première fois. Elle recula.
Soudain, une forte toux le courba. L'affolement la cernait de tous côtés mais le devoir prit le dessus. Ses mains écartèrent les siennes sur les côtés, dégageant les plaies, mais une nouvelle quinte les rouvrit, la blessure suppurait.
– Mince, c'est… c'est pas joli.
Elle se leva mais il la rattrapa.
– Où vas-tu ?
– Chercher de quoi désinfecter.

— Attends.
Son regard brûlant, cet appel qu'elle ne comprenait pas, ou qu'elle n'osait interpréter. Que se passait-il ? Il se sentait mourir et cherchait un peu d'amour auprès de la première venue ?
— Gustave… Qu'est-ce qu'il y a ?
— Hier, qu'es-tu venue me dire à propos de Pauline ?
— Comment ça ?
Sa respiration saccadée hachait ses mots.
— Tu m'as dit : « Pauline voulait t'avouer quelque chose… »
— Mais tu le savais déjà !
— Qu'est-ce que je savais déjà ?
Clémence se rassit et se gratta la tête.
— Eh bien, qu'elle était enceinte !
— Elle est enceinte ?
L'incompréhension ridait le front de Clémence. Elle soutint son regard. Il avait perdu la tête.
— Mais oui !
— C'est pour ça…
Il se frappa le crâne, les yeux tout ronds.
— C'est de ça, dont vous me parliez toutes les deux…
— Mais de quoi d'autre voulais-tu qu'on parle ?
La jeune femme fouillait dans son regard mais rien ne l'éclairait, il était abasourdi ; elle avait beau essayer de se souvenir de leur échange…
La toux reprit, brutale. Les mains au-dessus du torse, Gustave se tortillait, son corps se soulevait, provoquant de terribles douleurs. Clémence fila.
— Il faut désinfecter.
En bas, elle ouvrit la porte de la cuisine, ressortit, descendit à la lingerie. Où était l'armoire déjà ? Ah, oui… Elle rebroussa chemin, trouva, emporta le

nécessaire et monta les marches quatre à quatre.

Une lettre de Pauline à la main, Gustave toussait toujours. Elle attendit qu'il se calme et, alors qu'elle tamponnait son torse, il la regarda bien en face et récita :
— « Quand la vieillesse nous tordra, nous déviderons la pelote des souvenirs dans ce monde trop étroit pour la grandeur de notre amour ».
La compresse resta suspendue au-dessus de la plaie. Une phrase, et le souvenir la prenait à la gorge, ouvrait une autre plaie, ravivait une autre blessure. Ces mots-là... Son premier brouillon, ce fameux soir à la Salpêtrière, ce bonheur d'écrire, qui l'avait vidée. Elle savait tout de lui. Ses parts d'ombre, ses faiblesses. Elle le connaissait profondément. Dans chacun de leurs mots, ils se soutenaient, se voulaient, se défendaient. La guerre avait renforcé leur familiarité, poli leur intimité. Et son malaise, le lendemain à la bibliothèque, quand Pauline avait lu à voix haute et décrété : « C'est de la poésie ! »
Clémence recula.
« Poésie » ... Hier, il avait dit *« poésie »*. Cette situation commençait à la rendre folle. Elle tamponna à nouveau, machinalement. Cette façon de la regarder...
— Tiens, lis-moi la suite, moi, je ne peux pas...
Elle prit la lettre. La chaleur montait sous ses vêtements. Figée, Clémence rougissait. Elle se leva d'un coup, s'avança jusqu'à la lucarne, lui tournant le dos.
— À quoi bon ? Si tu ne l'aimes plus ?
— C'est vrai. Tu te rappelles ? : « J'aime celle qui

m'a écrit avec tant de fougue, celle qui a éveillé, par la magie des mots, un innommable désir, mais ce n'est pas Pauline. Pauline n'existe plus ».
– Alors tu ne sais pas qui tu aimes et peut-être que…
– Quoi ?
– Peut-être que si tu le savais, tu serais déçu.
– Lis… Je t'en supplie.
Elle se retourna. La fièvre brillait dans ses yeux. Et s'il ne s'en sortait pas ? Si cet accès de fougue n'était qu'un délire dû au choc ? Clémence se posta à nouveau dos à lui, et lut. C'était le passage où elle évoquait l'avenir et les saisons, donnant à cet amour les couleurs d'un mythe.
Le clair de lune se déversait à travers la lucarne. À la lueur du soir qui tombait, les souvenirs remontaient. Elle était Cyrano. La vie n'avait rien d'original, la vie n'était qu'une répétition de moments déjà vécus. La vie tournait en rond. Fichus recommencements. La guerre, le théâtre. Personne n'avait jamais rien inventé. Tout n'était que mascarade et les mascarades faisaient tourner le monde. Oh, elle pouvait continuer à lire sans lumière ce qu'elle connaissait par cœur, comme Cyrano puisqu'ils se ressemblaient maintenant, tant dans la laideur que dans l'infortune. Mais on n'était pas au théâtre. On était dans la vraie vie, dans la vraie guerre et il n'y avait ni acteur, ni spectateur.
– On n'y voit plus rien, je finirai demain.
– Clémence…
Son nom dans un souffle. Si beau, si cruel.
– …
– Restitue au moins l'essentiel.

– Et comment ?
– Tu peux, puisque tu les as écrites.
Elle se retourna.
Gustave avait soulevé sa veste, le paquet perdu recouvrait le drap en lettres éparpillées.
– Je n'aurais jamais cessé d'aimer celle qui m'a écrit. Je l'aurais voulue comme avant, même avec l'enfant d'un autre. Je comprends ce que la guerre peut engendrer. Mais ce n'est pas Pauline. Pauline n'existe plus.
– Où les as-tu trouvées ?
– Qui les a perdues ?
– …
– L'autre, Clémence. L'autre, penses-tu qu'elle voudrait bien de moi ? Je l'aime tu sais.
Gustave écrasa son doigt sur un brouillon jamais envoyé, et posa sa fiche-malade en plein milieu.
– …
– C'est la même écriture.
– Gustave…
– Tes mots m'ont bouleversé. Tu m'as ébloui, retourné le cœur.
– Peut-être dis-tu cela parce que tu te sens diminué et que…
– Et que quoi ?
– Je ne sais pas.
Il lui prit la main et l'attira à lui.
– As-tu écrit par jeu ? Ou seulement pour rendre service ? C'est à toi que je répondais sans le savoir !
– Oh je n'ai pas voulu mentir, non. Je… Je pensais tout ce que j'écrivais.
Il écrasa ses lèvres sur les siennes et Clémence entoura son cou avec une violence qui avait l'air de lui plaire, mais la toux reprit, terrible.

– Les ai trouvées… dans la voiture.
– Quelle voiture ?
– De Marie Curie.

Vroum, intériorisa-t-elle, étonnée que seul ce mot-là lui vienne.
– Mais où exactement ?
– Sous le revêtement. Je t'aime.

Clémence haletait. Sa poitrine s'enflammait. Tout se mélangeait dans son esprit et tout s'éclaircissait. Marie Curie… Elle l'avait transporté à l'arrière… d'un véhicule prêté, méconnaissable depuis le carrossier.

Elle rassembla le paquet et se leva d'un bond.
– Émiiiiiile !

48

Attablé à la cuisine, le visage concentré et fermé, il crayonnait dans son carnet. Clémence se pencha sur l'écriture enfantine et bancale ; un violent coup au cœur la figea.

IL EST A BICETRE,
A PLEURER D'ENNUI,
DES ENFANTS SANS MERE,
ET PRIVES D'APPUI.

Il fallait vraiment lui trouver un nouveau compagnon. Dieu ! Cela lui changerait les idées. Elle rentra la tête dans les épaules, attendant que ce sentiment d'impuissance, en la traversant, la ramène à l'essentiel, puis elle jeta les lettres sur la table et croisa les bras. Émile eut une grimace de doute, puis son œil pétilla. Il extirpa le ruban de sa poche, et, comme tout habité d'une joie rétrospective, entoura le tout et se dirigea vers la porte, le pas assuré. Il fila tout droit vers la voiture de la scientifique et en fit le tour. On aurait dit qu'il vérifiait quelque chose. C'est alors qu'il ouvrit la portière et tenta de décoller le revêtement. Clémence plaqua la main sur sa bouche.
Le mécanicien accourut.
– Eh, toi !
Émile n'écoutait pas, il tirait sur le sol de l'habitacle en marmonnant mais rien ne se soulevait.

– *Sainte-Catherine-de-Fierbois !*
Le bonhomme le traîna à l'extérieur, furieux.
– On m'a déjà tout arraché, enlève tes pattes !
Clémence s'excusa, récupéra les lettres et l'entraîna à l'écart, l'œil rivé sur l'automobile. Si on essayait de l'imaginer avant sa transformation… Ça alors… Malgré tout le changement qu'avait nécessité l'installation de l'appareil radiologique, Émile l'avait reconnue. Elle posa les mains sur ses épaules.
– C'était toi.
– *Ma-ma.*
– Quand on est rentré pour le mariage, tu les as cachées là et tu as gardé le ruban…
– *Ui.*
– Je sais que tu ne parlais pas mais quand je t'ai demandé, tu aurais pu me montrer, tu aurais pu…
Son œil s'agrandit. C'était là, à sa portée, depuis le début. La petite voiture dans la vitrine fin juillet, ce n'était pas un caprice, Émile lui désignait la vérité ! Et à chaque fois qu'elle lui demandait : « où sont mes lettres ? », il faisait rouler son jouet. Clémence le fixa d'un regard perçant. Grâce à lui…
– Mais… Émile… Pourquoi ?
– *Ma-ma. Pas Pa-pa.*
Elle replaça une boucle derrière son oreille.
– Tu me voulais que pour toi c'est ça ? Mais… Tu sais…
Il l'avait donc fait délibérément ? Et puis… la voyant peinée, aurait-il regretté ? Elle le serra contre elle, eut un regard pénétrant et des mots simples. Si elle se mariait, elle resterait sa maman. Quelle serait sa vie sans lui ? Elle n'en avait aucune idée mais il lui manquerait.

Un bruit soudain la tira de son effarement. Pauline jetait un seau d'eau sale dans l'encoignure. Elle les rejoignit.

— Ça va ? T'as une drôle de tête...

Le regard fuyant, le paquet dans le dos, Clémence raconta sans tout dire. Le malentendu. Les lettres. La fiche-malade. Ce n'était pas de sa faute... On ne pouvait pas prévoir. Pauline l'interrompit.

— Alors quand il me demandait qui c'était... Il parlait de ça ?

— ... Oui.

— Ce n'est pas moi qu'il aimait, c'était mes mots... Et ils n'étaient même pas de moi.

Les mains de Clémence devenaient moites, en voulant tout cacher dans sa poche, plusieurs lettres tombèrent. Pauline en ramassa une mais sa cousine la lui arracha des mains.

— C'est juste mes brouillons.

Pauline la reprit, balaya le texte et vira écarlate.

— Tu as tout gardé... et... Je ne lui ai jamais recopié ça.

— ...

Pauline en déplia une autre, jamais envoyée.

— C'est pour ça... que tu les lui as apportées !

— Quoi ?

— Il m'a dit que tu lui avais apporté ses lettres mais en fait...

— Mais non c'est lui qui les a trouvées dans la voiture !

— C'est pas vrai tu les lui as apportées ! Et tu lui as mis ta fiche sous le nez pour qu'il comprenne !

Clémence enfonça les ongles dans ses boucles. C'était trop fort !

— Je lui ai juste apporté sa veste !

– Tiens donc.
– Non, je ne savais pas !
– Tu les lui as données…
– Mais non ! Demande à Émile.
– …
Pauline secouait la tête.
– Émile, montre-moi où tu les as cachées.
Elle lui donna le paquet et attendit, mais jetant un œil vers le mécanicien, il déplia une lettre, forma des ailes et l'envoya en l'air.
– *Vroum !*
Clémence le secoua, insista mais la méfiance fermait son visage. Il se mit à sautiller, alignant des phrases décousues, ravivant la colère de Pauline. Elle secoua à nouveau la tête.
– C'est d'une clarté… Ça t'arrange qu'il soit fou.
– Il n'est pas fou, il est affolé, à cause de toi !
– Si tu avais gardé le secret, il m'aimerait !
– Tu te trompes !
La figure tendue, un pli entre les yeux, Pauline explosait de rage.
– J'aurais dû m'en douter quand tu m'as proposé !
– De quoi ?
– De lui répondre !
– …
– Tu as tout manigancé…
– Mais non !
Pauline soutint son ventre, l'essoufflement la força à baisser le ton.
– Tu m'as proposé ça pour me le voler !
– Mais non !
– Je ne te croyais pas aussi tordue.
– Arrête ! C'est faux !
Clémence attrapa le bras de sa cousine, qui se

dégagea d'un coup. Cette agressivité nouvelle la décontenança. Les poings crispés, Pauline mitrailla sa cousine du regard.
– Tu l'aimes…
Le pouls de Clémence s'emballait, ses joues s'échauffaient, elle baissa les yeux.
– …
– Tu vois, tu l'aimes.
– C'était pour t'aider !
– On ne fait pas ça si on n'est pas amoureux.
Clémence leva le menton.
– Ça t'arrangeait bien !
– Quelle mauvaise foi !
– C'est toi qui ne comprends rien !
– Tu as tout recopié… Ses réponses, les brouillons… et tu lui as écrit d'autres lettres… Tu avais tout gardé exprès.
– Je les avais perdues et…
– Perdues où ?
– Justement, le principe de perdu, c'est…
– Ne te fiche pas de moi.
– Mais qu'est-ce qu'il te prend à la fin ? Tu n'écoutes rien !
Pauline renifla.
– Tu t'es moquée de moi.
– Ce n'est pas de ma faute si tu ne sais pas écrire !
Pauline éclata en sanglots. Clémence se mordit la lèvre au sang et, sous une montée de détresse, recula. Ce nouvel affront les éloignait dans une injustice terrible. L'une enviait la beauté, l'autre l'esprit, et le manque de ce qu'elles n'avaient pas leur sautait aux yeux dans une évidence.
Une rage contenue la poussa vers sa cousine dans un geste tendre mais elle la repoussa. C'en était

trop. Un accès d'irritation redressa Clémence.
– Tu sais ce que c'est de tomber amoureuse. Tu ne peux pas me le reprocher. Tu dois me croire, c'est vrai, je lui ai écrit en secret, j'ai tout gardé mais je te promets que jamais je n'aurais fait quoi que ce soit qui entrave tes choix. Tu es bien placée pour comprendre. Alors maintenant tu vas venir avec moi. On va voir Gustave et tu vas bien écouter sa version. C'est très simple, c'est la mienne. Parce que là, soit tu le fais exprès, soit tu es sotte.
– Aïe tu me fais mal !
Elle se laissa traîner là-haut, toute boudeuse. Clémence marchait vite, le bras de sa cousine emprisonné dans sa main.
– C'est trop facile sinon !
Oui, c'était trop facile, alors elle allait se calmer. Quant à elle, elle allait enfin pouvoir vivre son rêve et elle ne l'avait pas volé. Fini de se morfondre ! Il était des femmes qu'il fallait prendre par le corsage pour les retenir. Elle, défigurée ou non, on la prenait par l'esprit sinon, elle vous filait entre les doigts. Gustave l'aimait pour cela, elle se sentait si belle désormais et rien n'irait contre leurs sentiments. Une nouvelle phase de sa vie commençait. Vivre auprès de lui était un privilège qu'elle aurait l'élégance de s'accorder.
Sa main recouvrit sa cicatrice et, au lieu de la griffer, la caressa.

49

La jeune femme baissa la poignée du réduit et poussa Pauline à l'intérieur. Dans le coin, une lanterne projetait au mur une ombre immobile. Clémence s'avança dans le cercle lumineux. Le visage hagard, le front trempé, Gustave tourna la tête. Son ombre vacilla. D'un air calme et résolu, il leur sourit.

– Ma belle…

Pauline resta plaquée contre la cloison mais Clémence se jeta à ses côtés, replaça les lettres sous la veste et glissa la main dans ses cheveux. Il y avait une densité folle dans son regard, un air épris, douloureux. Ni l'une ni l'autre n'osa le questionner.

C'est alors qu'une toux incessante le souleva. Il crachait du sang. Les filles coururent jusqu'à l'armoire à pharmacie et remontèrent avec de quoi le soulager mais rien n'y faisait, elles le regardaient se battre avec cette compassion que seuls connaissent les gens qui ont déjà aimé.

La bande se déroula sous leurs doigts habiles et, devant les plaies suintantes, leurs yeux se croisèrent dans des œillades fatalistes. Clémence imbiba une compresse. La fièvre ne baissait pas, les forces l'abandonnaient. Son regard épuisé lui faisait mal, elle ne pouvait rien lui prodiguer que des soins qui ne servaient à rien et cette impuissance lui était insupportable. Elle tira sur son col. L'air saturé de misère lui donnait la nausée. La vie l'avait préparée mais elle n'était pas prête. Elle aurait accepté de devenir allemande, de regarder en face un peloton d'exécution. Tout, elle aurait tout accueilli, mais cette défaite-là, elle ne l'admettait pas.

Les agonisants… Pitié, pas lui.

Pauline se posta derrière sa cousine, referma délicatement la main autour de son cou et déposa un baiser appuyé sur sa coiffe. Clémence lui emprisonna les doigts. Ce silence, cette façon de lui dire « je suis désolée, je comprends », cette tendresse infinie la touchait au cœur. Pauline devait penser à Hans-Udo, la morsure du manque abattait toute rancœur. Elle savait et elle avait mal, c'est pour cela qu'elle avait été injuste.

Pauline quitta la pièce en refermant avec précaution. *Merci…* intériorisa Clémence. La boule dans sa gorge grossissait, la forçant à inspirer dans un bruit rauque. Malgré le vent glacial, elle monta sur le tabouret et ouvrit la lucarne. La bise fouetta son visage. Vite, elle referma et se rassit au bord du lit. Gustave respirait de plus en plus mal. Découragée, elle n'y croyait plus.

D'un geste las mais décidé, il attrapa une lettre.

– J'ai tenu bon… grâce à toi.

– Moi aussi tu sais.

– Tu ne peux pas imaginer…

– Si.

Leurs doigts s'entremêlèrent. Gustave se remit à tousser et à gémir. Peu à peu, on aurait dit que son regard se vidait de toute expression. Clémence, en retenant sa respiration, cherchait la sienne. Son cœur ne battait plus et le sien redoublait de coups. Elle secoua, pressa sa main et guetta mais elle n'y

pouvait rien. La mort tombait comme une nappe de plomb et les alourdissait tous les deux.
C'était fini.
Elle libéra ses doigts, referma ses paupières, souleva la veste et la jeta contre le mur. Puis, d'un geste violent, elle déchira tout, jeta les morceaux de lettre et les piétina. Son corps tremblait de rage. Comment pouvait-on passer, d'une seule plainte, de la vie à l'Éternité ? C'était trop dur, trop injuste. Malheur aux français, malheur aux allemands, malheur à ceux qui avaient décrété la guerre, depuis leur fauteuil de cuir !
Pauline accourut et laissa sa cousine tomber à ses genoux. On ne savait dire lequel de leur chagrin était le plus grand.
— Oh Clémence je suis désolée si tu savais...
Sa cousine secoua la tête, incapable de parler. Pauline l'aida à se relever et elles se serrèrent avec une force inouïe. Enfin, Clémence sécha sa joue et fila dans le couloir. Émile arrivait face à elle en traînant les pieds. Il eut une moue d'incompréhension et prit sa main mais elle la retira et lui passa devant en rasant le mur. Il la rattrapa et vint se coller à elle.
— *Ma-ma.*
Démunie, Clémence se laissa aller contre lui. Il avait les mêmes gestes qu'elle, quand elle le réconfortait. Les mêmes mots, incompréhensibles, mais qu'elle comprenait.
— Tu es un ange.
Ses larmes, c'était un adieu à Gustave mais non un adieu à l'Amour. S'il l'avait aimée, c'est bien qu'on pouvait l'aimer. Pour ses mots, pour ses boucles, pour elle.
On pouvait l'aimer.

50

Quelques mois plus tard

Après un rude et interminable hiver, les arbres bourgeonnaient, la nature renaissait.
Au début, rien ne la consolait. Tout la répugnait, jusqu'aux cajoleries d'Émile. Clémence n'avait plus envie de rien. Pourtant, le temps œuvrait bel et bien, avec des hauts et des bas. Souvent, elle avait encore du mal à y croire. Gustave l'avait-il vraiment aimée ? Et si, se sentant diminué, il avait revu ses exigences, jusqu'à se juger digne d'elle ? Seule à la cuisine ou auprès d'un blessé, elle tapait du poing et laissait les images remonter. Non, il l'avait *vraiment* aimée.
L'année 1915 était largement entamée et sur le front, les combats n'en finissaient pas. Et dire que les hommes étaient partis certains d'être rentrés pour Noël… Mais lequel ? Le camion de ravitaillement allait et venait sans répit, l'équipe travaillait dur. Chaque heure du jour et de la nuit, on réparait les corps mutilés, on apaisait les esprits traumatisés. Marie Curie et sa fille, Irène, sillonnaient les lignes sans relâche, ramenant des hommes démolis mais saufs. Ce qui inquiétait les soignants, davantage que les blessures physiques, c'était ceux qui revenaient fous et le restaient. Gabrielle et les filles en parlaient presque tous les jours. Ce qui touchait au psychique perdurerait et,

sur ces maux-là, les compresses se révélaient bien inefficaces. Que deviendraient ces misérables ?
Pauline s'arrondissait à vue d'œil, toute centrée maintenant sur ce petit être prêt à naître, tandis qu'Émile, toujours inconsolable, errait dans l'hôpital. À sa façon, et sans jamais refuser une occasion d'aider, il faisait front lui aussi. L'affection démesurée qu'il portait à Clémence descendait en elle, infusait dans un bonheur spécial et déposait sur sa douleur un baume apaisant.
Depuis peu, elle recommençait à rire à ses bêtises ; il avait toujours cette figure innocente, l'air de dire « je ne vois pas ce qu'il y a de drôle », et devant le sérieux du jeune homme, son rire redoublait. Parfois, dans un amusement sadique, elle lâchait : « *Gircourt !* » alors il détalait et elle le coursait en riant et singeant l'aliéniste : « *Je ne vous permets pas de remettre en question ce traitement médico-pédagogique qui, en outre, nous a déjà procuré des résultats satisfaisants* ». Elle ouvrait les bras, le câlinait, décoiffait son épi, et elle, sous ses doigts, avait une figure douce à caresser, un visage harmonieux, qui n'était pas coupé en deux en plein milieu.
Au fil des jours, elle se rendait compte que dès qu'elle le quittait, sa joie retombait. Le jeune homme était un condensé de vie. Le soir, recroquevillée sur sa couche, quand Gustave désertait ses pensées et qu'Émile les habitait, elle enroulait et déroulait une boucle. Comment nommer leur lien ? Comment une mère aime-t-elle son enfant ? Se pouvait-il qu'elle l'aime comme cela, avec des moments où elle le tuerait et d'autres où elle donnerait sa vie pour lui ?

Avec l'arrivée du printemps, une force nouvelle croissait en elle, une envie étrange la tirait de l'abîme.

Au matin du premier mai, le camion de ravitaillement freina sec sur le gravier. Sous le regard surpris d'Émile et Clémence, occupés à étendre des draps, Pierre sauta du véhicule, un sourire jusqu'aux oreilles.
– Venez voir !
Ils coururent jusqu'à lui. Le jeune soldat eut un moment d'immobilité réjouie puis il s'engouffra dans le camion et en ressortit les bras chargés d'un petit être mordoré. Il était minuscule et si beau qu'on aurait dit une peluche. Pierre le déposa par terre. Le miaulement aigu saisit Émile mais, comme encore prisonnier d'une léthargie intérieure, il ne bougea pas. L'un et l'autre se faisaient face, hésitants.
Alors, comment expliquer l'inexplicable ? Comment expliquer ? Parce qu'il fallait voir. Le chaton fila droit vers lui, s'arrêta à ses pieds et leva son museau dans un nouveau miaulement. Émile serra les mains sur sa poitrine et, d'un coup, son cœur éclata, son visage s'éclaira. Il se jeta sur le petit animal, le souleva dans une douceur infinie et inclina la tête sur la sienne. Clémence, tout ébahie, se rapprocha du militaire.
– Il est… pour lui ?
– Eh oui ! Sevré et affectueux vous verrez ! Ça fait un mois que je m'en occupe.
Pétrifiée de bonheur, l'infirmière resta un moment en retrait puis se pencha sur ses moustaches. C'était incroyable, merveilleux. La vie reprenait ! Mais… Il ne ressemblait en rien à Cado…

L'aimerait-il autant ?
Émile sauta au cou de Clémence. Il riait, s'agitait d'allégresse, sautillait, les yeux brillants, puis se dégagea pour se concentrer sur son nouvel ami. Au bout d'un moment, il fronça les sourcils.
– *Cado ?*
– Non, ce n'est pas lui, c'est un autre.
– *Par saint Ubald !*
– Va pour Ubald.
– Seul celui qui a souffert connaît la joie, s'émut le soldat.
Clémence joignit les mains devant son visage.
Il arrivait comme une réponse dans la vie d'Émile, ranimant son cœur affaibli de tristesse. C'était une délivrance. Mesurait-il la joie qu'il lui procurait ? Une flamme de reconnaissance jaillit de son cœur. Un élan de gratitude grima toute pudeur et l'emporta contre lui. Pierre referma les bras autour de son dos. N'avait-il jamais serré une femme de la sorte ? N'avait-elle jamais ressenti un tel ouragan ? En lettres… mais en vrai ? Elle réfléchit, ne trouva pas. Contre cette poitrine aussi vaste que la Terre, aussi grande que la Vie, l'émotion voilait son regard. Unis dans ce coup de patte du destin, ils ne formaient plus qu'un bloc. À voir comment Pierre tremblait, un même frisson les parcourait. Ils avaient des silences et des rires gênés par leurs corps enlacés. Elle s'était allumée à la flamme d'un autre et, vacillant, le soldat attisait ce feu. Il la tira par la main et enfouit son visage dans son cou mais un bruit insolite les ramena à la réalité. L'abandon n'avait duré qu'un court instant ; de ces instants qui durent, parce qu'on les prolonge, en songe, avec la même félicité qu'en vrai.

Émile, à genoux, son ami collé à lui, pleurait d'une drôle de manière. Le front de Clémence se plissa.

– Tu es triste ?

– *Triste de joie.*

La mélancolique beauté de la scène l'enveloppa de tendresse. Émile se releva et se jeta dans les bras de Pierre.

– *Papa.*

Le soldat rougit, elle aussi. La honte humidifiait son cou, son dos. Elle lui fit les gros yeux, en vain.

– *Papa.*

– Arrête !

– *Papa !*

Elle posa le doigt sur sa bouche et leva les yeux sur Pierre.

– Je suis désolée.

– Oh non, laissez… C'est plutôt un honneur.

– …

Le soldat montra la sortie de la ville et les champs, au loin.

– Je me disais, quand tout ça sera fini… ou même avant, on pourrait aller marcher, là-bas… c'est très joli… avec un pique-nique.

Clémence tira sur sa blouse.

– Oui, d'accord.

– Alors… on en reparle ?

– Oh oui ! Merci… pour Émile.

Pierre déchargea une caisse du camion.

– C'est rien.

Le cœur de Clémence battait si fort qu'elle s'éloigna en désignant le fil d'étendage.

– À plus tard, je vais finir…

Pauline surgit de derrière un drap et sourit en coin,

de cet air mutin qu'elle lui retrouvait enfin. Elle ramassa sa bassine et lui passa devant sans s'arrêter.
– Qu'est-ce qui t'amuse ?
– Oh rien…
Mais Pauline courut à sa hauteur et prit un air mi-outré mi-joyeux. Elle ne s'arrêtait plus de parler.
– Quand même, tu ne vas pas me faire avaler que tu n'as rien remarqué ! Pierre s'assoit toujours à côté de toi à table, demande toujours si tu as besoin de quelque chose ! Il s'occupe d'Émile quand il n'est pas en ravitaillement. Il a même réparé sa petite voiture !
La jeune femme s'arrêta et planta son regard dans le sien. À y réfléchir, le soldat recherchait peut-être sa compagnie, mais de là à…
– Non, je n'avais jamais fait attention.
Non vraiment… Tout son univers tournait autour de Gustave, elle ne voyait plus que par son prisme. Elle leva les yeux, haut, sur la cime des arbres. Tout était si… différent désormais.
– Arrête, exagéra Pauline.
– Mais non, je t'assure !
– Je te crois pas !
Pauline la chatouilla et sa cousine lui emprisonna les mains en riant. Émile, attiré par l'amusement, arriva en courant et, petit Ubald dans les bras, posa le doigt sur l'épaule de Clémence.
– *Loup !*
Puis il partit au grand galop. Le chaton n'avait pas l'air effrayé. Pierre l'aurait-il préparé à la tornade qui l'attendait ? Clémence le coursa, toute folle. Depuis quand n'avait-il pas provoqué le jeu ? Au bout d'une longue distance, à bout de souffle, elle

réussit à l'atteindre.
– Loup !
Émile la laissa disparaître, s'arrêta, fit demi-tour et se rua sur Pierre.
– *Loup !*
Le soldat abandonna sa caisse et resta planté, le laissant sur le qui-vive, puis il sourit et bondit.
Mais Émile était plus rapide.
Émile avait toujours un temps d'avance.

À suivre…

1918 : Retour à Paris pour Pauline, Clémence…
Les temps sont durs, que deviennent Honoré, Emile… ?
Entre secrets enfouis et destins brisés, quels chemins emprunter?

Remerciements

À mes très chères Éditions La Trace.
Jean-Philippe et Florence,
notre lien et votre confiance m'augmentent.
Merci, pour ce surcroît d'existence.

À l'équipe de la médiathèque d'Orange,
pour votre disponibilité si bienveillante
pendant toutes mes recherches.

À mon mari, à tous mes frères et sœurs,
à mes parents, à ma belle-famille.
Tout cela est une si belle aventure collective !

À vous, lecteurs, libraires,
blogueuses et blogueurs littéraires.
Grâce à vous, la magie des livres dure, perdure.
Merci, d'embellir mes jours.
Raconter des histoires, c'est vous rencontrer.
Si mes émotions vous parviennent,
alors… j'y retourne.

De la même auteure

Rue Sombre
ÉDITIONS CHUM – MAI 2017

Le Lis des teinturiers
EDITIONS ELAN SUD – AVRIL 2018

Piège à Bragny
ÉDITIONS CHUM – DECEMBRE 2018

Romilda
ÉDITIONS LA TRACE – MAI 2019

Celles qui se taisent
ÉDITIONS LA TRACE - MAI 2021

À toutes celles que tu es
ÉDITIONS LA TRACE - AVRIL 2022

Le portrait d'Humphrey Back
ÉDITIONS LA TRACE - MAI 2023

OUVRAGES COLLECTIFS :
Tu souriras au soleil
Recueil de nouvelles au profit de l'association
« Les enfants de feu »

Kintsugi
Recueil de nouvelles Dora-Suarez, Éditions du Caïman

La Terre c'est...
Fleuve Éditions, en soutien à l'association
Le Rire Médecin

ÉDITIONS
LA TRACE

1ère édition
Dépôt légal Février 2024
Achevé d'imprimer en Union européenne